OMNIBUS

Sara Lorenzini

45 METRI QUADRI

La misura di un sogno

Romanzo

MONDADORI

Questo libro è un'opera di fantasia. Personaggi e luoghi citati sono invenzioni dell'autore e hanno lo scopo di conferire veridicità alla narrazione. Qualsiasi analogia con fatti, luoghi e persone, vive o scomparse, è assolutamente casuale.

45 metri quadri. La misura di un sogno
di Sara Lorenzini
Collezione Omnibus

ISBN 978-88-04-62469-1

I edizione febbraio 2013

45 METRI QUADRI

A Luigi,
per la luce, la musica
e i giorni beati.

Prima parte

FUORI SEDE

Si sono svegliate prima di me. Dalle campagne più lontane ai paesi più vicini, continuano a salire a passo lento gli scalini di pietra che portano alla cattedrale. È lieve il segno della croce che si fanno sul petto. Le dita umide d'acqua santa sfiorano camicette di seta e scollature generose. Hanno scelto gli abiti migliori, i gioielli antichi e i fazzoletti profumati per asciugare il pianto. Sulle labbra arricciate dalle rughe non hanno dimenticato il rossetto. Tra i capelli qualcuna ha messo un fiore. Si sono fatte belle, ché un tempo forse lo sono state, e spingono per sedersi ai primi banchi. Le più vecchie si fanno largo perfino con il bastone.

Non ho mai visto tante donne soffrire per amore come al funerale di mio nonno. Stanno in chiesa, vestite di nero, tutte insieme, a piangersi un uomo solo. Ci sono quelle piene di rimpianti per non essere state baciate nemmeno una volta con i piedi affondati nella terra morbida della vigna, appoggiate al tronco nodoso dell'albero di vite, tra le spighe della campagna gialla. E le altre, piene di rimorsi, che invece da lui sono state strette fra i sospiri, quelli che hanno continuato a sognare negli anni soffocandoli sotto lenzuola asciutte, e forse anche adesso, mentre il prete parla e qualcuna s'addormenta. Poi c'è lei, Mariuccia. L'unica che lui abbia abbracciato pure tra i vicoli di pietra intrecciati in salita fino al campanile, con la luna alta e la notte intorno, addosso. Con questa donna, più giovane di vent'anni, il nonno, rimasto vedovo troppo presto, ha davvero condiviso la vita. Lo sapevano tutti, anche noi. Eppure lei non l'ha mai voluto sposare, non s'è mai fidata davvero di quel dongiovanni conosciuto per le contrade e ha preferito stargli vicino per tutti quegli anni lasciandolo libero. Chiamali vecchi.

Per Mariuccia mio nonno ha raccolto fiori di campo e papaveri fino a tre giorni fa, quando ha camminato dalla masseria alla piazzetta e l'ha incontrata. Hanno passeggiato sottobraccio, ché ormai era lui a tenersela stretta. Più tardi è morto. A casa, da solo. Magari alle sue spalle si accendeva un tramonto di fine estate, quando ha aperto la porta. Deve essergli mancata l'aria, mia madre ha notato la camicia sbottonata, forse non ha avuto paura quando è caduto sul pavimento della cucina e non s'è mosso più. S'è spento, un giocattolo rotto. E quel corpo, che non ho voluto vedere, è rimasto lì come un vestito vecchio, una scatola vuota. Il suo corpo che oggi pare quasi un rifiuto da smaltire, sottoterra, chiuso in una bara di noce, che Mariuccia non smette di accarezzare piano, come fosse la pelle morbida del figlio che non ha mai avuto.

Così è a lei, un batuffolo di capelli bianchi sulla fronte e due orecchini di corallo rossi, che io e mia madre facciamo le condoglianze per prime quando si avvicina, perché la sua pena è così grande che un poco ci imbarazza. Non riesco a non guardarla. Lui continuo a sentirlo nell'aria, vicino a me, intorno a me. Lei, invece, mi sembra tanto sola.

Mio nonno aveva ottantaquattro anni, viveva come se ne avesse avuti trenta di meno. Ma al paesello in Molise, la regione che non c'è, dove sono nata e cresciuta anch'io, la sua è stata una morte prematura. Il ragazzo delle pompe funebri ci ha consigliato perfino di scriverlo sull'annuncio mortuario, giusto per sottolineare lo sconcerto di amici e parenti: "Non aveva nemmeno novant'anni!", che tra queste colline, dopotutto, è l'età media. C'entrano, ma non così tanto, l'aria pulita, il cibo sano e lo stress a grado zero.

La verità è che i giovani da qui scappano, con il diploma in tasca e il pullman che oggi ho preso per tornare, diretti verso i capoluoghi di provincia per studiare, lavorare, vivere. E il risultato si alza. È una media falsata, insomma, quella di cui si vantano.

Io, dieci anni fa, sono fuggita a Roma. Il mio destino da fuori sede era inevitabile. Figlia di un insegnante e una casalinga che avevano scoperto il mondo soprattutto grazie ai libri, ero stata spronata a viaggiare specialmente dal nonno, che pure nella vita aveva visto giusto l'Africa, con un fucile in mano. Ma quante ne sapeva lui, tra tedeschi, americani e televisione, del mondo intero. Così ho scelto Lingue e letterature straniere e mi sono trasferita nella capitale, collezionando lavori improbabili e posti letto d'ogni tipo. Ho fatto la cameriera e la centralinista, la commessa e la traduttrice, la dog-sitter e la baby-sitter, dormendo in stanze doppie e singole a seconda del prezzo, trasloco dopo trasloco, sperimentando materassi sfondati e nuovi di zecca, lettini gonfiabili da mare, divani letto e semplicemente divani, perché sull'economia familiare la mia vita romana gravava già abbastanza. Per una singola in periferia chiedono cinquecento euro al mese, mio padre dopo vent'anni di servizio ne guadagnava millequattrocento. È stato facile farmi due conti in tasca, pure se tutti i risparmi dei miei genitori si erano accumulati per l'università. Il nonno era orgoglioso di me. Me lo diceva e lo ripeteva a tutti. Aveva una nipote laureata in Lingue straniere e che, per giunta, lavorava full time – parola inglese che avvalorava tutta la questione – in un'agenzia viaggi. Mi faceva ridere e guardare il bicchiere mezzo pieno, cosa rara per me che, nonostante la lode e la mia voglia di viaggiare, me ne dovevo stare seduta otto ore al giorno per lavorare alle vacanze degli altri, in un posto destinato a chiudere perché ormai internet ha rivoluzionato il mercato dei tour operator e non solo. Lo so bene io che credo in Apple e ho fatto di Google il mio dio. Tra offerte e spese di spedizione gratuite, nello spazio virtuale ormai ho trovato la mia libreria, il mio supermercato, il mio grande magazzino. Omar dice che esagero, che se l'edicola e il negozio di scarpe dietro l'angolo prima o poi falliranno sarà più colpa mia che dei centri commerciali spuntati di recente a Roma come funghi. E gioca a nascondermi i pacchi che arrivano, poi me li fa trovare a forza di "acqua, acquazzone, tempesta" e "fuoco, fuochino, fuocherello". Peccato che stiamo in quaranta metri quadri in due e dalla terza volta non ci sono più stati nascondigli divertenti. Viviamo insieme da cinque mesi, da quando la figlia del mio ultimo padrone di casa è rimasta incinta e lui ha reclamato l'appartamento con un preavviso ridicolo. Omar aveva bisogno di qualcuno con cui dividere le spese del monolocale che i suoi zii romani gli avevano concesso di usare in cambio di un piccolo affitto, io di un posto dove andare. Ma ci amiamo, questo è sicuro. Solo la necessità ha affrettato i tempi, visto che al momento del trasloco stavamo insieme da poco più di un anno. Omar, sottopagato in un'importante società di marketing con la paura di non avere il rinnovo del contratto, è stato contento di non pagare le bollette tutte da solo, certo, ma anche di tenermi stretta ogni notte, quando i giorni al lavoro si facevano difficili e frustranti. Se non si hanno altre certezze, ci si aggrappa all'amore. E io, che non avevo nessuna voglia di vivere con delle sconosciute alla soglia dei trent'anni, mi sono sentita la ragazza più felice della Terra quando, oltre allo spazzolino e al perizoma di ricambio, a casa sua ho portato pure i miei libri, il computer e due valigie zeppe di vestiti.

Che mio nonno non abbia mai incontrato Omar mi fa molto male. Non era stato entusiasta di sapere della mia convivenza, dopotutto era nato negli anni Trenta, non si poteva sperare che non fosse all'antica. Gli avevo promesso che avrei portato Omar in vacanza al paesello, glielo avrei fatto conoscere. Ma Omar quell'estate non è potuto venire. Pare che abbia dimenticato l'impegno preso con me, quando ha accettato di andare a trovare un amico. E a Natale, a Pasqua e perfino oggi doveva lavorare. Sono i suoi ultimi giorni a progetto, una volta ha detto che se gli fanno il contratto a tempo determinato mi sposa. Non subito però, magari fra un anno o due. Poi ha specificato che stava scherzando, non ci pensava proprio. Mi stava solo prendendo in giro, eppure mi ha fatto piacere lo stesso. Comunque, ora che ci penso, forse è meglio che mio nonno non l'abbia conosciuto. Chissà che ci avrebbe visto lui nelle mancanze di Omar che io giustifico sempre. «Non dire mai a un uomo che gli vuoi bene o se ne approfitterà» mi diceva pure da bambina, mentre giocavo da sola con Barbie e Ken nella mia cameretta.

E a guardarmi intorno ora, tra cento vedove in fila, direi che la sua era semplicemente una lunghissima coda di paglia.

La cassa da morto la tirano su in quattro con molta fatica. Quando la metteranno dentro al carro funebre, noi lo seguiremo a piedi fino al cimitero. Qui si usa così, che ci sia pioggia, vento o sole che scotta come questa mattina. Sarà una processione lenta, cammineremo per quasi due chilometri. Mia madre tiene sottobraccio mio padre e con la mano libera stringe la mia, quando usciamo dalla chiesa. Arriva la gente, i parenti che non vedo mai, le vecchie zie che mi chiedono quando mi sposo ché di funerali non ne possono più e vogliono andare a un matrimonio, e poi un viavai di guance umide, mani sudate, sguardi tristi, parole di circostanza. Mamma e papà vanno avanti, io resto da sola, un poco più indietro, e non lo so perché non piango. So solo che a un certo punto sentirò arrivare la sua assenza da lontano, sarà un vento freddo da un posto mai visto. Allora la sua mancanza mi gelerà come una notte d'inverno. Forse, quel giorno, non chiamerò mia madre. Piangerò al telefono con Mariuccia, che mi dirà di tornare qui, al paesello, per farmi abbracciare, proprio come fa ora. Solo che adesso mi sta sussurrando di seguirla subito a casa sua, senza farmi vedere, perché mi deve parlare.

«Di tuo nonno, Neve. C'è una cosa che non sai.»

«Non c'è più niente sul suo conto. Nemmeno un euro.»

Mariuccia me lo dice con l'aria serena, la voce calma. Manco mi stesse dando una buona notizia o comunicando una cosa da nulla, che il caffè è pronto, per esempio. Non so quanto potesse avere da parte mio nonno, fioraio e contadino, ma di sicuro la cosa mi agita un poco. Soprattutto se penso che sarò io a doverlo dire a mia madre.

«Niente? Mi stai dicendo che si è speso tutto, ma proprio tutto? Be', non è da lui... stava attento anche ai centesimi! Il risparmio era una specie di missione di vita, un dovere civile... Oddio, doveva proprio essere impazzito, accidenti. Non m'ero accorta che stesse così male.»

Da troppo tempo non tornavo al paesello. Mi sono fatta bastare le telefonate, mi sono persa gli abbracci. Se solo lo avessi guardato negli occhi, forse avrei capito che c'era qualcosa che non andava. O magari era solo rinsavito.

«Vuoi dirmi che aveva smesso di fare il tirchio e aveva finalmente deciso di godersi gli ultimi anni della sua vita? Se è così, credimi, sono contenta... Ma non mi pare si sia comprato niente... Non mi dire che se li giocava!»

«Ma quale gioco! Tuo nonno aveva un principio di Alzheimer, non era mica matto! Gli piaceva risparmiare, è vero. Si divertiva proprio a farlo, ogni volta che non comprava qualcosa tornava a casa contento perché gli sembrava d'aver fatto un buon affare. Molti la scambierebbero per tirchieria. Io no. Non era affatto un taccagno. Anzi, era un uomo molto generoso. Vedi questi orecchini? Me li ha regalati non so più quanti anni fa... E tante volte mi ha portata a mangiare nella trattoria di certi amici suoi, che gli facevano lo sconto...»

Mariuccia non finisce la frase e si scusa, con la voce che esce a fatica tra i singhiozzi. Io mi alzo ad abbracciarla, perché con le parole non sono tanto brava. Sembra sicura di quello che ha detto, eppure su una cosa io e lei siamo d'accordo: per mio nonno il risparmio era una sfida e la vittoria gli dava adrenalina. Come è possibile che non abbia più niente da parte? Deve essere successo qualcosa di molto grave, più grave della malattia, perché io le sue strambe teorie economiche me le ricordo bene. Era fiato sprecato provare a smontarle. Finivano tutte così: "Ogni soldo risparmiato è un soldo guadagnato".

A quest'ora i miei genitori si staranno chiedendo che fine abbia fatto, ma non posso mettere fretta a Mariuccia, che continua a tormentarsi i piccoli lobi, quasi si aggrappasse a quei vecchi orecchini. E invece di spiegarmi, non smette di piangere. Tra le lacrime mi dice che il loro amore non lo vuole seppellire, che non se l'è sentita di vederlo finire sottoterra, e che al prete gliene avrebbe volute dire quattro, per quell'omelia noiosa che mio nonno non avrebbe mica gradito, e pure a tutte quelle vecchie che si disperavano per l'uomo suo, solo suo. Per l'amico di sempre che sempre l'ha baciata, pure se da qualche tempo non era che un signore anziano, gentile e un po' smemorato, che nelle mani aveva fiori e carezze mentre nella testa l'Alzheimer avanzava lentamente. Le prendo un bicchiere d'acqua. Mariuccia si asciuga il viso, beve un sorso e un po' si calma.

«Quando è entrato in vigore l'euro, non ci ha capito più niente. Ha litigato con il direttore della posta e anche con quello della banca, non gli andava giù che i suoi soldi si fossero dimezzati. Glielo abbiamo spiegato tutti, pure tua madre, com'erano cambiate le cose, che non aveva perso niente, manco un centesimo... Ma lui non ne voleva sapere, diceva di non potersi fidare, che i suoi risparmi sarebbero stati al sicuro solo sotto il materasso e non su un conto corrente in cui diminuivano a vista d'occhio. Te lo ricordi, no? Ha cominciato a stare male proprio in quel periodo... Ma siccome tua madre non voleva assecondarlo, lui si era fissato che lei fosse d'accordo con quegli altri. Non era cattivo, Neve. Amava sua figlia sopra ogni altra cosa. Ma si stava ammalando, non ragionava più e non sopportava di essere trattato come un bambino. Voleva sentirsi ancora un uomo, un padre. Però lei non glielo lasciava più fare e lui era mortificato. Quando venne a chiedermi aiuto, non seppi dirgli di no.»

«Che ti ha chiesto?»

«Di tenergli questo...»

Mariuccia apre il cassetto della credenza accanto a lei, sotto le tovaglie ripiegate trova una busta gialla e me la passa. Con lo sguardo mi fa cenno di aprirla. Dentro c'è un vecchio libretto postale. A nome mio.

«Lo ha aperto quando sei nata, ventinove anni fa. Tua madre lo sapeva, ma crede ci siano solo quelle poche centinaia di lire da ricalcolare. Non sa che lui invece ha deciso di metterci tutti i suoi risparmi, quando non si è più fidato di tenerli sul conto, e ha continuato a farlo fino all'ultimo dei suoi giorni. Si complimentava da solo per la sua scelta, soprattutto quando leggeva il giornale o litigava con i politici di turno che vedeva in televisione, poi quando si scocciava di starli a sentire abbassava l'audio e mi spiegava che non ci si poteva più fidare di nessuno. Io gli credevo, sai. L'unica persona di cui mi sono fidata in tutta la vita è stato lui. Lui, pure se me ne ha combinate di tutti i colori. Hai visto quante donnine c'erano in chiesa? Povere illuse... ma lasciamo stare va', ché se ci ripenso... Non lo apri, Neve? È tuo.»

Sfoglio il libretto e vedo elencati uno dopo l'altro i versamenti. Piccole ma considerevoli somme, una volta al mese per tutti quegli anni. Me lo immagino in fila alla posta, a stringere quel libretto tra le mani seccate dal lavoro. Le sue mani, sempre a toccare la terra e l'acqua fredda, pure d'inverno. L'ultima volta ci è andato due giorni prima di morire, c'è la data scritta accanto al totale. Sento il cuore che batte forte.

«Duecentotrenta... duecentotrentamila euro! Ma come è possibile? Come ha fatto ad averne così tanti?»

Non ci posso credere. Allora aveva ragione con le sue teorie sul risparmio. E noi che ci abbiamo sempre riso sopra. Un soldo risparmiato è un soldo...

«Sono i risparmi di una vita intera, Neve. Una parte deriva dalla vendita del chiosco di fiori, un'altra dalla pensione accumulata negli ultimi anni. Viveva con i tuoi genitori, non aveva spese, era troppo vecchio per le donne... Ha continuato a occuparsi solo del terreno, con le sue olive vendeva l'olio a mezzo paese... I soldi li ha messi tutti lì. Andava a ritirare la pensione e la versava quasi interamente a te, la sua unica nipote.»

«E mia madre non sa proprio nulla?»

«No. Tua madre avrà pensato che non aveva mai abbastanza denaro perché lo spendeva con me, per me... Lui m'ha fatto promettere di non dirle nulla. Non volevo tradire la sua fiducia. Io gli dicevo tutti i sì che non gli avevo detto da giovane perché non le volevo le corna di quel vedovo sciupafemmine, pure se gli ho fatto da moglie lo stesso. Ho preferito la sua passione e una devozione particolare, che non ti posso spiegare, Neve...»

Mariuccia arrossisce, sulle orecchie soprattutto, che diventano in tinta con quegli orecchini di corallo. Forse il nonno glieli ha regalati apposta, ché è più bella quando si fa rossa un poco e abbassa lo sguardo, timida come una ragazzina. Alla passione però non ci posso pensare. Era mio nonno, cavolo.

«Temevo che la malattia cancellasse anche me dalla sua memoria. Questo era il nostro segreto, mantenerlo mi sembrava l'unico modo per restargli fedele sempre... Con quei soldi avrebbe potuto comprare mezzo paese. Certo, quella metà che è abbandonata, le case vuote, i negozi chiusi... Ma che senso avrebbe avuto? No, no... Diceva che prima o poi te li avrebbe dati, solo quando fossi stata grande abbastanza da decidere con la tua testa cosa farci. Voleva aspettare che crescessi, parlava di te come se fossi ancora una bambina, spesso non se lo ricordava che hai quasi trent'anni...»

Come ha fatto a non dirci niente, proprio niente? Siamo noi la sua famiglia. Sono un po' gelosa di questa signora, delle pantofole da uomo che spuntano da sotto il suo divano, vorrei portarmele via e pure strappare a Mariuccia i loro segreti. Poi la guardo e la vedo che sorride dolce, mi accarezza le mani e dice che il colore scuro della mia pelle è simile a quello di lui. Penso che quel sorriso gli avrà scaldato tante volte il cuore nelle lunghe giornate di solitudine, quando io ero lontana e i miei al lavoro, che quello sguardo sarà stato per lui complicità, amicizia, affetto. Sono senza parole, annegate una dopo l'altra in un magone che mi stringe la gola. Eppure sono ricca. Solo che non ho vinto la lotteria, ma i suoi sacrifici.

«Tua madre potrebbe spaventarsi parecchio se andasse in banca, non troverebbe nulla sul conto, devi spiegarle tutto presto...»

Mariuccia mi prende le mani e me le stringe forte.

«Scusami, Neve, avrei dovuto parlargliene io prima. Ma ho avuto paura che pensasse che me ne volevo approfittare. È sempre stata gentile con me, ma anche un poco diffidente. Ha preferito mantenere le distanze. Non credo che abbia mai capito fino in fondo il rapporto che c'era tra me e tuo nonno. Non posso biasimarla, i figli certe cose dei genitori non le possono comprendere. Tu sappi però che io non ho mai toccato un centesimo di questi risparmi. Te lo giuro.»

Ci credo: di lei è impossibile dubitare. Un po' per lo sguardo limpido, arricciato dalle rughe, un po' perché se oltre a questi soldi lei ne avesse rubati altri, avrei seriamente pensato che mio nonno aveva una doppia vita da rapinatore di banche. Sono già così tanti. E poi è tutto intestato a me. Nives Morante, il mio nome battuto a macchina su un libretto di trent'anni fa che è cresciuto fino a oggi.

«Non li tenere in posta come ha fatto lui. Che cosa ha ottenuto? A forza di rimandare i suoi sogni è diventato il più ricco del cimitero. Parlane con i tuoi, ma facci qualcosa di bello, qualcosa che ti renda felice. Se c'è una cosa che avrebbe voluto era questa: vederti realizzata. Era così orgoglioso della sua nipotina...»

Sorrido di tenerezza, per la preoccupazione del nonno. Lui, che alla mia laurea s'era vestito elegante e aveva pianto in aula, interrompendo la discussione della tesi con sonore soffiate di naso e strombazzamenti vari al seguito. E poi, dopo la lode, m'aveva abbracciato e detto: «Che bella giornata! Meglio di un matrimonio!». E per una ragazza, nonostante quello che si dice oggi, questa frase fa la differenza.

Lascio Mariuccia nella sua casa piena di santi e Madonne, di centrini ricamati a mano e vasi vuoti. Le ho fatto promettere che continuerà a riempirli di fiori. Mio nonno li avrebbe preferiti lì invece che sulla sua tomba, inutili. «Soldi buttati... nelle mie tasche!» rideva, quando li vendeva per i lutti altrui, e ci diceva che avrebbe preferito che noi li avessimo spesi in pranzi e cene, una festa d'addio, il giorno della sua dipartita.

Quando Mariuccia chiude la porta mi ritrovo con il libretto postale nella borsa che tengo stretta stretta, come se qualcuno mi potesse scippare tra questi vicoli di scale e case disabitate, dove i motorini non passano e nemmeno le persone. Eppure ho un'ansia che mi porta via, mentre proteggo quella che mi sembra la vita di mio nonno in euro. Ché così è come se non fosse morto davvero, come se fosse tornato a darmi qualcosa da fare, a dirmi che sono diventata grande sul serio. E quando il cellulare squilla nel bel mezzo di una salita solitaria, faccio un salto che quasi mi scappa di mano la borsetta.

«Mi dispiace troppo di non essere venuta, come stai? Come sta tua madre?»

È Marta, la mia migliore amica, designer stacanovista dai lunghi capelli rossi, fidanzata da una vita con Gianfilippo, nullafacente sempre affaccendato. Ho insistito io perché non venisse di martedì, qui giù, al paesello. Non c'era davvero bisogno di perdere un giorno di ferie, in più non pagate, per partecipare al funerale di un uomo che non aveva mai incontrato.

«Mi sembrava di conoscerlo, sai. Me ne hai parlato così tanto. E Mariuccia, lei come sta?»

Marta parla e non aspetta nemmeno le risposte, tipico da parte sua. Qualcun altro la troverebbe irritante, a me mette allegria. Non le racconto nulla per ora, ci sarà tempo, magari proprio stasera che Omar è fuori a cena per lavoro e non ho voglia di stare sola.

«Fammi sapere quando arrivi, Neve. Ti vengo a prendere in stazione, non mi piace che torni tardi, va bene?»

Lei per me non è solo un'amica, a Roma è stata una madre, una sorella e per certi versi pure un fidanzato. Solo su di lei posso contare sempre e davvero, meraviglioso surrogato di famiglia urbana, protettiva, generosa, invadente.

«Certo che Omar poteva pure venire con te oggi, non lasciarti sola... Vabbè, non sono affari miei. Comunque stasera ti devo raccontare di Viola, se n'è andata!»

«Davvero? Marta? Marta!» La linea telefonica, tra queste pietre, cade sempre sul più bello. Guardo il cellulare e non ha più campo. Per i particolari dovrò aspettare qualche ora. Ma che quella cretina, sua padrona di casa e coinquilina, amica storica di Omar che io ho sempre dovuto tollerare, sia uscita finalmente dalle nostre vite, e specialmente dalla mia, mi sembra già una bella notizia. Cavolo, questa si direbbe proprio la mia giornata fortunata. Se non fosse morto mio nonno, s'intende.

Quando arrivo a casa, ringrazio il cielo. La mia borsa è sana e salva. Abbraccio mia madre, ha il viso stanco. E non so da che parte iniziare, ma che io abbia qualcosa da dire mio padre me lo legge in faccia. E così racconto per filo e per segno quello che è successo da Mariuccia. Solo che mi viene da ridere. Non riesco a guardarli. Mannaggia a me, mi capita sempre nelle situazioni tragiche. Trattengo a stento la ridarella, tanto che mi si arriccia il naso, mi lacrimano gli occhi, mi fa male la pancia e batterei pure i piedi. E poi loro due fanno certe facce mentre mi ascoltano, che se si vedessero allo specchio si sganascerebbero per primi davanti alla loro immagine riflessa. E alla fine tiro fuori il libretto e lo mostro. Che sono nervosa è chiaro a tutti. Papà lo guarda e lo riguarda incredulo, se lo rigira tra le mani, mentre mia madre piange. Reazioni isteriche pure le loro, ovviamente.

«Hai capito tuo padre? Sempre a dire che la pensione non gli bastava... sempre a farsi comprare le sigarette, i quotidiani... tutti i giorni a piangere miseria... e a leggere le notizie d'economia, un'ossessione ormai... e intanto metteva tutto da parte, ma proprio tutto!»

«Ma come ha fatto a non dirci niente per anni? E Mariuccia? Mai, nemmeno una parola con me, che sono la figlia...»

«Mamma, cerca di capirla. Aveva paura proprio della tua reazione. In effetti avresti potuto fraintenderla, pensare che li avrebbe voluti rubare, solo ora che mi ha consegnato il libretto la sua posizione è più comprensibile. Vi dovrete parlare prima o poi, ma non oggi... Oggi è già stato molto difficile sia per noi che per lei...»

Mia madre annuisce, per i loro chiarimenti ci sarà tempo. Guarda il libretto e mi accarezza i capelli. «Tuo nonno ha fatto tutto questo per te, quanto ti amava, Neve...»

E ricomincia a piangere, mentre mio padre si lancia in fantasmagoriche operazioni matematiche, che solo lui – professore di scienze in pensione – sa fare, perché davvero non si capacita di quella cifra. E poi continuano la discussione tra di loro, si dimenticano di me, lui a stupirsi della sfacciataggine e della tirchieria del suocero che ha risparmiato fino all'ultimo centesimo, lei della generosità del padre e del segreto di quei due vecchietti innamorati. E poi tutti e due si meravigliano di quei soldi, ché così tanti non ne hanno mai visti, e si mordono la lingua, perché a essere felici oggi non riusciamo proprio pure se ormai a tutti viene voglia di ridere. L'ilarità è contagiosa, e quando c'è di mezzo la morte capita che esploda all'improvviso sui volti di chi s'è appena asciugato una lacrima. Chissà se lui ci vede.

Questa è ancora casa mia, anche se non ci vivo più. Lo sento ogni volta che ci torno. È bella, luminosa e chiara. I divani grandi, i quadri attaccati alle pareti, sempre gli stessi, il ritratto di mia madre da ragazza, le foto del matrimonio dei miei e di me bambina sul caminetto. Poi ci sono i libri, quelli illustrati ed eleganti, d'arte e di storia, che piacciono a papà, e i romanzi scoloriti e consumati, che ha letto e riletto mamma – se li sfoglio trovo ancora i segni delle orecchie e scopro dove si era fermata di volta in volta. I libri, qui, sono dappertutto. Si trovano perfino in bagno, su uno scaffale alto: le guide dei viaggi che non hanno fatto, per visitare le città straniere almeno tra quelle pagine, scegliere un ristorante dove cenare o un albergo in cui dormire, ché non si sa mai prima o poi ci si possa andare. Nella mia stanza ci sono i vecchi diari, i vestiti della stagione sbagliata perché a Roma non ho mai avuto il posto dove metterli tutti e il cambio lo riporto qui, poi le lettere, le fotografie, i regali. Dalla mia finestra si vede il piccolo giardino. Ci ho giocato tutti i giochi possibili da sola e con le compagne di scuola, oggi mia madre lascia che ci vadano le figlie dei vicini. Schiaccio il naso contro il vetro e guardo giù. Eccole lì, gonna blu e maglietta verde, jeans e camicetta rosa, intorno al grande albero di ciliegio. Mi sembra di guardarmi indietro nel tempo, da un punto di vista inedito, privilegiato. Una di quelle bambine potrei essere io, vent'anni fa. È cambiato tutto, ma il ciliegio no, è l'unico a essere rimasto al suo posto. L'ha piantato mio nonno e poi l'ha chiamato "l'Albero della Neve", perché era un regalo per me e perché ogni anno, un giorno qualsiasi di primavera, senza preavviso, si riempie di fiori bianchi, un'esplosione. Noi ce ne accorgevamo sempre al mattino e allora dovevamo stropicciarci gli occhi più a lungo e restavamo a goderci quella meraviglia, prima di fare colazione. Poi, quando finivo di bere il latte, il nonno posava le tazze nel lavello e io raccoglievo le briciole, e insieme le lasciavamo cadere sul davanzale per le rondini. Il giorno in cui sull'Albero della Neve sbocciavano quei fiocchi nuovi era un giorno speciale. Lo sentivamo nell'aria, in ogni respiro, un biscotto dopo l'altro. Dovrò aspettare la prossima primavera per vederlo ancora bianco, oggi che le sue grandi foglie verdi si stanno seccando al sole.

"Tuo nonno avrebbe voluto vederti realizzata. Facci qualcosa di bello per te, Neve..." Sento ancora la voce di Mariuccia, mentre i miei continuano a discutere tra di loro in cucina, ci metteranno giorni a capacitarsi di tutto quello che è successo. Mia madre, specialmente, dovrà realizzare la sua perdita, la buona fede di Mariuccia, il senso di questo grandissimo regalo. Io invece penserò ai desideri del nonno e ai miei, per non sprecarne nemmeno uno, farò qualcosa per me per fare qualcosa per lui, e sarà come tenersi per mano ancora un po'. Allora penso che potrei vedere il mondo che lui ha immaginato, quello che ha creduto di conoscere. Ecco, potrei licenziarmi e viaggiare per anni, fino a esaurimento scorte. Solo che dovrei farlo da sola, lasciando tutti qui, il mio amore, i miei amici, la mia famiglia, sulla terraferma mentre io spicco il volo. Perché anche se pagassi la loro parte, non potrebbero di certo chiedere tante ferie. Per nessuno sarebbe così semplice seguirmi. Evidentemente ci sono cose che possono essere solo sognate, che non presuppongono proprio una realizzazione. Anzi, a dirla tutta, ora che potrei davvero viaggiare per anni, non mi va per niente. Sai che faticaccia. Ci sono altre cose, però, che si possono fare con una cifra del genere. Solo che ora non me ne viene in mente neanche una. Sono troppo scombussolata per pensarci. La sveglia all'alba, il viaggio in pullman, il funerale, Mariuccia, i miei genitori, Omar che non chiama. Ci ho provato io, ma è sempre irraggiungibile. Mi ha fatto male non averlo accanto, gliel'ho detto, ma è stato irremovibile. «Non pensare che io sia cinico, Neve, e che non mi dispiaccia per la tua perdita. Ma dobbiamo pensare al nostro futuro, più che al nostro passato. Preferisco non prendere un permesso per accompagnarti. Dovresti capirlo. Se vado al lavoro, lo sto facendo per noi...» Ho preferito tacere e mi sono morsa la lingua. Forse aveva ragione, forse il mio era un capriccio. Certo, non ero così lucida da comprenderlo fino in fondo, ma abbastanza da intuirlo, facendo un passo indietro. E sono partita. Da sola. Perché questo dolore è una cosa di famiglia. La mia. E l'unica eredità che rivendico oggi è la poltrona del nonno, di stoffa, consumata, con quei braccioli spessi che se mi ci accoccolo sento ancora il suo odore, mi sembra di stargli sulle ginocchia.

«Me la posso portare a Roma?»

«Neve, con tutto quello che è successo pensi a quella vecchia poltrona?»

«Era sua, è l'unica cosa che voglio. Davvero...»

«Ma vai con il pullman, dove la metti?»

«Capirai, sarò l'unica su quella corriera, lo spazio c'è... E poi stasera mi viene a prendere Marta, in qualche modo faremo!»

«Ma con questi soldi, invece, che ci farai?»

«Non sai quanto mi scoccia continuare a pagare la stanza a quella stronza, proprio quando ne avevo trovata un'altra con una ragazza che lavora con me. Però quando quella mi ha detto che starà via almeno per un anno, e che con la quota di sempre mi lascia tutta la casa, ho pensato che fosse un vero affare e le ho detto che resterò... E poi lo sai, Neve, io odio i traslochi. Sono tra le esperienze più traumatiche della vita...»

«Ma che fico! Una casa tutta per te, con due stanze vuote, settanta metri quadri. Una roba da capogiro. Io mi ci perderei...»

«Eh sì! Già mi sembrava fantastico avere un salone oltre alla cucina, ora perfino una camera... Ha detto che se voglio posso pure ospitare qualcuno. Magari i tuoi, quando ti vengono a trovare. Mi fa piacere, sai? Devono sempre andare in un bed and breakfast se no...»

«Be', grazie! Sarebbe bello. Ogni volta mi sento così mortificata all'idea di non avere un posto per loro quando vengono qui... Ma io non ho ancora capito, perché Viola non affitta l'altra stanza?»

«Per scaramanzia, non si sa mai dovesse tornare all'improvviso, ripensarci, litigare con Michele... o trovarne uno migliore!»

Io e Marta ci urliamo nelle orecchie. O meglio, io urlo nelle sue perché lei guida il motorino e grida al vento, mentre io mi schiaccio sulla sua schiena e cerco d'afferrare le parole prima che si dissolvano nell'aria. Dietro di noi c'è Gianfi con la mia poltrona, lo vedo dallo specchietto. Avevo raccontato a Marta del mio nuovo bagaglio e il suo fidanzato una volta tanto si è reso utile. È venuto con la sua macchina, si è caricato la poltrona sulle spalle e l'ha incastrata nel bagagliaio abbassando il sedile dietro, mentre l'autista del pullman bestemmiava che una ragazza con un equipaggiamento simile non l'aveva portata mai. Non so come avrei fatto se non fosse venuto Gianfi. Ho proprio rischiato. È difficile che lui ammetta di non avere niente da fare, di solito dice che lavora. Qualche volta scrive un romanzo che non finisce, poi comincia un quadro e quando si stanca lo lascia a metà ed esce a fare una passeggiata, torna e prende la chitarra, strimpella un po' e poi inizia un progetto grafico che nessuno gli ha commissionato. E io che pensavo non esistessero persone così oggigiorno. Mi sono dovuta ricredere. E non è nemmeno l'unico. Tra i suoi vecchi amici, figli della Roma bene, quanti ce ne sono convinti di lavorare con la carta di credito del papà nel portafoglio, che si scatenano in lotte politiche a colpi di link su Facebook. Quanto vorrei anch'io essere precaria così, invece di avere un buon contratto in un'agenzia che potrebbe chiudere da un momento all'altro e la prepagata intestata a me sola. Gianfi comunque è buono, gentile e molto, molto innamorato di Marta. Anche lei lo ama, pure se spesso non lo tollera. Quanto siamo brave noi donne a scindere i sentimenti da tutto il resto. A perdonare tutto. Una specialità femminile, direi.

«Insomma, alla fine s'è decisa a partire. Va da Michele. Non ne poteva più di fare avanti e indietro Roma-Milano, Milano-Roma. Con la crisi che c'è, non le hanno rinnovato il contratto alla boutique, così invece di piangersi addosso ha deciso di dare una svolta alla sua vita, e di investire in questa storia...»

«Ha detto *investire*? Ma ti rendi conto? Che lapsus...»

Quanto è prevedibile Viola. Fidanzata da anni con quello che lei stessa ha incoronato il re dei cornuti, sia perché è ricco sia perché l'ha tradito spesso e volentieri. Non mi dimentico la faccia di Marta quando, di ritorno da un viaggio in Spagna con delle amiche, Viola le ha detto d'aver regalato a Michele la classica maglietta rossa con il toro stampato sopra. Sadica come poche diceva che se la meritava dopo le sue conquiste estive e lui, ignaro del palco di corna che portava in testa, l'ha ringraziata contento. Io non lo conosco, ma deve essere un vero idiota. Viola sembra uscita da una rivista di moda, ritocco con Photoshop compreso. È bellissima, che sorrida o starnutisca. Sono così contenta che se ne vada il più lontano possibile da me, con lei mi scocciava perfino respirare lo stesso smog che invade Roma. A saperlo di avere tutti questi soldi oggi, il biglietto di sola andata glielo avrei comprato io, ché in agenzia ho pure lo sconto. La verità è che certe cose non si perdonano mai veramente. Ci si passa sopra, è vero, come ho fatto io, per mille ragioni. Ma quelle restano lì, dietro di te, basta voltarsi per rivederle chiaramente, per risentirle tutte rimbombare in testa, forti come la musica di quella sera.

Un anno fa Marta mi aveva convinto a festeggiare i miei ventotto anni e mi aveva proposto di farlo a casa loro. Viola era d'accordo, c'era abbastanza spazio e così avevamo fatto insieme la spesa, un carrello pieno di patatine e altre schifezze del discount e un altro di bottiglie di birra e vino. Avevamo addirittura preparato la sangria, lasciando la frutta a macerare dal giorno prima, ché era estate e ci stava bene. E i venticinque invitati sono diventati cinquanta senza che io me ne rendessi conto, in un viavai di persone dalle otto di sera fino alle tre di notte.

Se all'inizio Omar mi stava sempre appiccicato, le mani sui fianchi fasciati dal vestitino nero e sulle spalle scoperte, i baci sul collo e dietro le orecchie, poi l'ho perso di vista. Ero la festeggiata, la padrona di casa, la regina della serata: io, che di solito tre mesi prima del mio compleanno mi metto a cercare offerte su zingarate.com, tripadvisor.it e affini perché mi sale l'ansia e mi viene voglia di scappare. E non c'entra il tempo che passa, ma le persone. Ho sempre paura di non avere nessuno accanto il giorno del mio compleanno. E invece quella sera c'erano tutti, persino Viola che aveva preferito rimandare la partenza per Milano. Lei che a fine serata stava sul balcone, con Omar. Era brilla sì, ma non così tanto come ha cercato di farmi credere quando l'ho beccata, braccia intorno al collo del mio fidanzato, a strusciarsi contro di lui. Ero andata a cercarlo, sapevo che lo avrei trovato lì fuori a fumare una sigaretta. Non di certo a sbavare sulla scollatura della sua vecchia amica, vicino, sempre più vicino, così tanto da sfiorarle le labbra. E se non l'ha baciata sul serio, è stato solo perché io l'ho strattonato, tirandolo per un braccio.

«Che cazzo fai? Che cazzo fate?» ho urlato, ché della gente tutta intorno non me ne importava più niente, erano tutte schegge schizzate via dalla mia festa andata in frantumi, risucchiata in un vortice nero, schiantata a terra dopo un volo dal quinto piano. Di quella notte restavamo noi tre. Io un passo indietro, loro due uno davanti all'altra, Omar che si era staccato da Viola solo per la mia spinta, lei che diceva: «Scusa, ho bevuto troppo, mi gira la testa...» e rientrava in casa. E poi io, rannicchiata in un angolo, sulle mattonelle fredde, appoggiata alla ringhiera, con il rimmel sulle guance bagnate di lacrime e il mio fidanzato in piedi e poi in ginocchio di fronte a me a dirmi che avevo frainteso, mi ero fatta un film in testa, stavano solo giocando, sì, certo, come no. Quella notte non ho salutato nessuno, nemmeno quei due tizi che si baciavano sul letto di Marta e che ho cacciato via senza riguardo. Ho chiuso a chiave la porta della sua stanza e sono rimasta lì, ad ascoltare i rumori della festa farsi più bassi, la musica spegnersi, il ticchettio delle scarpe, i saluti e i grazie, la porta di casa chiudersi una volta per tutte e Marta bussare. Le ho aperto, non abbiamo parlato, avevo solo voglia di piangere e dormire. Il giorno seguente mi sono svegliata dopo le due del pomeriggio. Marta aveva già pulito tutta la casa, mi aspettava seduta in cucina.

«Vuoi un cappuccino o un bel piatto di pasta?» mi ha chiesto con quel suo sguardo dolce, il tono materno. Ho scelto un succo di frutta e le pizzette avanzate dalla festa. Viola era partita, ma mi aveva lasciato sul tavolo una lettera di scuse, in cui ribadiva che era stato Omar a cominciare. Diceva che lei non lo avrebbe mai baciato. Eppure a me era sembrata provocante come sempre, l'avevo vista mordersi le labbra, scostarsi i capelli dal viso con quei suoi movimenti leggeri, irresistibili. Non ho voluto vedere Omar per una settimana, tremando di umiliazione e paura. Paura di perderlo, paura che non mi chiedesse scusa abbastanza da giustificare un mio ritorno. Lui si è preso tutte le colpe che poteva, pure quelle di Viola. Solo che questo non mi aiutava, anzi mi faceva venire i nervi visto che ho sempre saputo del debole che aveva per lei, prima di mettersi con me. L'ho conosciuto proprio così, il migliore amico della coinquilina della mia migliore amica. Anche se ha sempre giurato che tra loro non c'era mai stato niente, quando ha iniziato a provarci con me. E quella volta di certo avrei preferito che ne avesse parlato male, invece di sprecare tante energie a difenderla. Gli uomini sono davvero dei principianti quando si tratta di chiedere scusa.

Così Omar ha finito con il prendersi pure tutti i miei insulti, ma ha chiamato ogni giorno fino all'ultimo, quando si è presentato in agenzia, visto che mi rifiutavo di incontrarlo, con un mazzo di rose rosse, ventisette come gli anni che non aveva onorato degnamente, pure se ne avevo compiuto uno in più, ma in quel momento non aveva importanza, ero così contenta di vederlo che sulla rosa mancante ci sono passata sopra, l'ho calpestata correndogli incontro.

«Era ora, dopo sette giorni...» aveva commentato Marta, così come avevo previsto, mentre aprivo già le braccia per riprendermelo, stringerlo, circondarlo per segnare un territorio, il nostro, un cerchio perfetto, quello in cui vorrei vivere sempre. Con Viola dopo quella serata c'è stato un chiarimento su Skype, le ho detto che non avrei mai più voluto parlare di quell'episodio che aveva solo rafforzato il mio rapporto con Omar. Mi importava soltanto dire a lei e a me stessa: "Omar ha scelto me, Omar è mio". Mi sono sentita più forte. Lui mi aveva giurato che non l'avrebbe più rivista, non avrebbe più messo piede in quella casa. Qualsiasi rapporto ci fosse stato tra loro si era rotto per sempre e io intanto rincollavo a uno a uno i pezzi del nostro.

Quando arriviamo a casa, Gianfi è tutto sudato. La poltrona non entrava nell'ascensore e l'abbiamo spinta in tre per quattro piani di scale, ma lui ovviamente più di noi, che in tutta la vicenda eravamo al massimo coreografiche.

«Che storia pazzesca! E che fico era tuo nonno! E ora? Che ci farai con tutti questi soldi?» mi chiede Marta, dopo che le ho raccontato tutto tra una curva e un semaforo rosso, mentre ci laviamo insieme le mani in bagno come due ragazzine, passandoci la saponetta.

«Non lo so, Marta. Me l'hanno domandato pure i miei e non lo so. Ci voglio pensare bene. Non posso buttarli via così per un capriccio, sarebbe come sprecare la sua vita, ignorare le sue rinunce, le sue speranze, le sue fatiche. Voglio farci qualcosa che gli renda onore. Solo che non so proprio cosa...»

Ordino le pizze con i coupon che ho comprato mesi fa su un gruppo d'acquisto online. Come al solito ho esagerato. Ne ho presi venti, costavano due euro l'uno. E oltre alla pizza, includono un mix di bruschette, supplì, olive ascolane e bibita a scelta. Mica male, avevo pensato mentre cliccavo su "acquista". Al quinto ordine, il ragazzo delle consegne ormai era di casa e Omar aveva già la nausea. Così ho continuato a prenderle quando stavo da sola, durante le sue cene di lavoro, e a mangiarle spaparanzata sul nostro letto a una piazza e mezzo.

«Che vivi in questa casa anche tu, si capisce solo dal bagno e dai fornelli. Ora sì che sono puliti!» dice Marta mentre sposta un poco la poltrona che non sappiamo dove mettere, rimasta nel bel mezzo dell'ingresso con angolo cottura. In effetti è vero, si capisce solo da quello. Perché io, qui, non mi sono permessa di spostare nemmeno l'ultimo dei suoi soldatini in fila. Omar fa la collezione, gli piacciono tanto. Io li chiamo "raccoglitori di polvere". Sono una vera sfida per le mie pulizie domestiche. Vincono sempre loro, sarà che sono armati fino ai denti. Poi ci sono i quadri. Nudi artistici, li definisce Omar. Magari perché c'è un lenzuolo rosso appoggiato ai piedi di una donna in stile realistico, tette al vento comprese. E locandine di film, di *Wall Street* per esempio, prima e seconda versione. In fondo è il monolocale di un giovane, promettente, aspirante manager di una multinazionale. E non mancano neanche le fotografie. Dei suoi cani. Che orrore. Bulldog con la bava alla bocca. Non sono foto tenere, di cuccioli. Sono bestie che spalancano le fauci. Non so perché si è divertito a fotografargli i denti aguzzi e la gola. Per fortuna io non li ho mai visti dal vivo. Stanno dai suoi a Padova. Non ho toccato nulla perché non ho mai voluto fare la fidanzata invadente che gli si piazzava in casa e la trasformava di colpo. Ho pensato fosse giusto rispettare quel suo spazio, che s'era organizzato per anni solo soletto. E poi c'è da dire che oltre a metà anta dell'armadio e a due cassetti, non mi ha mai detto d'allargarmi di più. Insomma, si può dire che ci siamo trovati.

Passo a Gianfi un bicchiere d'acqua ed esco sul balconcino. Guardo i palazzi di fronte, le antenne, le tinte rossicce delle facciate, le persiane chiuse, quelle aperte, i portoni in basso e i gabbiotti abusivi sui terrazzi. Mi sembra di riuscire a vedere tutta la città da qui e penso che da qualche parte, nascosta tra chissà quali strade, dietro quali angoli, c'è una casa che mi aspetta. Una casa tutta mia. Un appartamento vuoto di cui, prima o poi, avrò la chiave. Dove mi sentirò al sicuro, dove mi piacerà tornare. Un posto che mi somigli, semplice, accogliente, un poco elegante. Sarà un posto dove vivere con Omar, certo, che sarà pieno delle nostre cose. Non ci saranno più solo le sue. Ci saranno i miei colori preferiti, chiari, pastello, sulle pareti. Non questa carta da parati ridicola che ci circonda ogni notte. È questo che desidero davvero. E penso ai miei soldi. Anzi, a quelli del nonno.

«Una casa. Ci comprerò una casa. Investirò nel mattone, mio nonno mi avrebbe dato ragione!» annuncio solenne, guardando i miei amici.

«Una casa? E dove?» mi risponde Gianfi, nemmeno avessi detto che volevo comprare una stella persa nell'universo.

«A Roma, è ovvio! Al paesello potrei comprarne dieci. Ma io la voglio qui. È qui che vivo, è qui che da dieci anni butto i soldi in affitto...»

«Questa sì che è una grande idea!» risponde Marta e batte le mani, ma Gianfi interrompe subito la festa.

«Non è uno scherzo, Neve. Pensaci bene. Ci vorrà un sacco di tempo per trovarla, le agenzie chiedono percentuali altissime, poi devi calcolare le spese del notaio, i lavori, i mobili... Sei sicura che duecentotrentamila euro ti basteranno?» mi chiede lui, che per le sue case non ha speso un centesimo, che dorme sul letto sfondato in cui sono morti i suoi avi pur di non comprarne uno nuovo da Ikea, e mangia un giorno sì e l'altro pure da sua madre, santa donna che gli paga pure l'Imu. Non capisce sinceramente perché io voglia comprare un appartamento. Le case che possiede per lui sono un peso. Hanno azzerato i suoi bisogni e sono diventate una zavorra. Mio nonno lo diceva sempre: «La fame aguzza l'ingegno». E a me non dispiacerà sentirne un po'. Ogni difficoltà sarà uno stimolo.

«Certo, dovrò aggiungere degli altri soldi, ma ce la posso fare chiedendo un piccolo mutuo... Ho un buon contratto, e mio papà potrebbe farmi da garante.»

«Forse è meglio se te lo faccia Gianfi, da garante...» dice Marta sorridendo, rivolta a lui.

«Io? Sì, come no. Così, oltre alla casa di Neve, si portano via pure le mie appena non riuscirà a pagare una rata del mutuo... Neve, ma chi te lo fa fare? È una cosa grossa, impegnativa, pesante. Ma goditeli questi soldi, divertiti!» mi dice serio, come se volesse fermarmi, prima di vedermi cadere giù da questo quarto piano alla ricerca d'un posticino tutto per me. Marta lo guarda storto.

«È la scelta migliore, ragazzi. Per mio nonno e per me stessa. Mi piace l'idea di rendere concreti i suoi sacrifici, di dargli una forma solida. E mi piace pensare che quello che mi ha lasciato diventi il tetto sotto cui ripararmi, il mio rifugio. Non so se capite cosa intendo...»

«Sì, Neve. Certo che lo capisco. Anche io però sono un po' preoccupata, il mercato immobiliare è una giungla...»

«Imparerò a difendermi, ce la farò... E poi ci sarà Omar con me. Mi aiuterà. Non solo sola.»

«Certo, come no. C'è Tarzan...» scherza Gianfi, questa volta mi fa ridere.

«Non gli dare retta... Hai ragione, Neve. Pensa che bello che deve essere avere una casa tutta tua... È la cosa più difficile, ma anche la più saggia che tu possa fare con questa eredità» conclude Marta.

Lei e Gianfi cominciano a darmi consigli. Io non li ascolto più, mi siedo sulla poltrona del nonno, porto le ginocchia al petto e lascio che parlino tra di loro, mentre penso che finalmente potrò comprare un armadio, tutto per me, uno specchio grande e che avrò dei piatti, delle pentole. Il microonde sarà mio, per esempio, e sceglierò pure le posate. E i bicchieri, belli ma tutti diversi. Da qualche parte ho letto che va di moda così. Acquisterò anche un quadro. Magari una stampa di Magritte, quella che ho visto sulla copertina di un libro di Simenon e mi piace così tanto. Riempirò piano piano la mia casa di cose belle, chissà, forse troverò i soldi pure per mettere il parquet. L'unica cosa difficile al momento è immaginarmi uno scaffale. Per quegli accidenti di soldatini.

È mezzanotte passata quando Omar apre la porta di casa e io non ho altra scelta. Le prove ci sono tutte, sul divano, inconfutabili. Il Mac acceso, il portafoglio aperto, la carta prepagata in bella vista. Fra qualche giorno arriverà il corpo del reato in uno scatolone e allora non potrei continuare a mentire, per cui tanto vale dirgli subito la verità, nient'altro che la verità, prima che cominci a fare domande. Confesso.

«Ho comprato una lavatrice.»

E dopo che lo dico tutto d'un fiato, quasi mi sembra meno grave, ma Omar ha una faccia stravolta. La sua cena di lavoro deve essere stata particolarmente pesante. È davvero sotto stress in questo periodo. Gli ultimi giorni sono quelli decisivi, me l'ha ripetuto tante volte. Sarà per questo che non mi chiede nemmeno come sto. Si toglie la giacca, allenta il nodo della cravatta e si lascia cadere su una sedia. Io, per sdrammatizzare, gli riferisco i particolari con una voce finto-professionale.

«È bellissima. Perfetta per un manager rampante, sai» scherzo. «Può fare il lavaggio a pioggia e a immersione. Ha una centrifuga che arriva a milleduecento giri e l'opzione antipiega. In più ha una serie di programmi speciali per la seta, la lana, la lingerie, le tende e i piumoni. Figurati che la puoi programmare pure per i tessuti baby o per quelli tecnici da sport...»

«E da quando in qua tu fai sport e pensi ai bambini?»
«Ma che significa...»
«Significa che io una lavatrice ce l'ho già!»
Lo sguardo di Omar è severo, mi attraversa come se non mi vedesse, come se guardasse oltre, verso qualcuno che non c'è. Mi avvicino, non è da lui rispondermi così. Di solito dei miei acquisti online alla fine ride. Deve essergli successo qualcosa, lo sento. Ma prima mi siedo accanto a lui, intorno al tavolo, e gli spiego cosa è successo a me. Così, giusto per rassicurarlo. Che non sono impazzita. Che non compro lavatrici su internet giusto perché c'è un'offertona. E gli spiego che sto solo arredando una casa. Una casa che non esiste, certo. Per ora.

«Non ci posso credere», questo è il suo commento, dopo il mio racconto emozionato. Eppure ce l'ho messa tutta per renderlo commovente al punto giusto e a tratti divertente. Non devo esserci riuscita. Sembra che la cosa non lo riguardi minimamente. Come se pensasse ad altro, come se non pensasse a me.

«Forse non avrei dovuto comprare una lavatrice. È stato un gesto avventato, lo ammetto. Sarebbe stato meglio parlarne prima con te. Ma la vendita scadeva a mezzanotte, non volevo rischiare di perderla. Non sapevo quando saresti tornato, non mi hai mai chiamata. A proposito, perché non ti sei mai fatto sentire? Tutto il giorno... io stavo lì, il funerale, il viaggio. Un sms m'avrebbe fatto piacere. Accidenti, scusa. Non è di certo colpa tua. Ti fanno lavorare troppo, amore mio. Ma quanto lavori?»
Allungo una mano, gli accarezzo la guancia, la barba che gli spunta di sera mi gratta lievemente il palmo. Ma Omar non si scioglie come fa di solito in un sorriso, in un bacio, in un altro e un altro ancora, fino al letto. No, si scosta.
«Neve, da domani non lavoro più. Mi sono licenziato» mi dice alzandosi, poi va verso il frigorifero. E sono io stavolta che non ci posso credere.
«Oddio, Omar. Che cosa è successo? Che ti hanno fatto?»

Omar si apre una birra e ne butta giù mezza direttamente dalla bottiglia, vorrei dirgli che è troppo fredda, che potrebbe fargli male bevuta così di corsa, ma non faccio in tempo.

«Niente, Neve. Non m'hanno fatto niente. Non sono sempre gli altri che mi devono fare qualcosa. L'ho deciso io. Non ne potevo più. Non ne potevo più della sveglia all'alba, di mangiare sempre alla stessa ora, di fare gli straordinari tutti i giorni. Non ne posso più, Neve, di questa vita. Non voglio vivere per lavorare. Non ne posso più manco di questa cravatta!»

Omar se la sfila con rabbia dal colletto della camicia e la lancia sulla poltrona di mio nonno.

«E quella che cazzo è?»

«È la poltrona di mio nonno. È la *mia* poltrona, cioè.»

La guardo fiera e intenerita. È la mia zattera, la mia isola, quasi quasi mi ci accoccolo sopra, ché qui mi sento in pericolo, il mare sembra in tempesta.

«La *tua* poltrona? Neve, qua non c'è spazio. Dove la mettiamo?»

Posa la birra e finalmente mi parla. Questa volta sì che ce l'ha con me. Si accorge che esisto solo ora che ha notato la poltrona, la prima novità introdotta dalla sottoscritta nell'appartamento dei suoi zii che dividiamo a metà, bollette comprese. Omar la guarda con un livore che mi infastidisce, ma conto fino a dieci, cento, mille, in un secondo. Adesso la questione è un'altra.

«Non lo so dove possiamo metterla, un posto lo troviamo, magari spostiamo quel mobile che non serve a niente nell'ingresso... Ma che importa ora? Omar, tu ti sei licenziato! Hai studiato per quel lavoro, hai stretto i denti, hai lottato tanto per ottenerlo... Ma che ti è successo? Perché hai mollato così? Non è da te... Stai male? Ti prego, parliamone. Sei sicuro che non si può tornare indietro? Non è stata una decisione definitiva, vero?»

«Neve, non è stato un colpo di testa. Ci ho pensato a lungo. Ci ho pensato per mesi.»

«Mesi? E non mi hai mai detto niente? Cavolo, Omar, stiamo insieme, viviamo insieme... Non ne sapevo nulla.»

«Volevo che fosse una decisione solo mia. Tu mi avresti convinto a restare. Tu vuoi certezze, Neve. L'ho visto come mi hai guardato quando ti ho detto che ti avrei sposato. Mi hai preso sul serio. È questo che desideri, stabilità...»

«Ma io... io ti amo, è solo per questo che ti ho guardato in quel modo! Ma poi in che modo, scusa? Non lo so nemmeno io come. E comunque io ti rispetto, rispetto ogni tuo spazio, lo sai... non mi pare di essere mai stata invadente... Avresti dovuto dirmelo, ma... ma ora che farai?»

«Ti ricordi Andrea, il mio ex collega? È andato in America, lavora in una multinazionale che produce detersivi. Andrò da lui, ha detto che mi aiuterà a trovare qualcosa. Non so cosa, ma io parto. Qui non ci voglio più stare, sì, voglio ancora fare carriera, ma non qui e non così, non voglio morire timbrando il cartellino... E poi sono ancora giovane, un'esperienza negli States è fondamentale nel mio campo...»

Omar lo dice con gli occhi bassi. È rimasto appoggiato allo sportello aperto del frigorifero, si rovinerà tutto, pure il budino che gli ho preparato io prima di partire e che gli piace tanto. E fissa il pavimento, ché il coraggio di guardare la mia faccia non ce l'ha. Quel contratto erano i nostri, i miei sogni. Ma non me ne frega più niente. Perché l'unica cosa a cui penso è che lui parte. Lui qui non ci vuole più stare. E con me? Con me ci vuole ancora stare? Glielo chiedo a bruciapelo, spaventata ma diretta. Omar tace e il suo è un silenzio che dura troppo.

«Noi non c'entriamo nulla. Questa è una decisione mia. Io *devo* partire...»

Omar si gira, chiude il frigo, poi si guarda intorno. Camminerebbe su e giù per la cucina, se non fosse così piccola.

«Tu vai solo dall'altra parte del mondo...» gli faccio notare, e il tono è acido, nonostante le intenzioni. È difficile ostentare coraggio, cercare di darsi un contegno, mostrare un po' di dignità, quando vorresti cedere e pregarlo di cambiare idea. Quando vorresti supplicarlo di restare, quando speri che a un certo punto ti dica che stava scherzando. Che lo dica come ha fatto sempre, ogni volta che parlava di futuro, di noi.

«Troveremo un altro equilibrio, Neve, non lo so. Sinceramente non lo so. È tutto un gran casino. Ci sono tante cose a cui devo pensare... Comunque la casa, intanto, la devo lasciare... Quando ho detto ai miei zii che sarei partito, mi hanno richiesto le chiavi. Non vogliono che ci resti tu, nemmeno se pagassi l'affitto per intero... Certo, ora potresti, hai i soldi di tuo nonno! Ma è una questione di famiglia. Non ci vogliono estranei dentro, non è stato facile convincerli neppure quando si trattava di convivere.»

«Ma che me ne frega, io qui senza di te non ci voglio restare! E poi dai tuoi zii non m'aspettavo niente... Ma se la lasci, poi come fai quando torni? Ma soprattutto quando parti?»

«Tra due settimane. Per la casa non ti preoccupare, te l'ho detto, non ci vogliono estranei, se torno, la ritrovo...»

«*Se* torno? Omar... Hai detto che non venivi al funerale di mio nonno perché pensavi a noi, al nostro futuro. Hai detto che mi amavi fino a due giorni fa, certo, l'hai detto dopo un orgasmo, che così non vale, è troppo facile... E ora te ne vai, mi hai tenuto per mesi un segreto così grande, hai preso una decisione così importante, una decisione che riguarda anche me...», parlo a voce bassa, lui guarda fuori dalla finestra, mi dà le spalle. Mi avvicino, con un braccio tocco il suo. È rigido. Non si volta.

«Non mi guardi nemmeno in faccia... Grazie, eh. Grazie, Omar, per non avermi fatto trovare le valigie fuori dalla porta. Forse sarebbe stato più semplice, scappare... Ma in fondo lo stai già facendo, ti fai mollare come il peggiore degli uomini. Un vigliacco schifoso. Tu stai scappando.»

Omar è sfuggente, ma lo conosco bene. Ora mi chiederà scusa, ora si prenderà tutte le colpe, ora mi chiederà di perdonarlo, mi ergerà a suo giudice per l'ennesima volta, mi farà sentire cattiva se non gli condonerò presto la pena.

«Neve, mi dispiace. Mi dispiace davvero. Hai ragione, sono un egoista, un vigliacco... Ma la mia decisione l'ho presa. Non posso, non voglio più tornare indietro, mi devi capire...»

Finalmente si gira, mi prende le mani, le sue sono calde, grandi e forti e stringono le mie, piccole, fredde, più fredde del solito.

«Lasciami, Omar, lasciami tu, ti prego, perché io non ne sono capace...»

E le lacrime arrivano con i singhiozzi. Sono le lacrime che ho cercato di rinviare al mittente da questa mattina. Una cascata dagli occhi alle guance, la bocca, la camicetta. Questo è il pianto che meritava mio nonno, quello che si era bloccato per lo sgomento, che era mancato come m'era mancata l'aria quando mia madre mi ha telefonato per dirmi che si era sentito male. Questo è il pianto per un amore che di colpo cambia faccia e sa di morte. È quello per me stessa, di paura, di impotenza. Solo che ora, qui, è tutto per Omar, che se ne va.

«Neve, ti chiedo solo una pausa. Non sono pronto a prendere una decisione anche su di noi, ti prego. Ne ho già presa una così grande su di me. Pensiamo a questo momento come a una pausa, una pausa di riflessione... anzi, una tregua. Non ce la faccio più a litigare. Sono stanchissimo. Vado a farmi una doccia.»

Quando Omar entra in bagno, resto qui. Con le dita affondo nel bracciolo morbido e a letto non ci vado. Stanotte io su questa poltrona ci dormo.

Seconda parte

LA MISURA DI UN SOGNO

«Posso farle vedere il monolocale mercoledì alle sedici in punto.»

«Così presto? Non possiamo fare un po' più tardi? Verso le sei e mezzo, per esempio...»

«No, impossibile. Non fissiamo visite fuori dall'orario d'ufficio. Per chi ci ha preso? Siamo un'agenzia immobiliare, mica d'appuntamenti!»

«Be', ma che esagerazione. Stia calma. Io pure lavoro nel pomeriggio...»

«Chieda un permesso. Ci vorranno due minuti.»

«In effetti, per vedere un monolocale...»

«Allora?»

«Allora niente, mi dispiace. Ci metterei due ore ad andare e tornare con la macchina. Lasciamo perdere.»

«Perché, scusi, dove sta il suo ufficio?»

Saranno anche fatti miei, però rispondo lo stesso.

«Dall'altra parte di Roma.»

«Ah. Che sfortuna, signorina!»

«Be', veramente non direi. È un bel quartiere. A mia madre basta pensare che lavoro ai Parioli per darsi delle arie quando parla di me al paesello. Fosse per lei a Roma nord potrei fare pure la colf, pensi un po'...»

Silenzio. Ma che ci scherzo a fare con questa? Mi sa che l'ironia non è una qualità degli agenti immobiliari. Continuo ad aspettarmi sempre troppo dalle persone, accidenti.

«Comunque, glielo dico chiaro e tondo: se non riesce a imporsi un minimo di flessibilità sul lavoro sarà impossibile che riesca a vedere gli appartamenti. Noi non siamo di certo a sua disposizione!»

«Ah, no? Pensavo prendesse una percentuale sul venduto... Vabbè, senta, le faccio un grande in bocca al lupo, non sarà facile trovare un disoccupato a cui vendere casa...»

«Scherzi, scherzi, signorina. Ma si ricordi: i piccoli tagli vanno via come il pane!»

Riattacco il telefono e mi chiedo come sia possibile che fuori di qui ci sia un esercito di persone tanto affamate disposto a spendere duecentotrentamila euro, senza pensarci due volte, per una pagnotta dura come il cemento. Eppure deve avere ragione lei, la più acida degli agenti immobiliari con cui ho parlato finora. Ci deve essere stata un'ondata d'eredità, di vincite al Superenalotto, d'abbandoni improvvisi e di sistemazioni di fortuna. Più o meno nel giro di quattro mesi, così come è successo a me. E io che pensavo d'essere l'unica ad avere così tanto bisogno di una casa, mentre ringraziavo Marta per avermi accolta nella sua, poltrona compresa, e pregavo mio nonno, stringendo un bracciolo, di aiutarmi a trovare la forza di dormire nel letto di Viola. Come se non bastassero gli incubi a farmi rivedere Omar, con gli occhi dolci e poi crudeli, darmi schiaffi e speranze, sconvolgermi e uccidermi ogni notte. Tra queste stanze mi sembra di trovarmelo davanti anche di giorno, di sentire ancora tutte le sensazioni della sera della mia festa. Sono stata una stupida. Non avrei dovuto cedere allora, se la nostra storia fosse finita in quel momento, oggi già non starei più così, con le ferite fresche, a sanguinare. Mi sarei ripresa da un pezzo, anche se avrei la pelle segnata dalle cicatrici. E invece sto ancora qui, a contare i giorni dalla sua partenza, che oggi sono centoventitré.

Quando finalmente mi decido a lasciare la poltrona del nonno, la mia cuccia, per sdraiarmi sul letto, mi consolo perché almeno le lenzuola a cui mi aggrappo sono mie, in questa camera estranea, dove non ho potuto cambiare nulla perché tutto è stato scelto dalla mia rivale, quella che ho continuato a temere nonostante il chiarimento. È stata proprio lei che ha dato a Marta il permesso di ospitarmi perché da un giorno all'altro non sapevo più dove andare, che le ha detto di essere tanto dispiaciuta per me e che nel frattempo mi ride in faccia ogni sera dalle sue foto che tappezzano la parete. Non me ne vado perché non ho la forza di stare sola e perché Marta insiste affinché io resti. D'altra parte non pago neppure l'affitto, anche se do il mio contributo tra bollette e spese, e sono già riuscita a mettere da parte qualche centinaio di euro in più per la casa che cerco, e che devo trovare, più prima che poi. Solo che non è facile. Tutti i venerdì compro "Portaportese" in edicola, il giornale degli annunci locali, ma ogni volta è una sfida. C'è il rischio di perdere la vista se non si ha a portata di mano una lente d'ingrandimento. Il testo è minuscolo, nemmeno ti volessero mettere subito alla prova, il primo segnale delle mille difficoltà che incontrerai per arrivare all'appartamento che rientra nel tuo budget e che non è sempre, ovviamente, quello dei tuoi sogni. I sogni sono un'altra cosa. Come il giardino, il terrazzo e certe volte persino la finestra nel bagno.

Ho lasciato a tutte le agenzie di Roma i miei dati, comprese le caratteristiche dell'immobile che vorrei, in modo che possano contattarmi e chiedermi gentilmente se ho voglia di prendere un appuntamento per vedere qualche casa. Dovrebbe funzionare così, ma non succede quasi mai. Si fanno desiderare, devi sempre chiamare tu. Gli agenti immobiliari sono svogliati. Credo siano istruiti ad hoc per non darti mai l'impressione di avere fretta di vendere. L'obiettivo è farti sentire sempre una dei tanti, molti in fila prima di te giusto per soffiarti da sotto il naso quel gabbiotto abusivo in terrazza appena condonato a uso abitativo. E così di solito ti trattano come una povera idiota se al telefono rifiuti di vedere un seminterrato di classe energetica G, in un palazzo da ristrutturare, vista stazione, un vero affare, insomma. Io, comunque, non demordo: resto in attesa della prossima telefonata e quando posso chiamo io, solo che, alla faccia della mia risicata pausa pranzo, è difficile trovare qualcuno che risponda dalle dodici alle sedici. Sì, perché – incredibile ma vero – le agenzie immobiliari non fanno orario continuato e quasi mai ti fissano un appuntamento di sabato mattina. Così, come mi ha appena dimostrato la tizia con cui ho parlato poco fa, se vuoi comprare casa devi lasciare il lavoro. Solo che poi chi te lo concede un mutuo? Gli agenti immobiliari, ci scommetto, si esercitano anche in facce di circostanza che vanno da quella tenera per la tua ingenuità (magari pensavi che trenta metri quadri te li potevi permettere) a quella sdegnata per le tue pretese esagerate (magari avevi chiesto solo se l'impianto era a norma, ma per quella cifra come ti permetti anche solo di pensarlo?). Ma io non mi arrendo. Anche perché non ho altra scelta. E per non perdere tempo, la casa che un giorno o l'altro sarà mia, ho cominciato ad arredarla. Un modo per ottimizzare, mi sono detta. E per tenermi occupata, per non pensare a lui, a Omar. Con l'idea di sgombrare la mente, ho ingombrato il salotto, la cucina e la stanza di Viola con i miei nuovi acquisti. Ormai ho tutti i mobili. Mancano giusto il letto e l'armadio. Ma il divano no, l'ho visto a un mercatino vintage e ho lasciato un acconto. Me lo tengono fermo per un po'. Al massimo per non perderlo potrei sempre portarlo qui. Dovrei pensare a un simpatico allestimento in cortile, però. Come in uno dei più bei racconti di Carver, *Perché non ballate?*, quello che ho letto a Omar quando siamo rimasti nudi sul letto a baciarci per l'emozione, la nostra prima volta, senza avere il coraggio di toccarci fino in fondo. Omar mi accarezzava la testa, il seno, i fianchi. Seguiva le mie curve con le mani. Più scendeva lentamente e più mi sembrava di scoprire la mia forma.

«Nessuno aveva mai letto per me. Puoi farlo tutte le notti?» mi aveva detto guardandomi con quei suoi occhi scuri. Poi non c'è stato più tempo, abbiamo perso l'abitudine – le abitudini sono una cosa bella, io l'ho sempre pensato. Lui ha cominciato a giocare a calcetto. Credo s'allenasse più di un professionista di serie A e, dopo due anni della nostra storia, è partito per la trasferta più lunga. Mentre l'estate si spegneva sotto le piogge d'autunno, sono stata capace di chiamarlo decine di volte in un'ora perché gli squilli a vuoto del suo telefono mi facevano impazzire, di inviargli una quantità di messaggi di cui mi vergogno e di piangere per una foto, una canzone, ma anche solo un angolo di strada, uno qualsiasi, in cui siamo passati camminando abbracciati. Che sto male è chiaro a tutti. Perfino ai miei jeans che non si chiudono più. Ho messo su quattro chili, tra patatine fritte e torte al cioccolato, alla ricerca di sollievo, gratificazione, calma. Volevo prendere l'offerta di un nutrizionista su Groupon, con il test per le intolleranze alimentari compreso nei trentanove euro, ma mia madre mi ha detto: «Lascia stare, prova con una psicologa». Mi chiedo come abbia potuto pensarlo, non mi ascolta quando le dico che sto risparmiando su tutto, sarà che buon sangue non mente? A dieta mi ci dovrei mettere giusto per tirchieria, non è il caso di rifarsi il guardaroba proprio ora che ho bisogno di pentole e posate.

L'unica che mi può capire è Mariuccia. Ogni tanto la chiamo e le dico che anch'io non riesco a fare il funerale a questo mio grande amore. Non chiudo i sigilli della sua tomba immaginaria e resto attaccata al ricordo di noi, che ormai è solo un cadavere freddo e muto. Mariuccia, comunque, mi ripete che il tempo è la medicina migliore, che lei per esempio inizia a stare meglio. Ci credo che la fa facile. Mio nonno è morto davvero. Omar, invece, è vivo. Non si torna indietro dall'aldilà, ma dall'America sì. Solo che lui non ha nessuna intenzione di farlo, è sparito con un biglietto di sola andata in mano. Mi ha addirittura eliminato dalle sue amicizie di Facebook, una settimana dopo. Ma forse me la sono cercata, con i miei quarantadue messaggi tra preghiere e insulti. L'ultima volta che l'ho visto aveva un giubbotto nero, aperto sulla maglia rossa che gli avevo regalato io. Mi ricordo tutto di lui, anche i capelli spettinati sulla fronte e il respiro caldo. L'ultimo bacio. Le lingue a inseguirsi, a succhiare nettare e veleno. Ma una donna innamorata e un uomo vigliacco non vanno da nessuna parte e noi siamo rimasti lì, fermi, in un addio mascherato da arrivederci, ché almeno salutarci non ci ha fatto troppo male quella notte. Poi i giorni sono diventati pesanti, immobili, duri, come i sassi bianchi sul bordo del fiume dove giocavo da piccola e mi bagnavo i piedi, ma solo la punta delle dita, nell'acqua gelata. Nel momento in cui mi sono accorta che quello di Omar è diventato solo un nome nella rubrica del cellulare che non era più apparso e un indirizzo mail che non aveva più scritto, ho sentito freddo, come quando nel fiume c'ero finita per sbaglio, rincorrendo una farfalla, e mia madre terrorizzata urlava.

Quel racconto di Carver non l'ho più letto, resta tra i ricordi sacri. Quelli che non riesco a seppellire. Più ci butto la terra sopra, a quest'amore che lui ha sporcato, più mi torna in faccia, negli occhi e in bocca. La mangio e mi brucia la memoria di noi, e ritorno a quei giorni insieme, sotto le lenzuola, al mare, in una stanza d'albergo, a colazione. Allora compro mobili e cerco casa. Accumulo roba per riempire il vuoto indicibile della sua mancanza e uno spazio che ancora non mi appartiene. Un giorno o l'altro finirò per occupare l'aiuola. Tanto non fa così freddo e un appartamento gratis e senza soffitto non sarebbe una cattiva idea. Basta mettere ogni cosa al posto giusto, creare l'ambiente. Potrei portare giù perfino la libreria di legno scuro trovata su un outlet online. Dovrei montarla, certo. Al momento è chiusa in uno scatolone, come un puzzle gigante da costruire. Potrei anche prepararmi da mangiare con il fornelletto elettrico, quello nascosto in cantina dopo l'ultimo campeggio. Sì, se sistemassi tutti i mobili in cortile non mi mancherebbe niente – a parte il bagno, certo. Ma c'è sempre quella grande siepe dove potrei nascondermi, se mi scappasse la pipì.

La mia auto si chiama Malincomacchina. L'ho battezzata così due mesi fa perché è da un po' che guidare mi fa venire tristezza. Non c'entrano i vigili in agguato, i semafori rossi o il traffico. È colpa dell'autoradio e delle canzoni d'amore a cui non so resistere. Ma se la spengo, arrivano i pensieri, e quelli non ho proprio nessuna voglia di sentirli. Le ballate strappalacrime ho cominciato ad ascoltarle per spregio. Poi ci ho preso gusto. Omar le aveva sempre snobbate e i nostri viaggi in macchina diventavano ore e chilometri di rock. Dai Dire Straits ai Metallica passando per Marilyn Manson. Da quando se n'è andato, lo faccio apposta. Mi sintonizzo su Radio Amore Mio e canto a squarciagola, specialmente il repertorio italiano per farmi più male. Fantastico ancora di incontrarlo per caso, ferma a un incrocio, e di urlargli contro una frase tipo "come si cambia per non morire, come si cambia per amore..." o ancora "dimentica tutti quei giorni e l'amore fisico...". Fiorella Mannoia, Raf, Antonello Venditti, Nek, Claudio Baglioni, Ron e perfino Mango ormai sono i miei nuovi compagni di viaggio. Senza contare Laura Pausini, Giorgia e Irene Grandi. Stonando sulle loro parole, do voce alla mia sofferenza. E l'effetto catartico che hanno su di me quei testi struggenti e scontati si mischia ogni volta a un ingenuo stupore. È incredibile quanto siano diffuse, comuni e banali le pene d'amore. Un po' mi delude e un po' mi conforta non sentirmi sola tra kleenex bagnati di lacrime. Perché piango anche un po', mentre guido e canto. Non sono l'unica a farlo, lo so. Le vedo le donne in macchina. Alcune ballano pure. Giuro: le ho viste muovere testa e spalle, bloccate in un ingorgo. Per non parlare di quelle che si dimenticano il finestrino abbassato e al semaforo c'è da litigare se la frequenza non è la stessa.

Qualche giorno fa mi è successa una cosa strana. C'era una ragazza sulla corsia accanto alla mia, stesso modello e colore di macchina, stessa velocità e, perfino, stessa canzone. Sapeva tutte le parole, le intonava disperata. Ormai procedere affiancate era diventata una questione di principio. Così, al posto di guardare avanti, ho guidato di profilo, con la faccia girata a sinistra, cercando di mantenere la nostra posizione costante. Volevo coglierla in fallo, ma non c'è stato niente da fare. La sapeva proprio tutta, meglio di me. Per fortuna non ho tamponato nessuno. Mi chiedo se gli uomini facciano lo stesso. Ma non mi pare di averne mai visto uno afferrare il navigatore come se fosse un microfono. È evidente che non considerano la loro automobile uno spazio intimo e personalissimo, come invece faccio io che, tra il pedale dell'acceleratore, il freno a mano e il sedile del passeggero, svolgo quotidianamente tutte le pratiche utili alla mia vita privata. Dalla colazione alla depilazione, passando per le telefonate e gli appunti su appartamenti vari segnati in agenda, parto da casa e arrivo al lavoro.

Sono brava a organizzare le vacanze degli altri e, con l'idea di darmi una promozione, il mio capo di recente mi aveva comunicato che avrei avuto una stagista. Tutta mia. L'aveva detto come fosse stata una macchina aziendale o un iPhone di ultima generazione. Non aveva pensato nemmeno per un attimo che avrei preferito un aumento.

«Non darle troppa confidenza quando non ci sarò» si era raccomandata Gaia, la mia preziosa collega, quando mi aveva abbracciato congedandosi per la maternità. E io avevo riso, mi sembrava uno scherzo la sua gelosia per la nostra amicizia mischiata alla paura di venir sostituita al lavoro, lei che in agenzia mi aveva insegnato tutto. Anche se donne con un pancione di sette mesi e un bagaglio d'esperienza di sette anni sono seriamente in pericolo dalle nostre parti, presto scavalcate dalla prima postadolescente brufolosa che bussa alla porta e accetta di lavorare gratis. Comunque un po' di confidenza a questa stagista gliela avrei pure data, se solo fosse stata simpatica. Ma non lo è neanche un po'. Io, figuriamoci, la chiamo "la *stragista*".

«E poi? E poi? E poi?» mi chiede, dieci minuti dopo che le ho dato da fare una cosa qualsiasi per tenerla occupata tutta la mattina. Un incubo. E pensare che doveva essermi d'aiuto. L'assenza di Gaia non è cosa da poco in agenzia, anche se i clienti sono più o meno sempre gli stessi: tutte le coppie di mezz'età del quartiere, quei due signori anziani che prenotano solo crociere, la vecchietta che va a trovare il figlio che in Brasile ha aperto un ristorante, le nuove famiglie con prole al seguito che cercano garanzie, i pendolari del venerdì e i forzati dei last minute. Ma la stragista è rapida, vigile e attenta. Da quando c'è lei non posso distrarmi un attimo, e cercare casa è diventata la mia attività clandestina. Mi controlla.

«Non si fa Neve, non si fa...» mi dice sadica appena mi becca con la pagina aperta di un sito immobiliare. All'inizio l'avevo sottovalutata. E ho finito con il portarle il caffè e farle le fotocopie. Il punto è che volevo essere gentile. Mi piaceva anche l'idea di poterle insegnare qualcosa. Invece, dopo qualche settimana, ho capito che avrei avuto io molto da imparare da lei. A guardarmi le spalle, soprattutto. È intenzionata a farmi le scarpe, convinta com'è di saper già tutto. In effetti è proprio brava: sembra essere cresciuta a pane e prenotazioni. Ormai per colpa sua mi riduco a telefonare agli agenti immobiliari in pausa pranzo e di conseguenza le possibilità che mi rispondano quasi si azzerano.

E poi, se c'è una cosa che ho scoperto da quando cerco casa, è che potrei comprare giusto un meraviglioso box auto. Vista rampa, se sono fortunata. Ce n'è uno alla Garbatella niente male. Spunta fuori come prima offerta tutte le volte, anche quando apro il mio sito preferito, immobilandia.it, e inserisco i criteri di ricerca cliccando "invio". Minimo trentacinque metri quadri, massimo cinquanta, prezzo minimo duecentomila euro, massimo duecentocinquantamila. Che poi chiedere a chi sta sognando di acquistare la prima casa il massimo dei metri quadri e il minimo del prezzo è davvero una cattiveria. Chi non vorrebbe una casa grande a un prezzo piccolo? Ma il sistema, in questo modo, la esclude categoricamente, eliminando in partenza la speranza di concludere un buon affare. Come a dire: non farti illusioni, sei appena entrata nella giungla del mercato immobiliare, non è un posto per ingenui questo, devi essere pronta a tutto perché, qui, niente è come sembra. Così ogni tanto a bluffare ci provo anche io. Ma se digito metri quadri massimo novanta e prezzo massimo duecentomila euro, incredibile ma vero, primo e unico risultato ottenuto è sempre il box auto alla Garbatella, che pure costa duecentodiecimila euro. In ogni caso da quando ho capito che la ricerca sarà più lunga del previsto, sempre che io non mi decida ad andare a vivere tra Frascati e Rocca di Papa, mi sono un poco scoraggiata.

Sento avanzare i passi della stragista in corridoio, riduco in fretta a icona la homepage di Immobilandia. Quando entra in ufficio, fisso il desktop e mi fingo impegnata in una questione di lavoro.

«Ancora niente, eh? Deve essere snervante! Tutte energie sprecate e tempo sottratto alle cose serie...»

E sento un brivido lungo la schiena, pure se lei è ironica, perché mi chiedo come cavolo faccia a beccarmi ogni volta. Deve aver nascosto una telecamera.

«Be', ma è una cosa seria anche questa. Dovrò pure cercare un posto in cui vivere...» cerco di sdrammatizzare mentre faccio finta di sfogliare un catalogo di alberghi.

«Sì, ma non dal tuo posto di lavoro!» risponde battendo freneticamente sulla tastiera del suo pc. Fa un rumore insopportabile. Chiudo il catalogo.

«Ma come ti permetti?»

Lei smette di colpo di pigiare i tasti con tanta violenza e ride di gusto.

«Neve, stavo scherzando! Mica te la sarai presa?» mi chiede con l'espressione angelica, gli occhi al cielo. Quando fa così, non so che ribattere. Sto cominciando a preoccuparmi, però. Credo che soffra di una sindrome bipolare. Deve essere malata.

Marta mi scrive su Gtalk, che è la chat più discreta che esista. Un quadratino che si apre sulla pagina della posta elettronica di Gmail. Perfetta in ufficio: a prova di stragista, oserei dire. Si colora d'azzurro appena ricevi un messaggio, ma è comunque una nuance sobria. Sono sempre connessa, dal momento che controllo ossessivamente le mie mail e il profilo su Facebook. Non compro l'iPhone per proteggermi. Altrimenti cadrebbe la mia unica difesa a questo vizio, che ha tutto il potenziale di una dipendenza. In ogni caso, adoro il momento in cui arriva un nuovo messaggio. Mi piace il numero 1 che all'improvviso appare in grassetto su Gmail, perfino quando si colora tra gli spam. Aspetto notizie, le aspetto da Omar, le aspetto invano.

"Novità per la casa?" scrive Marta, e io rispondo con una faccina triste.

"Cavolo, abbiamo trent'anni! Alla nostra età dovrebbe essere vietato dalla legge continuare a vivere come studenti fricchettoni. L'indipendenza dovrebbe essere un diritto e un dovere. Lo Stato dovrebbe regolamentare il mercato degli affitti, consentire l'occupazione di palazzi abbandonati, eliminare la burocrazia..."

Prima che Marta si lanci in uno dei suoi monologhi socio-polito-cultural-antropologici la fermo e scrivo: "Ma io non sono mica così sicura che mi piacerà vivere da sola, sai... Insomma, chiudi la porta e il frigo è pieno di monoporzioni o avanzi scaduti, e se muori i vicini se ne accorgono solo dopo settimane...".

"Ma tu vivi già da sola, Neve. Da dieci anni ormai."

"No, non è vero. Ora vivo con te, per esempio!"

E prima ancora vivevo con Omar, con lui ho pensato di vivere per tutta la vita. Non sono così stupida da non capire cosa significherebbe, di questi tempi, andare dal notaio e mettere una firma per un immobile mio e solo mio. Figuriamoci che ho pianto anche quando ho comprato la Malincomacchina usata, perché una cosa così grande mi era sembrato di non averla mai avuta. Ma la solitudine mi spaventa. Oggi poi sono così nervosa, mi sembra di sentire una presenza alle spalle, mi sento osservata. E faccio un salto sulla sedia.

«Oddio! Ma che ci fai qui?» esclamo, quando mi giro e me la ritrovo davanti. La stragista. Ero così concentrata da non essermi accorta che si era piazzata proprio dietro di me, fiato sul collo. Mi fa gli agguati, ecco che cosa fa. Si avvicina quatta quatta all'improvviso. Non è malata, è sadica.

«Stavo mettendo a posto i cataloghi. Coscienza sporca?» risponde con quel sorrisetto beffardo, guardando lo schermo del mio computer.

«Ma li ho messi in ordine io ieri. Non ce n'è bisogno. Perché lo fai?»

«Perché ne sono arrivati di nuovi. Stai tranquilla, non ho nessuna intenzione di spiarti» dice acida, voltandosi verso gli scaffali. Che stronza.

Quando torna a sedersi, riapro la chat di Marta che lampeggia e in due righe le racconto del colpo che m'ha fatto prendere la piccola iena.

"Stai attenta, secondo me è capace di andare a dire al tuo capo che, alle agenzie immobiliari, tu gli mandi il curriculum!" mi scrive Marta e poi mi chiede di aspettarla, ha una riunione, ma tornerà presto. Così io, nell'attesa, mi concedo ancora qualche minuto di distrazione. Cerco di nuovo Omar su Facebook, un'ossessione ormai. Quando mi ha cancellato dagli amici, ha anche lasciato in sospeso le mie nuove richieste di amicizia. Posso solo cliccare sul suo nome, dalla lista degli omonimi, e vedere una microscopica foto profilo. È sempre la stessa, quella che gli ho scattato al mare, sulla spiaggia dei chicchi di riso, vicino a Oristano, l'estate appena trascorsa, poco prima che morisse mio nonno, quando eravamo semplicemente in vacanza, a discutere giusto per piccole cose: Neve, ma come ti sei vestita? Sei troppo scollata... Omar, hai sbagliato strada! Ma se sei tu che mi hai detto di girare lì! Omar, la smetti di guardare le altre?

E mi sembra di starci pure io in quella foto, ché quel viso inclinato così sono stata l'unica a vederlo. Omar è abbronzato, spettinato e ride rivolto verso il mare, senza guardare l'obiettivo. Non l'ho fatto il bagno quel giorno, le onde erano troppo alte e mi facevano paura. Lui invece si tuffava in mezzo ai cavalloni e saltava tra mille schizzi di spuma. Ho già provato tutte le password possibili e immaginabili, senza risultato. Che darei per romperla, questa barriera virtuale, entrare nel suo profilo, rovistare tra le foto e i messaggi: una perquisizione, per trovare tracce della sua vita che mi parlino di lui. E mentre la stragista mi tiene d'occhio, mi viene in mente un modo per riuscirci facilmente. Sempre che io riesca a distrarla.

«Ieri quando te n'eri già andata è passato un cliente con una richiesta particolare. Cerca una stanza d'albergo a Shanghai che abbia un letto adatto alla sua compagna. Pare sia alta due metri e quattro centimetri. Potresti occupartene tu, per favore? È urgente, molto di più della sistemazione dei cataloghi.»

«Neve, due metri e quattro? Non ci credo. Te lo sei inventato!» obietta la stragista, convinta della mia malafede. Ma tu guarda che impertinente.

«Mai sentito parlare di gigantismo?» rispondo secca.

«Ma non è possibile...» sbuffa.

«E invece sì. E poi nel nostro lavoro capita questo e altro. I clienti che si rivolgono a noi di solito hanno delle esigenze particolari. Allergie, animali in viaggio, fissazioni e varie manie. Altrimenti potrebbero fare da soli su internet, no? Sarebbe più facile. Ti ho mai raccontato del tizio che aveva il terrore dei quadri e ci ha chiesto di trovargli un hotel cinque stelle che non ne avesse nemmeno uno attaccato alle pareti, manco una cartolina? Che ci vuoi fare, pagano e pretendono» spiego con un'aria da maestrina improvvisata all'occorrenza e lei si arrende. Fiera di me e sollevata all'idea di tenerla impegnata per quasi tutto il pomeriggio, posso finalmente dedicarmi al piano che ho elaborato in un lampo di lucida follia. Apro una vecchia casella di posta, piena di spam e delle mail che ho scritto chissà quanti anni fa. Leggo la lista degli ultimi clienti per cui ho lavorato: Gianni Mancini, Melissa Perfetti, Rebecca Perlini, Mirko Leonardi. Alla fine scelgo Perla, Perla Merlini, inventato da me, che è meglio, così dribblo il rischio di omonimie. Perla Merlini, comunque, mi piace, è prezioso ed elegante. Esco dal mio profilo Facebook e m'iscrivo come nuovo utente. Dichiaro che è nata a Roma, ha due anni meno di me e fa l'avvocato. E poi cerco su Google immagini di "beautiful girl", "jolie fille" e "chica bonita", per evitare di trovare la foto di una ragazza italiana. Scartando le pornostar professioniste e quelle improvvisate, vedo dei primi piani di ragazze qualsiasi, tipe carine sparse in tutto il globo. Ne scelgo una che gli potrebbe piacere. Capelli lunghi, labbra carnose, occhi grandi. Lineamenti delicati, viso pulito, una bellezza fine. E la carico. Ma non basta: il profilo di Perla non può sembrare nuovo, ora che Facebook è diventato la homepage di quasi tutti i computer accesi al mondo. Così cerco altri Merlini e chiedo l'amicizia a caso a quelli che potrebbero sembrare suoi parenti. E decido di farla diventare fan di tutti i gruppi rock possibili e immaginabili, gli stessi che ascolterebbe anche Omar, e chiedo l'amicizia agli iscritti. Devo aspettare che qualcuno accetti, ma non sarà difficile. Perla è molto carina. Per far vedere che ha un cervello, la faccio diventare fan pure di qualche scrittore famoso. Nel frattempo cerco foto di scarpe con i tacchi a spillo. I piedi, più o meno, tutti della stessa misura. Omar è un po' fissato con le scarpe alte, così creo un album con l'ipotetica collezione di décolleté di Perla. Lo chiamo "Tacchi, che passione!".

È banale, lo so, come d'altronde a volte lo sono gli uomini. È perfetta per lui, praticamente il suo sogno erotico. Intellettuale, amante del rock, un po' fetish. Oddio, forse è per questo che mi ha mollata? Non mi pare di essere né molto rock né tantomeno fetish, oggi soprattutto, con la camicia larga a righe e i jeans stretti infilati negli stivali bassi. Intellettuale sì però. Come tutti i miopi, almeno l'aria ce l'ho. Ora devo solo lasciare che il passaparola sul web faccia il suo corso e poi Perla chiederà l'amicizia a Omar. Lui l'accetterà, ci scommetto. Ma è una scommessa con me stessa. Ché se lo dico a Marta, poi mi tocca sentire i suoi rimproveri mischiati alla preoccupazione. "Il tuo è un gioco pericoloso, certe volte è meglio non sapere, e se non fossi pronta a scoprire come è cambiata la sua vita?", queste sono solo alcune delle cose che direbbe, perché sotto sotto pensa che io sia una masochista. Non avrebbe tutti i torti, se cercasse di farmi cambiare idea. Facebook archivia il tempo. Interrompere un rapporto reale con una persona e recuperarlo in modo virtuale dopo mesi potrebbe essere scioccante. A essere sincera, certe volte gli sono grata per avermi lasciato fuori dalla porta con la mia richiesta di amicizia in sospeso, come restano sospese le mie domande. Come sta? Dove sta? Con chi sta? Mi pensa? Soffre? Si è tagliato un po' i capelli? E con le scarpe che gli ho regalato io, ci cammina ancora? Ho paura di sentire le risposte sbagliate, di sapere che non ne ho indovinata nemmeno una.

Ma la curiosità mi tormenta, il silenzio è un fastidio, la mancanza d'informazioni sembra un'allergia sulla pelle, che irrita e brucia. Non c'è sollievo neppure se gratto e sfrego e strofino tra i pensieri e i ricordi e le ipotesi. Devo solo avere pazienza. Forse aprirà il suo profilo a quella piccola faccia, sconosciuta e graziosa. La lascerà entrare nella sua casa virtuale, fatta di uno status dopo l'altro, commenti degli amici e foto che non si toccano, esibite a dimostrazione di una nuova vita felice. Fa impressione se ci penso. Perla ha già venti amici. Gli piacerà. Purtroppo.

«L'ho trovato!»

«Chi?»

«L'albergo per la watussa!»

«E come hai fatto?»

«Be', è un posto un po' particolare... Nelle stanze, oltre ai letti giganti, ci sono gli specchi sul soffitto...» mi spiega con precisione e professionalità.

«Non sarà difficile convincere il nostro cliente, deve essere un albergo a luci rosse. Bisogna vedere però che ne pensa la giraffa!»

La stragista mi guarda basita, come se non si fosse proprio posta la questione.

«Veramente non so se è un hotel di quel tipo...» confessa mortificata. Tiro un sospiro di sollievo. In fin dei conti è umana.

«Allora approfondisci. Non possiamo correre il rischio di mettere in imbarazzo i nostri clienti. Controlla la zona in cui è situato, potrebbe essere un quartiere un po' losco...» dico con tono grave, per spaventarla, e forse ci riesco.

«Sì, in effetti non è centralissimo...» commenta e torna tutta concentrata a Shanghai, quella virtuale e insidiosa, lasciandomi in pace davanti allo schermo, dove Marta mi parla di nuovo dal suo rettangolino di chat. Bene, sto recuperando credibilità.

"Viola mi ha mandato un sms. Sta per prendere un treno. Stasera torna..."

"Torna?! E io dove vado?"

"Da nessuna parte, ha detto che non si ferma a dormire. E poi lo sa che ci sei! Dice che vuole solo venire a cena da noi. Ci deve parlare..."

"Oddio. Scommetti che tra lei e Michele è già finita e ora, giustamente, rivuole la sua camera?"

"Ma no! Ti pare?"

"Con Viola tutto può succedere!"

"Vabbè dài, se pure fosse, lo spazio per vivere in tre in quella casa c'è... Ovvio, dovremmo trovare un posto a tutti i mobili che hai comprato nel frattempo..."

"Io non so se ce la posso fare. Già mi pesa continuare a dormire nel suo letto, pensando sempre a Omar, addirittura vivere con LEI per me sarebbe insostenibile... Dovrei cercarmi un'altra sistemazione. Ma quale? Possibile che sia così difficile trovare una casa, cavolo! Ho più di duecentomila euro e nessuno li vuole..."

"Be', non puoi mica buttarli al secchio per il primo loculo che ti propongono. Quei soldi sono la tua vita, dopo quella di tuo nonno. Meritano rispetto..."

"E invece vengono derisi. Lo sai che ieri una mi ha quasi riso in faccia quando le ho detto quanto avevo? Pare bastino giusto per la cantina..."

"Ah, sputaci sopra. Con la tua mania per gli acquisti, sarebbe comunque un ottimo investimento!"

«La prenda, signorina. Per favore. Noi con questa casa non sappiamo più che farci.»

«Io me ne voglio liberare subito, come di questo cretino!»

«Siamo disposti a trattare, pur di non mettere più piede qui dentro... troppi ricordi, che angoscia!»

«Sì, le veniamo incontro sul prezzo, sono stufo di aspettare, rivoglio al più presto la mia parte...»

Li sentivo litigare già dal pianerottolo, mentre l'agente immobiliare si attaccava al campanello e tossiva nel disperato tentativo di coprire le urla e gli insulti. "Merda, merda, sei una merda!" era il più gettonato. Entrata nel bel mezzo di un alterco, penso che questi due devono essere stati proprio una bella coppia. Sono ancora così appassionati, esplosivi. Anche se il tizio dell'agenzia ci ha tenuto a precisare che sono solo amici, come se me ne importasse qualcosa. Ma lo ha specificato con talmente tanto vigore, che mi è venuto un dubbio. Non crederà mica che sia più difficile piazzare a un cliente un appartamento dove hanno vissuto due omosessuali? Che idiota. Si preoccupasse invece di trovare giustificazioni convincenti alle crepe sulla facciata del palazzo, che potrebbero richiedere una ristrutturazione extra.

I proprietari, dopo un saluto veloce, sono spariti oltre il corridoio, per lasciarci in pace e tornare in guerra. Cammino per la casa trattenendo il fiato per non disturbare, mi sento un'intrusa nella storia di altri. Guardo il parquet pregiato con dispiacere, ho l'impressione di calpestare sogni e speranze. Arrivo al bagno, dove i due si sono chiusi per continuare a rinfacciarsi colpe e a rinnegare l'amore, e l'agente immobiliare, tarchiato e con un ciuffo di capelli unti spiaccicato sulla fronte, bussa alla porta. Più e più volte.

«Lasci stare, non li disturbi. Fa niente. La casa l'ho già vista bene...» dico io, ma lui non ne vuole sapere e, un colpo dopo l'altro, riesce a farsi aprire.

«Scusate, la signorina vuole vedere i servizi» dice ai due con tono di rimprovero. E perde cento punti, il bugiardo. Io il bagno non lo volevo più vedere perché non voglio vedere le loro facce, stravolte da una discussione che sembra essere l'ennesima raffica di colpi su un corpo già ferito a morte. Quando escono, resto sola a guardare quel bagno nuovo di zecca dai colori caldi e le forme spigolose, poi torno in cucina, con i mobili fatti su misura e il frigorifero luccicante, e penso che questa casa perfetta potrebbe crollarmi addosso. A osservarla bene è già un cumulo di macerie, si rischia di inciampare tra i cocci. Anche se l'offerta dello sconto è allettante, l'istinto mi dice di scappare il più lontano possibile da questo appartamento di cuori infranti, attratti da una forza magnetica che li tiene uniti nel rancore, in un microcosmo di sofferenza da cui non riescono a uscire perché significherebbe lasciarsi davvero. «Che ci devi fare con tutti quei soldi?» chiede uno. «Mi compro la libertà! Parto e me ne vado così lontano che non mi vedi più!» urla l'altro e io sono già sulle scale, e incrocio le dita, ché uno dei due si penta, ché uno dei due si lasci abbracciare e calmare e trattenere. Non lasciatevi, vi prego. Si sta così male.

La panetteria è ancora aperta e ringrazio il cielo. Entro a salutare il fornaio, anche se non mi serve niente.

«Ciao Enzo! Ho parcheggiato nella stradina qui accanto.»

Lui fa un cenno con il capo, io gli auguro buona serata.

Da quando mi sono trasferita a casa di Marta, con il cuore a pezzi, il mio livello di distrazione ha raggiunto i massimi storici. La mattina non mi ricordo mai dove ho lasciato la macchina la sera prima. All'inizio facevo il giro dei palazzi, poi sfinita e in preda al panico mi affacciavo dal fornaio.

«Ti hanno rubato l'auto pure stamattina?» rideva lui. E io, tutta sudata, dicevo di sì, che era sicuro, avevo fatto il giro dell'isolato schiacciando a ogni passo il pulsante della chiave con il braccio teso a destra e poi a sinistra, ma senza risultato. Allora lui sospirava, finiva di servire il cliente di turno, si puliva le mani sporche di farina sul grembiule, usciva dal bancone e fermo sulla soglia del negozio indicava un punto preciso.

«Sta là, l'hai lasciata là» annunciava, deciso come il concorrente di un quiz televisivo che deve rispondere alla domanda più facile. Solo allora la vedevo e lo ringraziavo tanto, gli chiedevo scusa e mi compravo una pizzetta anche se non mi andava. Così siamo diventati amici. E adesso ogni sera, quando torno a casa, se trovo il negozio ancora aperto vado direttamente a comunicargli le coordinate del parcheggio. Avrà settant'anni, Enzo. Un personaggio mitologico del quartiere. La faccia allegra, le mani grandi, quel buon odore addosso. Da quando sto qui non c'è stato giorno in cui io non sia entrata da lui a comprare dei biscotti o una pagnotta, ma anche semplicemente a fare due chiacchiere. Anche per questo, la casa, mi piacerebbe trovarla in zona. Enzo è un valore aggiunto, la distanza dal suo negozio dovrebbe essere indicata negli annunci di Piramide e dintorni.

Sarà che anche mia madre fa spesso il pane. I vestiti che lei indossa per stare in casa sono impregnati di quel profumo intenso che si respira caldo, e che si mischia a quello del trucco consumato dopo una giornata, lo sento ogni volta che affondo il viso nel suo collo per darle un bacio. Mi manca. Devo tornare presto al paesello, l'ultima volta è stata al funerale. Ma ho paura, so che la prossima volta mi renderò davvero conto che mio nonno non c'è più, sentirò ancora più forte la sua assenza. E rimando. Solo che non posso aspettare oltre, non vedo i miei da mesi. Li sento spesso, certo, ma non è la stessa cosa. Me lo dice pure mio padre, anche se chattiamo ogni giorno su Facebook.

«Da quando gli hai spiegato come funziona, l'abbiamo perso!» mi dice preoccupata mia madre. «Sta sempre davanti a quel computer a piantare pomodori. E tic e tic, e tic e tic. Mi buca il cervello. Ce lo manderei davvero a zappare la terra...» brontola al telefono, come se fosse colpa mia. Ma dopotutto mi pareva di avere avuto una buona idea. All'inizio si è divertito a ritrovare i suoi ex alunni online. Solo che quando ha scoperto che alcuni, i primi, sembrano quasi più vecchi di lui che ha cominciato a insegnare giovanissimo, si è spaventato. Dopo la cena con la prima delle sue prime medie è tornato depresso. E per tirarsi su, ha iniziato a giocare a Farmville. Ormai è la sua droga. Non gli racconterò mai di Perla, dovesse venirgli in mente di crearsi finti profili per inviarsi materiale mancante. C'è chi lo fa, Gaia m'ha raccontato di un collega del marito che ne ha addirittura sei e da solo si scambia continuamente attrezzi da contadino e semi diversi. A proposito di Perla, prima di uscire dall'ufficio aveva già trovato novantasette contatti. Un numero sufficiente per chiedere l'amicizia a Omar. È bastato un clic. Ora devo solo aspettare che accetti, e chissà che tra le sue mille facce quella virtuale sia la più sincera.

«Marta, che ti è successo? Sei nera!» le dico appena mi accorgo di come sbatte il mestolo nella pentola del purè. Va bene che sulla confezione c'è scritto di girare con vigore, ma così esagera. È più veloce di un frullino elettrico.

«Niente... sono stanca» risponde continuando la raffica dei colpi violenti.

«Non sembrerebbe... che energia!» rido e sistemo le verdure grigliate su un piatto grande.

«Questo purè del discount è una schifezza. Non si scioglie. Lasciamo perdere, ordino una pizza... o Viola preferirà il sushi? Forse a Milano è abituata così...» Marta molla il mestolo, spegne il gas e guarda con aria affranta la pappa informe e gialla nella pentola.

«Ma chissenefrega di quello che mangia di solito... Siediti, sei stravolta. La preparo io la cena, tu dimmi perché hai quella faccia...», mi accorgo che nel purè manca solo un po' di latte. Lo aggiungo, riaccendo il gas e mescolo lentamente.

«Ho litigato con Gianfi.»

«Una cosa nuova...» dico, mentre cerco il parmigiano nel frigo. Ma come pensava di farlo, questo purè?

«Tra noi va tutto bene, lo sai. Solo che io sono un po' nervosa. E non lo sopporto!»

«Che cosa ha fatto stavolta? È andato in palestra, ha visto quattro film o è atterrato su Marte?»

«Eddài, Neve, non essere sarcastica. È solo un nullafacente. E io, lo sai, quelli che hanno sempre avuto tutto non li reggo tanto. Gianfi non ha idea di come vive la gente comune e forse non sa nemmeno come vivo io. Ci credi? Stiamo insieme da mille anni e lui ancora non mi capisce quando gli dico che sono stanca dopo dieci ore di lavoro, che non ce la faccio ad andare da lui tutte le sere, perché la mia sveglia suona alle sette ogni mattina...»

«Capirai, lui non ce l'avrà neanche una sveglia a casa...», prendo gli straccetti dal freezer e li metto nella padella con un filo d'olio.

«Eh no, infatti. Non sai quanto mi urta quando lo chiamo in pausa pranzo e mi devo pure scusare perché l'ho svegliato. Ma lui, sai, ha i suoi tempi. E il metabolismo lento, non va disturbato. E poi quando gli telefono e gli racconto la mia giornata, mi tratta come un'impiegata frustrata che si lamenta degli straordinari non pagati o della collega stronza...»

Rido, una volta alla settimana è la stessa storia. Quei due si amano, lo so. Gianfi poi ha una vera e propria adorazione per Marta, nonostante quello che sostiene lei la ammira molto. Ma mai coppia al mondo è stata così male assortita.

«Gli ho chiesto com'era andata la giornata. Sai, ogni tanto voglio dargli fiducia, mi aspetto che dica che ha fatto un'attività socialmente utile. Che ne so, un po' di volontariato. E non c'è mai una volta che ci azzecco. Oggi mi fa: "Sono andato a leggere al parco". E io: "Ah, bello e poi?". E lui: "E poi sono tornato a casa". Ancora io: "E poi? E poi?!". Lui: "Poi mi sono messo a riposare, sai, ero un po' stanchino". E io: "Be', certo, sei andato a piedi?". E lui: "No, no, con la macchina". E allora io attacco e m'innervosisco. Cioè, m'incazzo proprio, anche se lui non mi ha fatto niente. E davvero non ha colpe, ma m'indispettisce. Si stanca pure, capito? Poi mi calmo. Mi calmo e mi dico: ma che mi frega?»

Marta controlla l'ora sul cellulare, Viola dovrebbe arrivare a momenti. Metto il sale sugli straccetti.

«Ma infatti che ti frega? Non ti chiede nulla. Ha una casa di proprietà, vive dignitosamente con l'affitto di un'altra... e beato lui! Certo, non è che sia ricco in termini di liquidità, non si potrà togliere grandi sfizi, ma almeno non deve lavorare! Che culo, essere l'unico nipote di entrambi i nonni possidenti a Roma...»

«Bah. Però con uno così non lo so mica se posso pensare di costruire una famiglia. Non dovrei dirlo, lo so, ma temo che sia un parassita della società...»

«Ma se fino a ieri ci volevi andare a convivere!»

«Mi sa che ci ho ripensato. Secondo me dopo due mesi potrei stufarmi di fare l'uomo di casa...»

«Tanto lo fai già...» le dico, mentre le passo il cucchiaio pieno di purè fumante e profumato. Marta lo assaggia, si scotta la lingua e poi dice che è buonissimo, che non sa come faccio, che sono proprio brava a cucinare. E un po' è vero e un po' è una scusa, per lasciarmi sola ai fornelli.

«È che mia madre mi ha detto: non ti sposare mai il primo! E non intendeva il primo che ti capita, proprio il primo-primo, l'unico. Neve, ho quasi trent'anni e sono andata a letto solo con Gianfi! E se prima o poi questo fosse un problema?»

Marta si è accoccolata sul divano, con le dita si tormenta l'orlo della maglia. Ha un pudore tutto suo che mi piace. La sua è una timidezza rara, la coglie all'improvviso e la rende tenera. Marta, la superdesigner in carriera, la ragazza più determinata e indipendente che io conosca, lei che sa sempre il fatto suo, arrossisce di colpo quando parla d'amore e si accende quando parla di Gianfi, anche se minaccia di lasciarlo una volta al giorno, per un motivo o per un altro – ma dopo tutto questo tempo, non ci crede più nessuno.

«Quando sarà un problema ci penserai, non si possono fare scelte preventive in questo senso... I confronti nella vita sono importanti, ma se tu hai avuto la fortuna di incontrare l'uomo giusto alla prima botta, saresti scema a lasciartelo sfuggire... A meno che questi problemi non ci siano già adesso, ovvio» le dico e aggiungo un goccio di vino bianco alla carne che cuoce a fuoco basso.

«Macché! Le cose tra di noi vanno benissimo, specialmente a letto. Lui lo farebbe ogni giorno e io non mi faccio mica pregare... è così dolce, attento e scatenato! Io non li capisco quelli che dicono che il tempo spegne la passione. Per noi è stato tutto il contrario, più lo facciamo e più stiamo bene. È come se avessimo imparato a conoscerci una volta dopo l'altra, io so cosa lo fa impazzire e lui sa cosa mi piace... Se penso a fare sesso con un altro, te lo dico, mi viene l'angoscia! Non saprei da che parte cominciare, come spiegargli tutto...»

«Oddio, Marta! Certo che il complesso della maestrina ce l'hai in pieno! Se ti capitasse, non gli dovresti spiegare niente. E tu sapresti già fare tutto. Guarda che fare sesso è come andare in bicicletta, mica ti dimentichi come si fa anche se non ci vai per un po'. Ecco, io invece non capisco quelle che senza un uomo non ci sanno stare. In questi mesi d'astinenza ti posso assicurare che non mi è mai passato per la testa di andare a letto con qualcuno tanto per...»

«È perché sei una romantica, Neve: associ il sesso all'amore.»

Faccio di sì con la testa e mi concentro sulla cena, che ormai è quasi pronta. La verità è che io, il sesso, lo associo a Omar. Quella voglia ha solo il suo sapore. Ma a Marta non lo dico, altrimenti pensa che sono un caso disperato. Prima di mettere in tavola, vado nella stanza di Viola a riordinare i miei vestiti sparsi. I mobili e i pacchi degli ultimi acquisti non li posso nascondere, ma non vorrei sembrarle invadente, in fondo la mia permanenza è solo temporanea. Già che sono qui accendo il computer, per controllare la posta, le ultime offerte, qualche nuovo annuncio e, soprattutto, il profilo di Perla.

Fisso il pallino verde accanto al suo nome. Sta fermo lì, come un chiodo. Se fosse qui farei la stessa cosa. Lo guarderei in silenzio, ché questa sarebbe l'unica comunicazione possibile tra di noi. Muta. Omar ha appena scritto in chat a Perla, che non risponde perché io lascio vuoto quel rettangolo bianco, anche se la tentazione è forte davanti a quei pochi caratteri.

"Ci conosciamo?"

Metto Perla offline e rovisto a forza di clic tra le foto di Omar meglio di come farei in un cassetto sempre chiuso in fondo alla scrivania. Anche se lui non conosce Perla, ha comunque accettato la sua richiesta di amicizia. E mi ritrovo in un album, quello del nostro viaggio in Sardegna, le mie mani intrecciate alle sue, i due anellini d'argento. Io che dormo sulla spiaggia bianca di Villasimius, io che leggo con le dune altissime di Piscinas sullo sfondo, poi in piedi davanti alla miniera abbandonata di Argentiera, che sembra lo scheletro scuro di un mostro gigante. Avevamo viaggiato con una macchina in affitto e un bagaglio leggero, ogni due giorni in un posto diverso in direzione ovest, partendo da Cagliari per arrivare a Olbia, ché a me i posti troppo turistici non sono mai piaciuti e cercavo la parte più autentica dell'isola, e lui alla fine mi aveva accontentata. È grottesco vedere che mi ha tenuta in ordine, archiviata, online, insieme alle foto più vecchie. Ha selezionato le migliori, complimenti, ché un'ex fidanzata italiana, mora e con il seno sodo come il mio, gli avrà fatto fare bella figura con questa ondata di nuovi amici stranieri che appare nella sua lista. Continuo a cercare tra i suoi album con la paura di trovare qualcosa che faccia male sul serio, un contraccolpo a questa botta di autostima. E la trovo, manco a dirlo, in una cucina che non conosco, un maxicartone di succo di frutta, due pancake sul tavolo e loro due che sorridono a una macchinetta digitale tenuta con il braccio teso. Ha i capelli lisci, lunghi e biondi. È un po' strabica, ma non si vede nell'immagine successiva, quando le palpebre sono abbassate e le labbra appiccicate alle sue. Cazzo. C'è anche una camera con un letto sfatto, lui che fuma una sigaretta con una maglia a righe e un paio di boxer e lei che gli scombina i capelli, un poco sporta in avanti perché l'inquadratura includesse entrambi. Ha pure una quarta di reggiseno, mi ha battuta per una taglia piena. E della sua casa in America vedo altri particolari. Immagini di un tempo estraneo, di giorni che non ho vissuto, di posti che per me non esistono. La cornice tutta intorno è la sua vita, la loro. E io mi piego e mi stringo con le braccia, ché mi sembra di avere sentito forte un pugno nella pancia.

La rabbia scoppia come una bomba, i pensieri sono schegge incandescenti. La brucerei tutta, fuori e dentro, quella casa. Penso solo al fuoco mentre inizio a sudare e lo stomaco si accende con i nervi. Gliela brucerei. Ma prima la distruggerei con le mie mani, a calci, pugni e sputi. Farei in mille pezzi le pareti, i mobili, il letto, quel letto, la cucina, la macchinetta del caffè che si sarà portato dall'Italia, ogni cosa. Manderei tutto in frantumi, non lo posso sopportare. E lei, se la vedessi la metterei sotto con la Malincomacchina, che per una volta, sono sicura, sarebbe felice, più felice di quando la riempio di benzina.

Ma non sono un'assassina né una delinquente e allora me ne sto qui rannicchiata sulla poltrona del nonno, con il respiro che mi manca, a tremare, con un affanno come dopo una corsa matta, a guardare impotente quegli occhi, quei sorrisi, quelle stanze sconosciute. Sento le guance in fiamme, le lacrime non le spengono. Le asciugo con il dorso della mano, Viola dovrebbe arrivare da un minuto all'altro. Vado subito in bagno, per buttare acqua su questo incendio che consuma, lacera, intossica solo me. Prima di entrare in doccia metto l'asciugamano sul termosifone, come faceva sempre mia madre quando ero piccola per asciugarmi più in fretta i capelli, una premura deliziosa contro i miei ripetuti raffreddori, e penso a quanto vorrei un abbraccio caldo in questo momento. Mi ero sopravvalutata, pensavo di essere pronta a sapere, a vedere. E invece mi sono ritrovata a spiare una piccola porzione di vita, pochi tasselli di un puzzle destinato a restare incompleto, un rompicapo indecifrabile, che non basta a dirmi dei suoi ultimi mesi ma è abbastanza per farmi male. Ma perché piango così tanto un uomo che appena mi ha voltato le spalle ha cominciato a ridere di gusto? Quando faccio così mi odio. Provo rabbia verso me stessa, una carica d'energia sprecata, mentre l'acqua scorre sul mio corpo.

Quando chiudo il rubinetto, sento la voce di Marta. Urla che ha appena telefonato mio padre. Mi infilo l'accappatoio nuovo, perché quello vecchio me lo aveva regalato Omar e l'ho buttato via subito dopo la sua partenza. Mi faceva impressione appeso al gancio del bagno, come un uomo morto. Non sopportavo di infilarlo sul mio corpo nudo come un abbraccio inconsistente. Era come sentire un fantasma correre morbido sulla pelle umida. Una cosa da brividi. Arrotolo l'asciugamano caldo intorno alla testa come un turbante, prendo il cordless e mi chiudo in camera, sdraiata sul letto sfatto da questa mattina. Compongo il numero della mia casa al paesello. Immagino lo squillo del telefono che irrompe come una sirena tra quelle stanze.

Dei miei genitori in questi dieci anni ho avuto soprattutto la voce. E poi una quantità di baci, carezze e abbracci da soffocare ogni volta che torno a casa. Ma non torno spesso e allora la voce è un filo a cui mi aggrappo, che seguo, che tiro, che mi lego intorno al cuore. Della loro voce ora conosco ogni sfumatura, come un cieco che si deve far bastare i suoni, che deve fare a meno degli sguardi o dei colori di un viso che non vede. Ci sono toni che mi rassicurano più di altri. Poi ci sono quelli che mi innervosiscono e quelli che mi preoccupano. Alcuni, invece, mi fanno ridere di tenerezza o sentire la mancanza.

«Ciao mamma, ciao papà...» dico perché so di essere in vivavoce e come previsto li sento rispondere in coro. Me li immagino seduti stretti sul divano, davanti alla televisione spenta, il pollo che cuoce lento nel forno, la tavola apparecchiata per due e il mio posto vuoto che è come un sorriso senza un dente. Quello di un bambino o di un vecchietto.

«A questo punto perché non proviamo con le nude proprietà?» azzarda mio padre dopo essersi informato sulle mie recenti disavventure immobiliari.

«No, non mi va di augurare la morte a nessuno...»

«Neve, senti a papà: se trovi in vendita l'appartamento di un novantenne, non c'è certo bisogno di fare riti voodoo. Quanto vuoi che campi ancora? A Roma, poi. Mica vivono qui, al paesello!» insiste come se non mi stessi applicando abbastanza. Un atteggiamento irritante il suo, da insegnante insomma, pura deformazione professionale. Ogni volta che sembro sul punto di arrendermi – che pure ci starebbe, dopo tanti sforzi e una serie di risultati tanto fallimentari quanto esilaranti –, incalza. Appena avverte un vago cenno di arrendevolezza, esce fuori il professore che è in lui e insiste perché io faccia di meglio. Ma qui il punto è un altro.

«No, non mi fido. Se ha novant'anni, potrebbe benissimo morire a novantotto. E io starei otto anni senza casa e senza soldi... no, non si può fare. Ci dovevi pensare quando ero piccola, papà. Oggi forse avrei avuto un appartamento tutto per me...» dico con dolcezza, cercando di sdrammatizzare.

«E vent'anni fa come potevo sapere che avrei dovuto cercare un appartamento per te a trecento chilometri di distanza dalla tua cameretta?» mi chiede serio serio e sento una piccola fitta al cuore. Perché gli manco e lo so, pure se non me lo dice ma me lo fa capire con i giochi di parole, i silenzi e l'ironia sottile. Ogni volta che lo chiamo, mio padre mi fa importanti dichiarazioni. D'amore solido.

«E vabbè, ma gli affari si fanno così, comprando qualcosa che non ti serve...» provo a scherzare, guardando il set di padelle fantasia floreale sotto la scrivania. Una vera occasione su internet, me lo ricordo ogni volta che mi siedo e sbatto le gambe contro i manici che spuntano. E mi viene in mente mio nonno che faceva scorta di farina, zucchero e pasta appena trovava un 3x2 al supermercato. Quando rientrava, invece di fermarsi in cucina, saliva con le buste della spesa nella sua camera da letto e nascondeva tutti i pacchi nell'armadio, dietro la pila di lenzuola. Aveva paura che potesse scoppiare un'altra guerra, così avremmo sempre avuto qualcosa da mangiare, diceva. Io aspettavo che uscisse di casa, per giocare con quelle provviste sistemate tra la biancheria profumata. Aprivo l'armadio, maledicendo il cigolio delle ante, poi tiravo fuori quel tesoro seppellito tra la stoffa e lo guardavo emozionata.

«Qualcosa che non ti serve, Neve, la compri solo se ti avanzano i soldi. Qui non bastano mai!» e lo sento perdersi in un sospiro lontano. Possibile che cercare casa e non trovarla inneschi così tante frustrazioni in una persona, in una famiglia intera?

Torno in bagno per asciugarmi i capelli, ma prima tampono l'acqua finita sul pavimento con un vecchio giornale di annunci immobiliari. China a terra, su una pagina aperta, lo sguardo mi cade su un'inserzione scritta in grassetto. Nuda proprietà, novantacinque anni. Un segno, forse. Torno di là, riprendo il telefono e compongo in fretta il numero. Non sono ancora le otto. Se sono più che fortunata, faccio in tempo a trovare l'agenzia aperta. Anche se di solito chiudono alle sei, ché non sia mai si stanchino troppo. Ma stavolta risponde un signore gentile e mi faccio coraggio.

«In che condizioni è?»

«L'appartamento è in buono stato.»

«No, veramente... intendevo il proprietario. È da ristrutturare?»

Oddio, che cos'ho detto! Mi mordo la lingua, ultimamente i pensieri mi scappano dalle labbra. Se continuo così morirò prima io, di questo vecchietto. Per la vergogna.

«Be', lui sta bene. È un signore distinto. Va a fare la spesa tutte le mattine, non ha nemmeno una badante», lo ascolto e penso che se dice così a tutti, allora sta fresco.

«La ringrazio, ma non mi interessa. Mi scusi, sa, ma questo sta meglio di me!» rispondo ritornando in bagno. Marta è lì dentro e mi sorride, con lo straccio in mano e il pavimento asciutto.

«Sbrigati, Viola sta per arrivare!» mi avvisa quando riattacco. Fare la moglie, la mamma, o la badante appunto, è più forte di lei. Se lo sapesse sua madre, che per una vita le ha insegnato tutt'altro.

«Ragazze, quanto tempo! Come state? Fatevi vedere, siete bellissime...»

Viola, stivali di pelle tacco otto, leggings neri e maglia grigia attillata, ci guarda. Dall'alto in basso. E davanti al suo meraviglioso sorriso incastonato in un'espressione radiosa tra lunghi capelli ondulati, ci guardiamo pure Marta e io. Al contrario però. Dal basso verso l'alto. Forse per questo il risultato sembra tanto diverso. Gli stivali consumati di Marta e le mie pantofole sformate, il suo vestitino di lana made in China e la mia tuta anni Ottanta, da indossare solo nascosta dentro casa, i suoi capelli raccolti con un mollettone e i miei ancora un poco umidi. Sì, sì, certo, come no, siamo bellissime. E lei è falsa come quella maxiborsa di camoscio che spaccia per una Gucci.

Si toglie il cappotto fucsia e lo appende all'attaccapanni. Quanti cappotti deve avere una ragazza nell'armadio prima di comprarne uno di quel colore? Il fucsia ne presuppone almeno altri tre: nero, marrone e blu, direi. Mera questione di utilità, prima di concedersi il superfluo. Ma non è detto, perché c'è chi ragiona in termini d'apparenza e allora oltre al cappotto fucsia al massimo se ne regala uno bianco. Mio nonno non approverebbe. Ma tant'è.

«Sono contenta che ti sia trasferita qui, Neve. Non mi piaceva pensare alla mia stanza vuota... E come vedo, hai saputo riempirla con una sola mossa! Ti è bastata una poltrona! Accidenti quant'è grande, occupa tutto lo spazio...» dice Viola, affacciandosi nella mia, anzi nella *sua* camera, ridendo allegra. E io che temevo facesse qualche commento acido dei suoi.

«Ma forse è meglio dire che hai riempito tutta la casa! Qui è diventato quasi impossibile muoversi... Sono tuoi tutti questi scatoloni e i mobili, no? Be', certo, non possono essere che tuoi... A Gianfi che chiede a Marta di andare a vivere insieme non ci credo nemmeno se lo vedo, dopotutto è una forma di impegno e lui è allergico alle responsabilità, potrebbe essergli fatale... Oddio, persino una lavatrice! È una lavatrice, vero, quella all'ingresso?»

Viola si guarda intorno perplessa, la voce è un po' incrinata. Marta conta fino a dieci, si capisce dalla faccia congestionata, per trattenersi dall'impulso di raccontare lei per prima la mia storia, quella della poltrona e soprattutto di tutti gli altri acquisti, e mi fissa nell'attesa che sia io a cominciare. E lo farei, se Viola non riprendesse subito a parlare a raffica. Ma non me ne frega niente, se chiudo gli occhi rivedo solo Omar con quella maledetta bionda, dall'altra parte del mondo, e non ho nemmeno fatto in tempo a dirlo alla mia migliore amica.

«Cavolo, Neve, scusami... di che mi sorprendo? Non deve essere stato facile lasciare la casa di Omar, avrete comprato tutte queste cose insieme, magari avrete pure litigato per chi si sarebbe preso quella lavatrice... Ah, quanto si può cadere in basso, quando finisce una storia d'amore!» dice, mentre apre un cassetto della cucina e cerca un cavatappi.

«Eccolo... Sai, ho fatto un po' d'ordine e ho cambiato posto ad alcune cose...» le dice Marta, sorridendo gentile, mentre glielo passa. Ma Viola non ricambia, il suo sguardo si assottiglia un poco, poi torna comprensivo verso di me. Aspetta chiaramente una spiegazione.

«Be', per me è stato difficile lasciare Omar, non la sua casa. Anzi, quella dei suoi zii. C'era già tutto lì, non abbiamo mai comprato nulla insieme. E poi non avremmo mai litigato per una lavatrice! Comunque, questa è tutta roba mia.

I mobili, gli elettrodomestici, gli accessori sono i mattoni con cui sto provando a ricostruirmi una vita... Sto cercando una casa da comprare, con i soldi che ho inaspettatamente ereditato da mio nonno. Ma non avrei mai immaginato di metterci tanto, pensavo che mi sarei fermata qui solo poco tempo... Però ormai è questione di settimane, poi me ne andrò e mi porterò via tutti questi scatoloni, promesso. Sono contenta che tu sia qui stasera, almeno posso ringraziarti ancora una volta, ma di persona e non solo al telefono, per il favore che mi hai fatto... Non avrei saputo dove andare dopo la partenza di Omar, e Marta era l'unica persona con cui volevo stare...»

Sono sincera con Viola: provo davvero gratitudine nei suoi confronti. Di vivere con chissà quali inquiline sconosciute nell'ennesimo appartamento di un palazzo a caso, proprio non ne avevo la forza. Sarebbe stato troppo triste, sconfortante, un'altra sconfitta dopo la rottura con Omar. Stare con Marta, invece, mi ha dato stabilità, ha placato le mie paure e quietato quel senso di solitudine dilagante. Credo che Viola lo capisca, perché mi abbraccia e ripete che è felice di saperci insieme nella sua casa, due amiche che si prendono cura l'una dell'altra, e poi aggiunge che Omar, una ragazza come me, non se la meritava. Meglio: è sicura che lui non la troverà mai più. E mi fa male perché queste sue certezze, pure se a mio favore, rivelano una complicità che pensavo non ci fosse più con quello che era il mio fidanzato.

«Che ne dite se facciamo un brindisi?» propone Marta togliendomi dall'impaccio, ché io tra le braccia di Viola sono rimasta impalata.

«Sì, ai vecchi tempi...» dico mentre mi divincolo, con un tono di voce più acido del previsto. M'è scappato. Sarà che le smancerie mi mettono a disagio e che Viola ha la capacità di rendere falso ogni gesto e di infiocchettare tutto di convenevoli. Con lei non è mai facile rilassarsi, ritrovare quella confidenza che ritorna subito con gli amici di vecchia data, anche quando non li vedi da mesi. Sarà pure perché, mentre Marta prende i bicchieri e apre il vino, insiste sul fatto che per comprare la casa giusta di tempo ce ne vuole, eccome se ce ne vuole. Sembra quasi che me la stia tirando.

«Ma quali settimane, Neve. È questione di mesi, di lunghi mesi, no, che dico? Di anni! Ma tu qui ci puoi rimanere quanto vuoi, stai tranquilla... sentiti a casa tua!»

E io intanto fingo di grattarmi la schiena e le faccio le corna alle spalle, a questa iettatrice fastidiosa. Ma quali mesi, quali anni. Io una casa la voglio. Subito. Anzi, prima di subito. Più prima che poi, insomma! Alzo il calice riempito da Marta, e Viola, manicure perfetta, mi ferma il braccio.

«Prima devo dirvi una cosa!» annuncia seria, anche se le labbra le tremano un po', trattenendo un sorriso nervoso. Io e Marta ci guardiamo curiose e poi, di colpo, agghiacciate. Ecco. Ora ci dirà che ha lasciato il piccolo lord e vorrà tornare a vivere qui, a Roma, in questa casa, la sua, la nostra. E sadica fa una pausa che nemmeno a teatro dura così tanto. Marta allora le chiede di non lasciarci sulle spine, mentre io sono sul punto di urlare una frase tipo "su, avanti, parla, confessa!". «Ragazze, mi sposo!» dice Viola e, con aria di trionfo, ci mostra il meraviglioso solitario che brilla sull'anulare sinistro. Marta sgrana gli occhi. Non ha mai visto un anello così. È già tanto che Gianfi le abbia ceduto quello di plastica trovato nell'uovo di Pasqua, invece di usarlo per una delle sue sculture con materiali riciclati. Viola ci lascia il tempo di assorbire la notizia e di farle gli auguri, baci e abbracci come da copione, poi finalmente brindiamo, ché dopo uno spavento del genere un bicchiere di vino mandato giù alla goccia ci sta tutto per festeggiare il pericolo scampato.

«Sono terrorizzata, ragazze. Voglio che quel giorno sia perfetto, me lo merito. Ci ho messo tre anni a farlo capitolare, una fatica!», le scappa una risata tra l'isterico e il crudele, beve un sorso e riprende fiato.

«Mangiamo ché se no si fredda...», è l'unica cosa che mi viene in mente di dire davanti ai piatti fumanti che Marta ci ha appena servito.

«Vogliamo sapere i particolari» dice Marta cortesemente, dando il via a un monologo senza fine.

«Ci sposeremo a Milano, per fare contenta sua madre.

Io avrei preferito farlo a Latina, nella chiesetta del centro, ma quella è una vera strega e bisogna accontentarla. Andrebbe tutto bene se avesse i miei stessi gusti. E invece è così kitsch...»

Mentre parla, io penso a quanto mi è venuta bene questa cena e a quelle due semplici fascette d'argento, comprate sulle bancarelle al porto di Alghero. «Davanti al mare, io ti sposo...» mi aveva detto Omar, mentre me ne infilava una al dito, quella sera d'estate. Le nostre mani intrecciate, da quel giorno, mi sono sembrate più belle. Non avevo mai preso veramente in considerazione l'idea di un tempo in cui lui non ci sarebbe stato. E invece oggi quest'amore l'ho perso, è un figlio scomparso. L'ho perso come quella volta nella metropolitana di Parigi, quando io sono scesa alla fermata giusta e Omar s'è distratto, non si era accorto che mi ero alzata, ed è rimasto seduto mentre il treno ripartiva. L'ho perso nello stesso modo, in una città che non è la mia.

Viola sventola il diamante e poi si aggiusta una ciocca di capelli dietro l'orecchio. Ha mangiato solo qualche pezzetto di carne, lasciando la gran parte ammonticchiata nel piatto, con il purè sparso tutt'intorno. Io la gente che mangia così non la sopporto. Quando Marta porta il dessert, Viola si accende una sigaretta. Valuto l'ipotesi di chiederle di fumare sul balcone, come facciamo io e Marta con i nostri ospiti, ma poi mi ricordo che è lei la padrona di casa.

«C'è una cosa importante che devo chiedervi...» proclama Viola e prego tutti i santi in paradiso che non dica la parola "damigelle", che non la dica perché non ho nessuna voglia di travestirmi io, mai, neppure a Carnevale. Sarà che mia madre mi ha traumatizzato con le sue maschere fai da te, educative ed economiche, e tutte le volte, circondata da stupende fatine ed eleganti principesse, mi ritrovavo a ballare all'oratorio le canzoni di Cristina D'Avena vestita da figlia dei fiori, tanto per fare un esempio. E qualcuno lassù stavolta mi ascolta, perché Viola, in effetti, quella parola, "damigelle", non la dice. Ma ci va giù pesante lo stesso.

«L'affitto. I matrimoni costano, si sa. Sì, penseranno a

tutto le nostre famiglie, la sua specialmente... ma i soldi non bastano mai e io ho uno stile di vita da mantenere. Poi a Milano ci sono così tante svendite private, che è difficile resistere a una borsa vintage o a un nuovo paio di scarpe, mi capite no?»

Io e Marta ci guardiamo ansiose. Viola è più patetica di una giornalista che fa la telecronaca di un funerale in diretta nazionale. Però anche se il suo atteggiamento ci irrita, capiamo che ha tutto il diritto di chiedere a me un affitto mensile. Ma perché allora si rivolge a entrambe?

«Tu, Marta, non ti preoccupare. Il contratto scade fra cinque mesi, dopo lo possiamo rinnovare con il dovuto aumento. Da quattrocentocinquanta a settecento euro, considerando che oltre alla tua stanza e alla cucina usufruisci anche del salotto. Tu, Neve, invece, dovrai pagarmi da subito quella cifra. Non mi chiedere uno sconto, pure se ti piace tanto contrattare ai mercatini e alle aste su eBay, perché è come se te lo avessi già fatto: sono tre mesi che sei qui gratis, no? Manco su Groupon la trovi un'offerta così!» scherza Viola, sfrontata come poche. Io invece taccio, inibita. È giusto che io paghi, ma questa mi pare proprio una bastardata. Prima mi dici che posso stare da te quanto voglio, poi torni e pretendi il conto? Mi sembra una specie di ricatto. Forse dovrei chiederle un contratto regolare, visto che lei ha sparato una cifra astronomica per una stanza, ma le sono stata grata fino a cinque minuti fa e ora non so davvero che dire. Sarà che il denaro è il vero tabù dei nostri tempi. Ormai parliamo di tutto con tutti. Sesso, droga e rock and roll, ma guai a parlare di soldi. "Quanto guadagni?" è la vera domanda indiscreta del secolo. Però la più difficile da fare è: "Mi ridai la cifra che ti ho prestato, quella che forse hai dimenticato di restituirmi?". Ma Viola non ha decisamente senso del pudore. Da una parte fa bene, dall'altra sta esagerando, si sta approfittando della nostra situazione e la sua richiesta, per quanto legittima, continua a suonarmi spropositata. C'è sempre qualcosa che non mi torna quando c'è di mezzo lei, faccia d'angelo.

«Non mi aspettavo un aumento del genere, sono duecentocinquanta euro in più» protesta Marta allibita e Viola si lascia andare a una sonora risata.

«Dài, non fasciarti la testa prima d'essertela rotta... Magari non ci vorrai più stare qui. Cinque mesi sono tanti, scommetti che alla fine mi ringrazierai? Per te questo aumento sarà lo stimolo a insistere con Gianfi. Troverai il modo di incastrarlo. Anche perché non puoi perdere i tuoi anni migliori appresso a un uomo che non si vuole impegnare... sai che più tempo passa e più sarà difficile trovarne un altro? O sono gay o sono già stati accalappiati da una più sveglia e più giovane di te...»

Mentre Viola parla e ribadisce che è così gentile da non sostituirci di punto in bianco con sei studenti in tre doppie ma ci sta dando la possibilità di andarcene via con i nostri tempi al suo prezzo, io faccio il calcolo dei soldi che butterò nel cesso continuando a stare qui nell'attesa di trovare una casa tutta mia. Sicuramente di più che andando a vivere altrove, ché l'affitto di una singola non arriva a tanto nemmeno vicino all'università. Non ho nessuna voglia di finanziare il matrimonio di questa stronza né tantomeno i suoi pomeriggi di shopping, mentre io risparmio perfino sul dentista approfittando delle offerte su Groupon. Eppure mi sembra di non avere scelta. Non ha senso fare un altro trasloco, è questione di giorni e troverò la mia sistemazione definitiva, ormai oltre a un'esigenza è una vera emergenza. E poi non sarebbe neanche giusto mollare Marta.

«E poi, tu, Neve, di che ti preoccupi ormai? Sei diventata ricca, da quanto ho capito! Non per farti i conti in tasca, ma se ci vuoi comprare una casa significa che tuo nonno t'ha fatto proprio un bel regalo...»

«Be', di certo non ho ereditato il frutto del suo duro lavoro per pagarti un affitto spropositato... Comunque, Viola, che ti devo dire? Per il momento accetto la tua proposta, ma sappi che dovrai cercarti presto un'altra inquilina. Ora più che mai sono intenzionata a trovarlo, il mio appartamento...» rispondo risoluta. Marta mi guarda con una faccia buffa e mi dà un calcetto sotto il tavolo. In effetti non è da me, sfoderare tanta grinta. Devo aver spiazzato anche

Viola, perché non risponde. Mantiene a fatica la calma e accenna un sorriso tirato.

«Bene. Vedo che siamo tutte d'accordo. Che dire, ragazze? Ovviamente siete invitate alla mia cerimonia...»

«Ah be', grazie...» risponde Marta, che è troppo educata per tirarle in faccia quel soffice tortino al cioccolato, tirato fuori dal freezer e riscaldato, che Viola rifiuta scandalizzata. E così dovremo pure farle il regalo. C'è da ridere. O da piangere. Non so come faccia Marta a restare impassibile, ma la conosco. Per lei la vendetta è un piatto che va servito freddo. E intanto affonda il cucchiaio nel suo tortino e la cioccolata calda cola lenta e densa. Io ne ho già divorato metà.

«Ma quanto mangiate? Certo, a vedervi non si direbbe... Eh, però, voi due, qui bisogna starci attente. Mica avrete intenzione di presentarvi sovrappeso al mio matrimonio?»

«Impossibile. Abbiamo un metabolismo pazzesco. Sai quelle stronze che mangiano tutto quello che vogliono e non ingrassano mai? Be', eccoci qui» mento spudorata, ché i miei chili in più li ho presi eccome, ma lo faccio apposta, consapevole degli sforzi che Viola fa per restare magra come un insipido grissino sottomarca. Lei e Marta mi guardano con un'aria strana, devo avere il mento sporco di zucchero a velo, mi pulisco incerta col tovagliolo.

«Alla faccia dell'acqua cheta, ma tu non eri quella che stava zitta zitta, sempre un passo dietro a Omar? La sua lontananza ti ha fatto male, perché se le risposte sono sempre così acide...»

Non faccio in tempo a ribattere perché Marta, che scommetto ha la pancia gonfia di crampi per le parole che non dice, finalmente esplode e, fissandola negli occhi, dice la sua e anche la mia.

«Ma forse invece le ha fatto bene, visto che è sempre meglio mettere le cose in chiaro... E tornando all'affitto, io non lo so. Devo pensarci, e anche Neve, ne sono sicura. Ci hai preso alla sprovvista. La tua sarà pure una richiesta legittima, ma suona come un invito ad andarsene. Tu capisci che Neve potrebbe trovare una stanza dopodomani a un prezzo decisamente inferiore e che io con poco più mi affitterei un monolocale... Non so quanto conviene a noi, ma capisco che conviene a te... Che ne dici di vederci fra qualche giorno e di parlare con più calma? Dobbiamo riflettere, poi ti daremo la nostra risposta.»

«Marta, ma tu hai tempo altri cinque mesi per far capitolare Gianfi. Non me lo devi mica dire subito!»

«No, mi do tempo io una settimana per decidere dove voglio stare fra cinque mesi e come voglio spendere i miei soldi. Gianfi non c'entra niente. Forse non lo sai, ma non tutte le donne intorno ai trenta ambiscono a incastrare il fidanzato di turno.»

Cercare casa è come avere un secondo lavoro anche se, invece di essere pagata, faccio fatica io a trovare qualcuno a cui dare i miei soldi. E se una volta il sabato mattina, dopo un'ora di sonno in più e una di pulizie arretrate, scattava il percorso a tappe tra bar, estetista, posta, lavanderia, parrucchiere, mercato, supermercato e negozi di scarpe adiacenti, ora ho dovuto rivedere tutta la tabella di marcia. Sveglia all'alba, un caffè al volo, di corsa giù per le scale, stradario e blocco con gli indirizzi nella borsetta, e subito al volante della Malincomacchina diretta verso mono e bilocali di ogni sorta. Il risultato è che non ho più tempo libero, l'ideale per una che è stata mollata dal fidanzato. Si possono incastrare anche cinque appuntamenti in quattro ore, se si considera che per visitare le case ci vogliono da uno a quindici minuti, a seconda della grandezza, delle condizioni ma soprattutto dell'abilità dell'agente immobiliare. Mi è capitato di restare ben otto minuti in una mansarda soppalcata di venticinque metri quadri – totali, ovviamente – perché il tipo di turno era decisamente logorroico. Altre volte, invece, sebbene i metri quadri fossero più di sessanta, i tempi di fuga hanno battuto ogni record, magari per via di un "leggero odore di umidità", che tradotto dal linguaggio del venditore a quello del possibile acquirente corrisponde a una disgustosa puzza di fogna.

«Signorina Morante, dove si è cacciata? La sto aspettando...»

«Sono arrivata, solo che non trovo parcheggio!» urlo in macchina con il vivavoce attivato per farmi sentire dall'agente immobiliare.

«Sì, però faccia in fretta. Ho un cliente subito dopo di lei...»

Ma che modi. Quasi quasi gli do buca, ché tanto in un quartiere così trafficato, pure senza la metropolitana, non ci potrei mai vivere. A meno che non preventivassi l'affitto di un posto auto. Non a caso la zona è piena di garage. Ma allora sarebbero come minimo cento euro in più al mese, da sommare alle spese, condominio e tutto il resto. Ottimo. Ho già trovato un buon motivo per chiedere lo sconto, e allora invento un parcheggio di fortuna e corro fiduciosa al portone, dove il tizio che mi aspetta ha un'improbabile cravatta a fiori, la camicia tesa sulla pancia enorme e la mano sudaticcia. Che palle. Possibile che la vita non mi riservi mai una sorpresa, una sola? Niente da fare: ogni volta i peggiori stereotipi mi si confermano davanti agli occhi. Agenti immobiliari con scarpe a punta, labbra tumide, orologi pacchiani in finto oro, bigiotteria varia, lacca o gel sui capelli. Nemmeno recitassero in una telenovela brasiliana di quart'ordine. A me, un figo mai. Uno di quelli che ti prende e ti sbatte al muro nella casa vuota, come si vede nei film. Macché. O viscidi grassoni o burine aggressive, che se poco poco mi toccano scatta la denuncia.

Il tizio mi dà ragione quando dico che il parcheggio è un dramma in questa zona, ma poi si pente subito dopo. A quanto pare, *mai dare ragione al cliente* è la prima regola per un bravo agente immobiliare. Infatti non mi ha dato ragione nemmeno quello prima, che con coraggio, devo riconoscere, mi ha mostrato una casa indipendente accatastata come ricovero animali.

«Ricovero animali?»

«Sì, signorina: ha presente nel passato, quando si usciva con l'asino e il cavallo?»

«Veramente no, non ho neanche trent'anni. E poi guardi, io vengo da un paesello di campagna e le assicuro che anche lì l'asino l'hanno rottamato da un pezzo, pure se continuano a chiamarlo "la vettura"...»

«Be', comunque non ci formalizziamo, basta cambiare voce al catasto...»

«Condonarlo, intende?»

«Ma come siamo precisi con le parole oggi, se fa così non andiamo da nessuna parte!»

«E dove vogliamo andare? La casa è già finita!»

«Ha proprio voglia di scherzare lei! Simpatica... Non sottovaluti però le potenzialità di questo delizioso miniappartamento...»

I miniappartamenti, ricavati da un posto qualsiasi – una cantina, un garage, o una stalla appunto –, non li raccomando neppure al mio peggior nemico. Quello in particolare poi, non lo avrei augurato manco a quella stronza di Viola. Figuriamoci che per andare dal bagno alla cucina bisognava attraversare un cortile interno a cielo aperto. Ma in fondo è sufficiente mettersi il cappotto, no? Specialmente di notte, se ti scappa la pipì e poi vuoi un bicchiere d'acqua. Quante storie! Basta sperare che non piova.

Sull'ascensore faccio aderire per bene la schiena allo specchio per evitare che l'agente faccia lo stesso con la sua pancia sulle mie tette. Ma quanto è stretto? Se facessi una festa gli invitati dovrebbero salire uno a uno, e io stessa dovrei cominciare a fare più attenzione a quello che mangio, per la gioia di Viola. Addio patatine al formaggio e tortini al cioccolato.

Il tipo mi dice che in casa ci sono delle persone. Non i proprietari, ma gli affittuari. Ecco, un'altra situazione imbarazzante. Visitare appartamenti abitati per anni da persone che hanno appena ricevuto lo sfratto. Quasi sempre si fanno trovare in casa, seduti in salotto, con i bambini che ti guardano e piangono, e ti fanno sentire una merda. Ma non ci sono bambini, mi assicura l'agente, aggiustandosi l'improbabile cravatta. «Questi» aggiunge «se ne vanno, appena la casa sarà venduta. Sicuro!» Lo guardo aprire la porta con un enorme mazzo di chiavi e mi sembra maleducato, se ci sono persone all'interno, che non suoni il campanello.

Mi fa strada lungo il corridoio – ci sono due porte socchiuse che lui non apre –, mi porta direttamente in cucina e un istante dopo siamo già sul balcone. Se potesse, mi ributterebbe di sotto, ci scommetto. Ma insomma, tanto vale che me la facesse vedere da fuori! Appoggiata alla ringhiera, ascolto perplessa i pregi di una vita al nono piano.

«Niente smog, poco rumore, si vede perfino il gasometro, ha mai visto i film di Ozpetek? Ha reso famoso il quartiere e le case hanno acquistato valore proprio grazie alle sue pellicole...»

Sì, vabbè. Ci mancava il cinema per giustificare l'ennesimo prezzo gonfiato come un palloncino che sta per scoppiare. Una volta mi è capitato di leggere l'annuncio di un appartamento che non lo descriveva affatto, ma si limitava a elencare i nomi dei famosi vicini di casa – specialmente calciatori e soubrette – che avresti potuto incontrare al bar, spiare dalla finestra o perfino tamponare in un bell'incidente girato l'angolo!

Guardo giù e penso che se ti gira un poco la testa o sei depresso, qui puoi farla finita con un volo pazzesco, schiantandoti al suolo, per giunta travolto dalle macchine in corsa. I vantaggi del nono piano. Per fortuna almeno non l'ha chiamato "attico", visto che i piani in tutto sono undici più il terrazzo condominiale, un campo d'asfalto coltivato ad antenne paraboliche.

«Sì, ma la casa?» chiedo, e intendo il bagno, le altre stanze, lo sgabuzzino. E lo metto in imbarazzo, così tanto che mi viene voglia di scusarmi, non volevo essere sgarbata, e però insisto: sennò che ci sono venuta a fare fin qua? Come faccio a comprare una casa che non ho visto? E allora lui è costretto a rientrare e ad aprire una delle porte socchiuse. Nella stanza in penombra ci sono ben tre letti a castello sfatti, disposti lungo le pareti, con almeno quattro persone che dormono avvolte nelle coperte.

«Oddio. Ma che, davvero?» gli chiedo sbalordita. E non è una domanda retorica. Perché io *davvero* non ci posso credere. Faccio un passo indietro, ringrazio e dico che vado di fretta, lui non mi molla, dice di non fermarmi alle apparenze, di immaginare questa casa ripulita, svuotata, riempita di cose mie... Allora io faccio un altro passo indietro e vado a sbattere contro un tipo altissimo e nero, che avrebbe tutte le carte in regola per fare il giocatore di basket afroamericano e invece, ci scommetto, vende i cd tarocchi su viale Marconi. Fantastico, questa casa ha enormi potenzialità. Cinquanta metri quadri trasformati in un dormitorio, probabilmente pure abusivo. Ma complimenti. Potrei farci un ostello della gioventù per coprire i costi del mutuo. Un altro sabato mattina buttato.

Per oggi ne ho abbastanza, compresa la cantina ristrutturata, i maledetti miniappartamenti e la casa fatiscente con la bombola di ossigeno della vecchia morta da poco ancora in bella vista, che per non morirci pure io, tra impianti non a norma e lavori alla caldaia, ci avrei dovuto spendere altri centomila euro che non ho. Basta. Oggi mi sento ottimista. Marta e Gianfi si amano, io ho mio nonno accanto – e i suoi soldi sul conto corrente –, una soluzione prima o poi la troveremo. Alla faccia di Viola. Me ne torno a casa sua, che tutto sommato, ora che pago l'affitto, mi piace di più, la sento quasi mia. Ieri le ho firmato l'assegno per questo mese, perché di dirle grazie per quelli precedenti mi ero stufata, e se n'è andata via tutta contenta. Io e Marta invece abbiamo deciso di dormirci sopra, per riflettere a mente fresca. Solo che non ho chiuso occhio, ancora e ancora a guardare quelle cavolo di foto su Facebook che, anche quando ho smesso, hanno continuato a tormentarmi nei sogni.

Quando parcheggio la Malincomacchina, mi viene voglia di fare una passeggiata fino ai giardini della piazza. Saluto Enzo e cammino intorno alle aiuole maltrattate. Nella borsa ho un'agenda piena zeppa di fogli, coupon accumulati per i prossimi appuntamenti tra dentista, estetista, parrucchiere e ristoranti, e due nuovi giornali d'annunci immobiliari. Vorrei trovare una panchina al sole, mettermi a leggere e cerchiare con il pennarello rosso le nuove case papabili. Magari anche Omar in questo momento, dall'altra parte del mondo, è seduto su una panchina a leggere un quotidiano, o magari un romanzo. Forse c'è anche lei, che beve una Diet Coke dalla cannuccia, con la testa appoggiata alla sua spalla. Lei che, proprio ora, starà sentendo il suo profumo senza sapere che fino a pochi mesi fa quello è stato il mio unico respiro. Io intanto continuo a mettere un piede dopo l'altro sul brecciolino e i pinoli caduti, a tirare avanti senza guardarmi indietro, perché ancora non l'ho trovato un posto dove stare tranquilla in questo piccolo giardino della Città Eterna. Dopo aver scartato quattro panchine occupate da senzatetto addormentati sui cartoni, altre tre ricoperte di escrementi di piccione e una piena di bottiglie di birra vuote, che aveva tanto l'aria del bancone di un bar dopo una festa, scelgo il muretto vicino a un platano. Apro l'agenda e tiro fuori i coupon, incurante di rischiare la vita per colpa di un manipolo di bulletti di quartiere che gioca a calcio. Corrono come pazzi tra due porte immaginarie e quando il pallone vola oltre il perimetro invisibile del campo, sbraitano: «Palla! Pallaaa!». Evidentemente c'è anche un arbitro invisibile a impedirgli di andare a riprendersela da soli. O forse questa è la dittatura della palla, penso. Faccio un respiro, poi un altro. Sono sola, mi sento sola e non mi fa paura. Lo racconterò a Mariuccia, questo sì che è un bel passo avanti. Quando ho cominciato a vivere con Marta non riuscivo a stare sola per più di venti minuti e, quando l'amico di turno si congedava, mi attaccavo al telefono. Chiamavo chiunque, avevo bisogno di parlare, di riempire il silenzio. Ho speso un sacco di soldi per le ricariche, dovrei metterglieli in conto, a quello stronzo che ancora mi piango. Insieme a tutte le multe che ho preso: i primi tempi ero così distratta da non attaccare nemmeno davanti ai vigili che mi vedevano passare sul Lungotevere. Quando si dice "i danni morali". Ci aggiungerei pure questa macchia di rimmel sulla manica della giacca, mentre mi strofino gli occhi perché non riesco a impedire a una lacrima di scendere.

«Ti dispiace se mi metto qui? Scusami, ma il pallone mi fa venire l'ansia. Ogni volta che ce n'è uno nei paraggi, vengo colpito. È matematico.»

Sussulto e tiro su con il naso. Poi mi accorgo dei coupon sparsi sul muretto, che gli impediscono di sedersi, e mi sbrigo a toglierli di torno, li reinfilo tra le pagine della mia agenda.

«Scusami, forse ti ho disturbato...» dice e mi guarda con aria perplessa, deve aver notato gli occhi lucidi.

«Ma no, figurati... accomodati.»

Cerco un fazzoletto nella borsa, mi soffio il naso e dico una cosa qualsiasi su un'allergia che non ho, neanche mi dovessi giustificare con il primo sconosciuto che mi rivolge la parola con una scusa qualunque. Si siede accanto a me e sistema il computer sulle ginocchia. Se ora fa una battuta sul tempo o sulle mezze stagioni, è chiaramente un cretino che vuole provarci. Ma non dice nulla. Questo tizio vuole solo lavorare al pc, non c'è dubbio. Rimetto l'agenda nella borsa e tiro fuori i giornali degli annunci immobiliari per leggere di ottimi investimenti, deliziose mansarde, seminterrati luminosissimi. Certo ci stava meglio un libro.

Ogni tanto, quando quei tipetti danno un calcio più forte alla palla, questo ragazzo dagli occhi blu si volta per guardarmi e sorride nervoso. Io ricambio, tanto per fargli coraggio.

«Sì, sono qui. Ai giardini, davanti al teatro. Ti aspetto...» dice a qualcuno al telefono e a me viene in mente una storia: un uomo e una donna sono seduti uno vicino all'altra su una panchina. Non si parlano, mantengono le reciproche distanze, quelle riservate a un estraneo. Lei fissa un punto davanti a sé, lui si osserva intorno. L'uomo sta aspettando la sua donna, quella con cui vive ogni giorno della sua vita, nella stessa casa, crede che lei sia in ritardo, all'inizio si preoccupa, poi si agita e alla fine perde la pazienza. Non si gira mai a guardare la donna che gli siede accanto, forse di sfuggita nota le gambe di lei a pochi centimetri dalle sue. Quando il sole tramonta dietro le loro schiene, lui si alza, triste e nervoso, e se ne va. Non s'è accorto che lei era arrivata da un pezzo, da molto prima di lui, che anzi era sempre stata lì, quella che aspettava era la donna seduta sulla sua stessa panchina, solo che non l'ha mai guardata, non l'ha riconosciuta, nemmeno dal profumo. Anche la donna, rimasta in silenzio per tante ore, finalmente si alza, poco dopo di lui, e si incammina verso casa, la loro casa, ma non si ricorda più perché così tante ore prima era uscita.

«Lascia perdere, non sai che m'è successo... Valeria se n'è andata via così, all'improvviso, dopo una litigata furibonda, è gelosa santo cielo, non ragiona... Si è portata via le chiavi di casa, il mio mazzo!»

«E ora come farai a rientrare? Ti toccherà farci pace...» dice il mio vicino di muretto e io non posso fare a meno di un pensiero banale, gli uomini sotto sotto sono tutti uguali.

«Non lo so, guarda. Ora poi non ho tempo... non posso nemmeno restare a pranzo con te, ho un matrimonio. Per fortuna il vestito era in lavanderia, l'ho ritirato e adesso mi dovrò cambiare al bar. Che due coglioni sti matrimoni. Poi sempre di sabato che uno c'ha mille cose da fare...» risponde l'amico che è appena arrivato, lui ride e io ho un sobbalzo. Matrimonio uguale Viola uguale affitto uguale Marta. Cavolo, mi starà già aspettando! Per fortuna il ristorante non è lontano, meno male che i coupon li compro solo per posti in zona e per non sbagliare ho scelto l'opzione Roma sudovest, così sono sicura che le offerte che mi arrivano sono nel raggio di pochi chilometri. Scendo con un balzo dal muretto, giornali in una mano, borsa nell'altra, e faccio per scappare via. Sono di spalle, quando sento: «Ciao! È stato un piacere...».

Mi giro, il ragazzo con il computer sulle ginocchia mi sorride. Per un attimo temo che mi chieda il numero di telefono o il contatto di Facebook, che di questi tempi è più comodo. Ma lui sorride e basta, gentile e imbarazzato, mentre l'amico ci guarda curioso. Gli direi "vengo qui tutti i sabati, alla stessa ora...", anche se non è vero, perché lui è davvero molto carino. Mi scappa da ridere: dopo tanti, troppi, giorni tristi, ho notato un essere di sesso maschile. Forse ha ragione Marta, trent'anni sono pochi per pensare di odiarli tutti, gli uomini. Sì, quasi quasi glielo dico... E lo avrei fatto se in quel momento lo spazio che ci divideva non fosse stato attraversato come un missile da un pallone, che lo ha preso in pieno petto e che quasi lo ha fatto cadere all'indietro, e i ragazzini già urlavano: «Palla, pallaaa!». Sì, certo che glielo avrei detto, se in quel preciso istante io non avessi guardato dietro di lui e non avessi visto, dopo tanto, troppo tempo, Omar. È un colpo forte, stende.

«Era lui, ti dico.»

«Sei sicura? Non è la prima volta che hai le allucinazioni...»

«Ma che dici?»

«Bene, ora alle tue visioni si aggiungono pure i vuoti di memoria.»

Marta e io siamo sedute in un piccolo ristorante a Trastevere. Che sia un posto per turisti dove lei, se io non l'avessi costretta, non sarebbe mai entrata, me l'ha già detto. Ma il coupon che avevo comprato online stava per scadere e di certo non mi andava di buttare un pranzo per due a undici euro. Cinque euro e cinquanta a testa, parliamone. Nemmeno alla Caritas. E poi su internet il locale pareva più carino.

«Non ti ricordi? Quella volta dovevamo andare a prendere mia madre alla stazione e tu hai cambiato strada per inseguire nel traffico una macchina, che non era quella di Omar, ma che ti sembrava la sua.»

«Ma il tizio che la guidava aveva gli stessi capelli, la stessa forma della testa...»

«Sì, vabbè. Devi ringraziare il cielo che non ti ha denunciata, quando hai imboccato il vialetto di casa sua e sei uscita urlando: "E tu, che ci fai tu qui?".»

«Se ripenso alla faccia che ha fatto quello, quando ha abbassato il finestrino...»

«E non ridere, che non c'è niente da ridere... Meno male

che Trenitalia ci ha assistito con un ritardo perfetto, se no mia mamma chi la sentiva...»

La madre di Marta non ci avrebbe perdonato facilmente un'attesa tanto lunga alla stazione. È una che ha fatto il Sessantotto, in prima fila nel movimento femminista. La ragione del nostro ritardo, un uomo – un ex, un bastardo –, l'avrebbe quasi offesa. Avrà sofferto per amore pure lei, quando il padre di Marta e gli altri quattro compagni che ha avuto in seguito l'hanno lasciata, ma questa è tutta un'altra storia. Apro il menu e comincio a scorrere l'elenco degli antipasti. Marta lo chiude, ha già deciso. Prende il telefono dalla tasca della borsa e lo spegne. Lo fa ogni volta che si siede a tavola per mangiare. Dice che la rilassa. Poi mi guarda.

«E comunque, questo qua era Omar come erano Omar il ragazzo in fila alla posta quando hai pagato le ultime bollette, quello seduto due file davanti a noi al cinema una settimana fa, l'altro intravisto tra gli scaffali del supermercato o quell'altro, quello che hai visto in tv, ripreso per caso durante il servizio del telegiornale sul maltempo? Oppure questo era veramente Omar?»

Le racconto della casa-dormitorio, dei giardini, del ragazzo con il pc e dei teppistelli che giocavano a calcio. Poi mi soffermo su quel pallone volato lungo una traiettoria disegnata dal destino, che ha quasi buttato a terra l'unico esemplare maschile che avevo notato dopo lunghi mesi per mostrarmi di nuovo lui, il mio chiodo fisso, per conficcarmelo ancora una volta bene in fronte, Omar che non mi ha visto ed è scomparso dietro una siepe. Ma non le dico nulla di ieri, di Facebook, di Perla, delle foto con Barbie in America. Perché se glielo confessassi la mia credibilità scenderebbe sotto zero, in effetti se ci penso bene io stessa dovrei avere qualche dubbio, in fondo avevo controllato anche le date dei suoi stupidi status su Facebook, non mi sembrava di certo la bacheca di uno in procinto di tornare.

«Se era davvero lui perché non l'hai chiamato? Potevi rincorrerlo e dirgliene quattro, a quel bastardo...»

Perché sono rimasta impalata davanti a un'inquadratura

perfetta, concentrata su quello sconvolgente punto d'attrazione nella scena. Lui. Il mio amore perduto, che è tornato ma si nasconde e non si fa trovare. Un fantasma che fa gli scherzi. Una presenza invisibile che oggi è apparsa all'improvviso, come uno schiaffo che non ti aspetti. Cerco le parole per spiegarlo a Marta, mentre riempie i nostri piatti con gli affettati, i formaggi, le bruschette e le olive ascolane che il cameriere ci ha appena servito su due grandi vassoi colorati. Non le andavano, a dire la verità, ma io ho insistito. Il coupon ha il valore di un pranzo di quaranta euro. Sarebbe stato un peccato sprecarlo così.

«Ero imbambolata, mi sono caduti dalle mani i giornali e la borsa, che si è rovesciata per terra. L'agenda si è aperta... un casino, tutti i coupon sparsi ovunque. Un altro po' nemmeno mi chinavo a raccoglierli... Mi ha aiutato l'amico del ragazzo con il pc. È stato gentile, intanto l'altro si è rimesso in piedi, era buffo, rideva e parlava, tutto imbarazzato. Ripeteva che l'aveva detto che viene sempre colpito quando c'è una palla in giro... E poi mi ha stretto la mano, mi ha detto il suo nome mentre io gli dicevo il mio, così il suo non l'ho sentito, ma tanto non lo capisco mai come si chiamano le persone quando si presentano, e alla fine sono scappata via. Marta, fa troppo male, capisci? Omar è tornato e non mi ha avvisata, nonostante le mail e i messaggi che gli ho mandato, nonostante sapesse che avrei voluto parlargli almeno un'altra volta ancora, ché non si scappa via così. È tornato. È tornato e non me l'ha detto.»

Quando sono nervosa, mi si scatena l'appetito. Me la prendo con le olive ascolane e la bruschetta al pomodoro. Evviva i gruppi d'acquisto che vendono "esperienze" – così le chiamano quando ti propongono pasti luculliani a prezzi minimi. Non mi impediranno di diventare grassa, ma di sicuro di diventare povera al ristorante sì.

«Non è mai stato un campione di sensibilità. E poi, ammesso che fosse lui, magari è tornato giusto per qualche giorno, per sistemare delle cose per gli zii, salutare gli amici, e poi riparte subito... Quando si vive all'estero e si torna qui non si ha mai tempo per tutti. Di certo, Neve, non ti offendere, ma un'ex fidanzata disperata è l'ultima delle priorità.»

«Figurati, chi si offende. Lo sarei stata anche senza la parolina "ex"... ormai l'ho capito.»

Marta mi sorride e mette un po' di miele sul formaggio.

Sposto il cellulare – il mio è sempre acceso – all'angolo del tavolo, per fare spazio alle ordinazioni. Parmigiana di melanzane per me, ché mi devo coccolare, e un mix di verdure grigliate per Marta, che è golosa di zucchine e peperoni. Un pranzo annaffiato con l'acqua minerale, ché se dovessi cominciare a berci sopra già a quest'ora, con lo stato d'animo che mi ritrovo potrei finire dritta dritta agli alcolisti anonimi. Marta prende un pezzetto di pane dal cestino per accompagnare il prossimo boccone.

«Però deve essere stato carino questo tipo con il pc perché tu l'abbia notato, eh?»

«Be', aveva un'aria da artista...»

«Affascinante?»

«Sì, esattamente... Anche quella pallonata, nonostante tutto, gli ha fatto fare una gran figura. Sembrava distratto, concentrato su un mondo immaginario invece che su quello reale. Come un giovane professore di filosofia che non si cura degli aeroplanini di carta che gli lanciano gli studenti e continua a parlare di Kant...»

«Il tuo sogno erotico, insomma.»

«Eh, già...» ammetto e sorrido. Ma se è questo l'identikit del mio uomo ideale, perché ho perso la testa per uno come Omar? Calcolatore, arrivista e superficiale? Deve essere stata colpa della crocerossina che è in me, quella che puntuale spunta fuori nei momenti meno opportuni e decide di provare a salvare un caso senza speranza. Omar, appunto. Avrei voluto cambiarlo, questa è la verità. E sono molto arrabbiata con me stessa per non esserci riuscita. Ancora non me lo perdono, avrei potuto renderlo migliore, sempre secondo la mia scala di valori, ovviamente. Ma non ce l'ho fatta, e ora è troppo tardi. Marta manda giù l'ultimo sorso d'acqua e posa il bicchiere vuoto sul tavolo. Ha un'espressione seria, il tono di voce calmo.

«Ti devo parlare...»

«Della casa, di Viola?»

«Sì, ma soprattutto di me...»

«Di te? Stai bene?»

«Sì, sì... sto bene, solo che questa storia dell'aumento d'affitto è un problema serio. Io dovrò affrontarlo tra un po', ma tu, Neve? Tu hai deciso di restare e di buttare tutti quei soldi per restare con me, di' la verità...»

«Be', sì. Preferisco spendere di più ma vivere con la mia migliore amica...»

«Non ti devi preoccupare per me. So perché lo fai. Tu pensi che io senza di te non saprei dove andare, che Gianfi è completamente inaffidabile, che mi devi stare vicino finché non decideremo di convivere... Ma non è così. Io posso farcela da sola, settecento euro non me li posso permettere ma ho tempo per cercare un'altra sistemazione... quel tempo che a te invece sta costando caro!»

«Marta, sono io che ho bisogno di sentirmi a casa una volta tanto. Di trovare un po' di stabilità. Certo, non me la dà l'appartamento di Viola, ma la tua presenza sì. Ma, detto questo, ti auguro di andare presto a vivere con Gianfi. Ha la testa fra le nuvole, ma non è inaffidabile. Ti ama, e tu devi tenertelo stretto. Prima o poi tutto s'aggiusterà... E nemmeno io vorrei che la mia presenza condizionasse le tue scelte...»

«No, Neve. La tua presenza mi dà solo serenità.»

«Ok, allora restiamo dove siamo. È la cosa migliore. E poi io sto già impazzendo alla ricerca della casa da comprare, solo l'idea di cercare pure l'ennesima stanza in affitto mi fa venire la nausea...»

«Va bene, rimaniamo da Viola. Ma io pretendo uno sconto. La prossima volta che la vediamo, glielo chiedo senza nessuna intenzione di cedere. Anche per te!»

Il display del mio cellulare si illumina. E se fosse lui? Se fosse Omar? Forse quando l'ho visto al parco lui stava andando a casa di Marta per cercarmi, e non mi ha riconosciuta, ero troppo distante o, forse, troppo ingrassata! Sento il cuore battermi in gola, mentre afferro il telefonino e leggo una sequenza di numeri sconosciuti. Deve aver cambiato numero. Ecco perché non ha mai risposto ai miei messaggi. Ora mi spiego tutto e quest'idea mi calma, almeno un poco. Marta mi fa cenno di rispondere.

«Signorina Morante?»

No, cazzo. Un altro agente immobiliare.

«Sta ancora cercando casa?» mi chiede con il tono di chi ha la soluzione a tutti i miei problemi e i modi da persecutore.

«Dai dati che risultano dalla sua richiesta generica su immobilandia.it, noi potremmo avere quello che fa per lei. Un appartamento luminosissimo a Testaccio, sessantacinque metri quadri, due camere, bagno e cucinotto più balcone, cinquecentoventimila euro!»

«Ah, perfetto. Proprio il mio budget...» commento scocciata, mentre il cameriere mi porta il conto. Devo avere invertito i numeri digitando sulla tastiera, dal momento che la mia spesa massima può arrivare a duecentocinquantamila euro, tutto compreso.

«Bene, signorina» risponde il tizio al telefono, che come tutti gli agenti immobiliari non capisce l'ironia. Consegno al cameriere il coupon e la differenza di tre euro, tenendo il cellulare tra la guancia e la spalla.

«Signora, prego. Sono sposata» dico, strizzando l'occhio a Marta.

«Ah, sì? Mi scusi. Ha una voce così giovane...»

Fantastico. Questo pensa che a sposarsi siano solo le vecchie.

«Allora, vuole vederla?»

«Sì, certo, come no. Devo prima parlare con mio marito, però.»

«Ovvio. Bene, allora la richiamo lunedì per fissare un appuntamento...»

Marta mi guarda divertita e io mi ricordo di quando ho fatto vedere a Omar le foto della mia prima comunione. Per ridere insieme di me, piccola sposa anni Ottanta, in una chiesa di campagna, circondata da parenti con ciuffi improbabili e spalline rigide nelle giacche. «Ti ci riporto qui, vestita di bianco» aveva detto serio con l'album in mano. Ci avevo creduto, mentre mi baciava sul letto. Poi, tra una maglietta volata via, il reggiseno slacciato e le scarpe lanciate lontano, quell'album era scivolato per terra e le foto, tenute ferme da una colla secca di vent'anni, si erano staccate dalle pagine e si erano sparpagliate sul pavimento.

«Signorina, il coupon non lo accettiamo di sabato...»

Il panciuto proprietario del ristorante. Fantastico, avevo giusto bisogno di qualcuno con cui sfogarmi. Comincia così una polemica, che fa parte dei rischi del mestiere della shopper online, sulla validità del mio sconto. Vinco io, come sempre. Perché conosco le regole del gioco, perché nero su bianco c'è scritto che i coupon valgono tutti i giorni della settimana, che basta prenotare e io avevo prenotato e l'avevo pure dichiarato al cameriere appena sono entrata, peccato che lui ora finga di non ricordare. Non mollo, pure se Marta spazientita si offre di pagare. Eh no. Non mi faccio mica fregare io, e appena torno a casa gli faccio un bel reclamo sul web, a questo scemo che prova a fare il furbo e così ha perso due clienti e si è guadagnato una pessima fama. Marta e io ci mettiamo le giacche, prendiamo le borse e usciamo da lì tutte e due più incavolate di prima.

«Se questi dicono che vendono "esperienze", allora dovrebbero controllare meglio i posti che propongono. Ci hanno rovinato il pranzo!»

«Ma che ti importa... abbiamo mangiato con due soldi. Alla fine quel ladro del proprietario ha ceduto. Non è stato eccitante? Come fare una rapina a mano armata di coupon!» E a Omar, la mia pistola puntata sulla fronte, quasi non ci penso più, mentre torniamo a casa.

Ho trovato una lettera d'amore sulla Malincomacchina. L'ho vista quando ho girato la chiave, abbassato la frizione e alzato gli occhi. Era incastrata sotto al tergicristallo insieme a una rosa. Finalmente, ho pensato, mentre rigiravo la chiave, spegnevo la macchina e scendevo emozionata. L'ho presa e mi sono guardata intorno. Mi sentivo già meglio.

Avrei voluto parlarti questa notte, ma la luce della tua finestra era spenta e non ho avuto il coraggio di svegliarti. Lo so, sono stato un bastardo. Credimi, sono pentito. L'altra non conta niente, io amo solo te e ti amerò per sempre. Mi manchi. Se non mi cercherai, continuerò a farlo io.

Tuo Armando

Armando? E chi cavolo è Armando?! Quel foglietto stropicciato non mi ha lasciato illusioni. Quelle poche righe scritte con una grafia incerta, dietro la ricetta di un nutrizionista, non erano di certo dirette a me. Ma di colpo mi hanno investita di responsabilità. Non me la sono sentita di buttare la lettera nel cestino. In fondo chi sono io per giudicare un tradimento, per negare o concedere un perdono? Mi sembrava di stringere tra le mani una storia d'amore e non potevo gettarla via così, come carta straccia. Dovevo recapitarla alla persona giusta. Se non altro per gratitudine ideale, dopotutto poteva essere un biglietto di insulti o una multa per un parcheggio troppo ardito. Così ho tirato un sospiro misto di delusione e sollievo e ho fatto tardi in agenzia, per cercare una macchina simile alla mia su cui lasciare il messaggio di quell'innamorato. Ho perlustrato i paraggi per ben due volte, senza risultato. Nella piazzetta le auto erano tutte diverse dalla Malincomacchina, per modello e colore. Alla fine sono entrata da Enzo.

«E che ne so io di chi è, per chi è... mica la notte faccio vedetta alla serranda del negozio!» mi ha risposto mentre incartava un pezzo di pizza rossa con la mozzarella, il mio pranzo davanti al computer. «Ma sei sicura che non sia per te?» mi ha chiesto staccando lo scontrino.

«Non sono mai stata con un ragazzo di nome Armando. Me lo ricorderei...»

«Capirai. Lui non si ricorda nemmeno che macchina abbia la sua ragazza. Ti credo che l'ha mollato...»

In effetti, calcolando che io so a memoria addirittura la targa dello scooter di Omar, è proprio strano che questo Armando si sia confuso a tal punto. E se la lettera fosse veramente per me? Non mi stupirei se avessi dimenticato tutto quello che c'è stato prima di due anni fa, se avessi rimosso un tizio, come Armando, che magari avevo lasciato io, perché non mi riconosceva mai e mi faceva fare pessime figure, entrando sempre nella macchina di donne sconosciute. Rido con Enzo all'eventualità che questa ipotesi sia quella giusta, poi gli chiedo se posso lasciargli la lettera. Nel caso fosse entrata una persona con il cuore spezzato, ero sicura che lui l'avrebbe notata e avrebbe potuto consegnarle il biglietto. «Ma sei sicura che sia amore? E se fosse un'ossessione? Metti che questo è... come si dice? uno stalker, uno che la perseguita... Io non lo so. Meglio farci gli affari nostri!»

Forse ha ragione, non insisto. Pago il mio pranzo e gli auguro buona giornata. Prima di salire sulla Malincomacchina, stacco lo scontrino adesivo dalla carta della pizza, e lo uso per attaccare la lettera al tronco del salice piangente, vicino alla fontanella dei giardini. L'ho lasciata svolazzare così, come un manifesto con la scritta "wanted" fissato al legno con una freccia.

Sono passati tre giorni da quando ho visto Omar al parco. Ho controllato la sua pagina Facebook almeno un milione di volte. Non è mai stata aggiornata. E questo silenzio, fisico e virtuale, è come un trapano dietro la nuca. Fa male, più di una punizione. E i dubbi che quel ragazzo al parco fosse semplicemente uno che gli somigliava moltissimo aumentano.

Le strade di Roma, sempre le stesse – casa, lavoro, lavoro, casa –, sono diventate un labirinto soffocante. Ci penso mentre parcheggio, chiudo la macchina, lascio cadere le chiavi in borsa e cerco il cellulare. Ogni mattina, chiamo mia madre più o meno alla stessa ora per ricordarle la pasticca per la pressione. È un'abitudine talmente consolidata, che non la prende se non le telefono. Quindi sono io, di fatto, quella che non la deve dimenticare. Ma resta un tacito accordo, perché lei ci tiene a non darmela vinta. Delle volte la ingoia in fretta e furia prima di sollevare la cornetta, altre brontola che non c'è bisogno di chiamare tutti i giorni, poi si arrabbia e si diverte quando insisto che voglio sentirla in diretta mentre la manda giù. Quando arrivo davanti alla porta dell'agenzia, la saluto e le raccomando di farsi bella per uscire e andare a fare la spesa. Di truccarsi gli occhi di nero e di mettersi il rossetto, un make up anni Settanta insomma, che continua a donarle quarant'anni dopo. Lo faccio anche stavolta, poi attacco ed entro in agenzia, la serranda è già stata tirata su.

«C'era traffico stamattina, eh?» mi domanda la stragista prima ancora di salutarmi, appena entro nel nostro ufficio, così, giusto per farmi notare il quarto d'ora di ritardo. Quando mi siedo alla mia postazione e accendo il Mac, penso che dovrebbero inventare delle scrivanie con l'airbag incorporato. Non si sa mai, un colpo di sonno improvviso. E meno male che oggi ho un mucchio di lavoro da sbrigare, c'è speranza di restare svegli. È importante che io riesca a concentrarmi su di me per non pensare a Omar. Me l'ha detto proprio ieri Mariuccia. La chiamo spesso, per sapere come sta e per raccontarle come sto io, ora che non c'è più mio nonno a farlo con entrambe. L'ho scoperta in questo tempo che è solo nostro, io che pensavo di conoscerla meglio di chiunque altro in famiglia, perché lui mi parlava sempre di lei e quando tornavo al paesello andavamo insieme a salutarla. Mia madre è sempre stata un po' gelosa di questa confidenza, ma oggi che il nonno manca tra le pietre, i campi, il cielo e le loro case, è la prima a ricordarmi di chiamarla spesso. Ho capito perché mio nonno l'amasse tanto. Mariuccia sa ascoltare davvero e soprattutto ha la capacità di calmarmi. C'è riuscita perfino in questi ultimi giorni, vissuti in un continuo stato di tensione.

Da quando mi è sembrato di vedere Omar al parco, non ho fatto che guardarmi intorno, sperando di essere seguita, spiata da lui, nascosto dietro qualche angolo. Ho immaginato mille volte di ritrovarmelo sotto il portone, magro, con una giacca larga e la faccia di chi non sa da che parte cominciare per chiedermi scusa. Ma niente. Non c'era mai, mai. E poi ho stretto i denti ogni volta che prendevo il cellulare per spedirgli l'ennesimo messaggio che sarebbe rimasto senza risposta. A Mariuccia ho raccontato il sogno dell'altra notte, quello in cui c'era Omar con un maglione verde, verde come il camice del dentista, forse perché in realtà dal dentista devo andarci proprio oggi. Mi diceva che stava bene, e anche io mi sentivo meglio. Avrei voluto dirlo a Omar, ma non ci sono riuscita. Quando stavo per aprire bocca, non trovavo fiato. Le parole uscivano a fatica, impastate in un unico grumo di fango secco, che strozza.

«Non sono riuscita a dirgli niente. Sono morta davanti a lui, mi mancava il fiato, è stato terribile.»

«Perché ci vuole coraggio a essere felici. Non è facile, dopo un lutto, accettare di tornare a sorridere...» ha detto Mariuccia, disarmante.

«È come se questa soddisfazione a Omar non gliela volessi dare, nemmeno in un sogno. Non voglio che sappia che sto bene... neppure quando starò bene davvero. Vorrei che si consumasse di rimpianti e sensi di colpa...»

«E invece stai cedendo, Neve. Questa è una novità positiva. Ci stai facendo pace, nei sogni, piano piano. Nel tuo inconscio stai lasciando andare tutto il rancore che hai covato finora e che ti ha bloccato. Ma non ci riesci fino in fondo perché la parte della vittima, Neve, diciamocelo, un po' ti piace! Sei un'eroina romantica, trovi pretesti per la malinconia, sogni a occhi aperti... Non c'è niente di male. Puoi continuare a farlo tutta la vita, ma devi essere consapevole che inizi a stare bene. Perché hai una forza che ancora, purtroppo, nemmeno immagini!»

«Che ho una natura melodrammatica, me lo diceva sempre pure mio nonno. Pensa che da piccola giocavo fingendo che il mio letto fosse una zattera nel bel mezzo di un mare in tempesta. Passavo ore a chiedere aiuto e a disperarmi per la mia fine imminente. Forse per questo sono sempre più concentrata sul dolore, sulla perdita... Di sicuro non ho mai imparato bene a nuotare!»

«Lo vedi che è controproducente? Non sai che cosa ti perdi a non tuffarti da una barca, a rinunciare a una bella nuotata al largo, con la riva lontana, e un'isoletta a poche bracciate...»

Lo so che cosa mi perdo, lo so. Perché mille volte ho inventato scuse pur di non dire ai compagni del viaggio di turno che avevo una fifa pazzesca dell'acqua alta, mille volte ho provato invidia a vederli muoversi tra le onde agili come delfini.

Ci penso tra un cliente e l'altro, età media sessant'anni, quelli che le vacanze su internet non le sanno organizzare e poi dei pagamenti online non si fidano per niente. Non sono ancora convinta che l'uomo della mia vita non sia Omar, ma di una cosa sono certa: chiunque sia, non lo incontrerò mai durante l'orario lavorativo. Nessuno sui trent'anni varcherebbe mai la soglia di questa piccola agenzia, tappezzata di offerte last minute che non hanno nulla di conveniente, con il mio capo che cammina avanti e indietro blaterando che il web è il demonio, mentre io abbasso velocemente a icona tutti i miei siti per acquisti e quelli immobiliari. È veramente convinto che sia il primo passo verso la fine del mondo – del suo almeno – e di tutto il sistema economico. E poi sostiene che se la sua agenzia ha i giorni contati è solo colpa di Expedia e Booking, e continua a non capacitarsi dell'azzardo di chi affida le proprie, sudatissime, ferie a pochi clic in rete.

Ci ho provato tante volte a farlo ragionare, a fargli capire che forse aprire un sito internet e offrire servizi online farebbe comodo anche a noi, ma non si fida e scuote la testa contrariato – d'altronde, è convinto di poter leggere le sue mail solo dal computer del lavoro, come se fossero esclusivamente contenute lì dentro, meglio che in una cassetta postale. Mi fa tenerezza, mi interessa il suo punto di vista da vecchia scuola. Perché tutti i torti non ce li ha e prima o poi la politica dovrà occuparsi del virtuale: i contenuti web smetteranno di essere solo gratuiti e l'utente finale farà pace con l'idea che anche dietro allo schermo c'è gente che lavora, mentre le realtà tradizionali avranno già chiuso i battenti, e io sarò finita sotto un ponte con un mutuo impossibile da pagare. Oddio, che ansia. Mi mancherà perfino questo orribile caffè appena sputato dalla macchinetta. E allora anche i coupon saranno troppo cari per me. Già ora, a dire il vero, con la crisi e i prezzi delle case che non si abbassano perché pare che tutti ormai vogliano investire nel mattone, terrorizzati dal tenere i soldi in banca o sotto il materasso, ci penso dieci volte prima di cedere all'offerta dell'ultimo ristorante della mia zona. Continuo a trovare convenienti le visite mediche, spesso costano meno di quelle prenotate con otto mesi d'anticipo nelle strutture pubbliche. Oggi alle cinque e mezzo, per esempio, mi aspetta una pulizia dei denti che era un vero affare. Diciannove euro, compreso lo sbiancamento, in uno studio a due passi da casa mia. Un'occasione da non perdere. Il titolo della campagna promozionale era "Non ci resta che ridere", e siccome in quel momento mi veniva da piangere ho preso la carta prepagata e ho comprato l'idea di un sorriso nuovo. Chissà che cosa direbbe mio nonno dei gruppi d'acquisto online, non sono mai riuscita a spiegargli bene come funzionano. E poi nella regione che non c'è non sono tanto attivi e al paesello non esistono proprio. C'è solo un ristorante e ha il menu ancora scritto in lire. Per pagare bisogna soltanto dimezzare il prezzo, tradurlo in euro in modo approssimativo. Un vero risparmio. Certo è che, con i coupon, avrebbe potuto portare Mariuccia a cena fuori una volta di più, se solo lei avesse guidato fino alla prima città e lui trovato conveniente l'offerta. Ma mio nonno era di gusti difficili, faceva scelte imprevedibili. Non si faceva mai ingannare da svendite e sconti eclatanti. Una delle sue regole d'economia fai da te recitava: *più spendi, meno spendi.* Sorprendente, no? Spesso si convinceva che era il costo di un oggetto a determinarne la qualità, per cui scegliere tra prodotti simili quello con il prezzo più basso poteva significare comprarlo due volte: molto probabilmente non sarebbe mai durato altrettanto. A supporto della sua tesi, diceva: «C'è sempre un motivo se le cose te le tirano dietro, non ti fidare». Io non la penso proprio così, soprattutto da quando ho scoperto i cinesi sotto casa, a Roma. Sì, forse i prodotti che vendono non sono di buona qualità e devi scendere a comprarli qualche volta di più, ma se non altro sono aperti ventiquattr'ore al giorno, non ti fanno perdere tanto tempo. Sono aperti anche a Natale, Capodanno e Pasqua, e nelle domeniche qualunque, sempre. Detersivi, spugnette, carta igienica e dentifricio stanno in mostra accanto a improbabili soprammobili, calzini sintetici, bigiotteria di plastica. Ci ho fatto spesso dei buoni affari. Come la borsa dell'acqua calda con la presa elettrica, pronta in cinque minuti. Omar la temeva come una bomba a mano. E invece ha sempre funzionato. Pure quando gliel'ho tirata addosso, durante l'ultimo litigio, il giorno prima di andare via di casa. Non l'ho nemmeno colpito, ché sono una frana a prendere la mira. E poi era spenta, non sono mica matta. Lui, però, si è spaventato. A ripensarci mi scappa da ridere.

«Ecco un altro coupon!» commenta scocciata la segretaria del dentista, quando accanto al mio nome sulla lista dei pazienti trova una nota riferita al gruppo d'acquisto. Che bella accoglienza.

«Avevo appuntamento alle cinque e mezzo» glisso mentre cerco il tagliando in questione nella mia borsa gigante. Ma l'impresa è più ardua del previsto, trovo addirittura prima le chiavi della Malincomacchina e il cellulare, poi la mia agenda, solo che fra tutti i post-it, gli scontrini e i coupon infilati tra le pagine non riconosco quello giusto. Lo studio è talmente vicino casa che non ho ricontrollato l'indirizzo prima di uscire. Ero così sicura anche dell'orario della visita, appuntato sopra al coupon, che non ho avuto bisogno di verificare. Io, che questo tagliando stesse nella mia agenda, ci avrei giurato. E invece non c'è. Divento rossa, come se fossi una ladra. Salvata in corner.

«Infatti, signorina, sono le cinque e trentacinque, il dottore la sta aspettando. Me lo darà dopo, il foglio dello sconto...» mi congeda, indicandomi, manicure perfetta, la porta dello studio.

«Si accomodi, faccia in fretta. Abbiamo i minuti contati! Dopo di lei, signorina, ho altri dieci appuntamenti con i coupon. Per rispettare i termini dell'offerta e non avere reclami finirò per perdere i miei pazienti storici, che quando chiamano ormai non trovano più posto...» mi spiega agitato il dentista, più agitato di me, che mi siedo sulla poltrona senza fiatare.

«Ho accettato per gioco, me l'ha proposto un amico. Gli avevo detto che con lo studio nuovo le cose non andavano bene. E poi, con la crisi che c'è, la gente pur di non mettere mano al portafoglio si tiene il mal di denti» mi confessa angosciato e io non posso replicare, mentre sento i ferri tra i denti e il suo respiro su una guancia. «Volevo solo fare un tentativo, credevo che all'offerta non si iscrivesse nessuno... insomma, chi si sceglie il dentista su internet?»

Io, penso, e infatti sono qui. Ma non posso rispondere, ha le mani nella mia bocca. Provo a comunicare con gli occhi. Ma lui non mi guarda, concentrato sulla mia cavità orale, alza anche un po' la voce.

«Tanti! Tantissimi! Hanno venduto più di cinquecento pulizie dentali prenotabili in tre mesi! Ma io sono sempre uno! Solo uno! Con un'assistente che viene un giorno sì e l'altro no, perché devo risparmiare pure io! Ecco qua, può sciacquare!»

Si chiama Odino Veemente, questo giovane dentista. Certo che con un nome del genere non è facile attirare pazienti. Dovrebbe ringraziarlo il suo amico, invece di brontolare. Peserà cento chili, ha le dita grassocce fasciate nei guanti bianchi e un sorriso splendente. Ho sputato sangue e tartaro, mentre continuava a parlare scuotendo quello strumento fastidioso per aspirare la saliva facendomi capire che mi dovevo dare una mossa nel risciacquo. Non posso far altro che ascoltarlo, senza ribattere, fino a quando non finisce di pulire per bene tutta l'arcata superiore, temendo il momento in cui dovrò confessare la verità, nient'altro che la verità: il coupon l'ho dimenticato a casa, l'ho perso, non ce l'ho più e non so che fine abbia fatto! Certo, Viola non mi ha prosciugato il conto come nel mio incubo di stanotte, non ancora almeno, ma poco ci manca e comunque cento euro e passa oggi non erano preventivate. Che figura.

«Comunque, è una bella iniziativa... Da quando mi sono iscritto compro anch'io. Tra una seduta e l'altra controllo sull'iPhone le novità. Proprio ieri ho preso un'offerta per due notti in un agriturismo con piscina e cocktail di benvenuto in Toscana. Stasera faccio una sorpresa alla mia fidanzata!» dice Odino diventando rosso. Ha qualcosa di patriottico e rassicurante questa emozione che si colora tra il camice verde e i denti bianchissimi. Abbiamo finito, si sfila i guanti, lo ringrazio e gli stringo la mano. Il suo telefono vibra sulla scrivania più del trapano che ha usato finora, si scusa, deve rispondere ma mi chiede di aspettarlo in sala d'attesa prima di andare via, vuole prescrivermi un collutorio miracoloso.

«Lo vendono in farmacia e non sul web!» scherza mentre esco. Sfilo velocemente davanti alla reception e regalo il mio primo, nuovo sorriso low cost alla segretaria acida, alla faccia delle sue unghie perfette, come se non avessi proprio niente da nascondere, rimandando l'improvvisazione pietosa che dovrò fare prima di ammettere di non avere il coupon. Giro la maniglia della porta di fronte per rifugiarmi nella sala d'attesa e le mie labbra restano così, aperte in una curva all'insù, quel che resta di un sorriso sfumato, che si blocca in una specie di paralisi quando lo vedo. Il ragazzo con il pc. È proprio lui e sventola il mio coupon! È il mio, lo riconosco, la mia grafia in bella vista con l'appunto del luogo e della data della visita.

«Ciao! Questo è tuo... mi ci ero seduto sopra al parco, non me n'ero accorto, l'ho trovato quando mi sono alzato per andare via, ma tu già non c'eri più...»

Sorride, gli occhi blu brillano. Io non so che faccia sto facendo, perché lui si sbriga a continuare: «Senti, non sono il maniaco dei giardinetti. È che abito proprio qui dietro, ho pensato fosse importante, c'è scritto che vale centocinquanta euro, non so bene cosa sia...» spiega imbarazzato, e una mano tra i capelli svela quel lieve rossore che gli colora le orecchie.

«Sì, è mio... non sai che favore mi hai fatto! Non sapevo

nemmeno di averlo perso e ora qui, con la segretaria più antipatica del mondo, probabilmente avrei dovuto discutere e... Be', non vale proprio centocinquanta euro, anzi sì... solo che io l'ho pagato diciannove, insomma, conosci i gruppi d'acquisto?»

Credo che non mi stia seguendo, comincio a spiegargli come funzionano e non so se è più divertito o confuso. Intanto una signora con i capelli tinti dal rosso all'arancione, con qualche sfumatura rosa, alza lo sguardo dalla rivista di gossip che sta sfogliando, per godersi meglio la scena. Anche un ragazzino in giubbotto di pelle seduto all'angolo smette di giocare con il cellulare. Le conversazioni altrui sono sempre così interessanti, anche se si fa finta di non ascoltarle. Ma la nostra resta sospesa in un silenzio di timidi sorrisi quando mi accorgo di non avergli nemmeno detto grazie.

«Devo aspettare il dentista, arriva tra pochi minuti, poi se ti va ci prendiamo un caffè... Mi hai salvato, non so come ringraziarti!»

Fantastico: ora sembro la matta del quartiere che ci prova con il maniaco dei giardinetti. Mi pare di vedere la signora dai capelli arcobaleno sorridere sotto dieci strati di cipria.

«Veramente devo scappare, ho un appuntamento. Faccio sempre tardi, ho fatto tardi anche qui, non speravo neanche più di trovarti, quando la segretaria mi ha detto che eri ancora dentro ho aspettato. Ti volevo salutare, non ho fatto una bella figura l'altro giorno messo ko da quattro ragazzini!»

«Ma figurati... spero solo che non ti sia fatto male! Scusami, ma l'altra volta non ho sentito il tuo nome, e forse tu il mio lo hai dimenticato dopo quella botta in testa. Mi chiamo Neve, cioè Nives» scherzo, sistemo la borsa e il plico di giornali immobiliari sul bracciolo del divanetto accanto, poi gli tendo la mano.

«Piacere, Neve, io sono Pietro!» risponde e ricambia la stretta, forte e decisa.

«Abiti da queste parti? Non ti ho mai vista prima...»

«Sì, be', ci abito da poco, qualche mese...»

Tremano un po' e sembrano sempre troppo alte le voci che rompono il silenzio artificiale di una sala d'attesa, in mezzo a sconosciuti. E più forte sembra il rumore che fanno i miei giornali, mentre scivolano dal bracciolo e si allargano sul pavimento. Pietro mi lascia la mano. La signora con la testa multicolor torna tra le pagine della sua rivista, il ragazzino con il giubbotto riprende a smanettare col cellulare e la tipa che è appena entrata resta sulla porta con la sciarpa e il cappotto. Pietro e io ci chiniamo a pescare i giornali dal lago grigio di mattonelle. Lui raccoglie pure l'ultimo dépliant, quello finito laggiù, quasi sotto la porta, e prima di restituirmelo gli dà un'occhiata.

«Cerchi casa? Oh, scusami... più voglio non apparirti invadente e più ti faccio domande... È che non ho potuto fare a meno di notare che anche l'altra volta sottolineavi un giornale di annunci immobiliari...» mi dice, mentre io infilo tutto a forza nella borsa.

«Sì, da un po'. Ma non è facile. È un secondo lavoro, praticamente. Ci vuole molta energia. In più nel nostro quartiere e dintorni i prezzi sono saliti alle stelle, e perdo un sacco di tempo in appuntamenti inutili perché gli agenti immobiliari ti venderebbero di tutto, anche le terrazze condominiali, te le spacciano per case senza soffitto. Un incubo. E la questione si complica, perché io cerco una casa piccola, una casa per me sola. E pare che quelle siano ancora più difficili da trovare!» rispondo con una precisione che mi potevo risparmiare. "Una casa piccola, una casa per me sola" gli ho detto. Ma che bisogno c'era di essere tanto puntigliosa, accidenti. Ora penserà che sono una single sfigata. O peggio, che ci sto provando.

«Allora la prossima settimana potresti venire a vedere la mia. È piccola, carina, senza agenzie di mezzo...»

«La vendi?»

«I proprietari, io sono in affitto, sto per trasferirmi a Berlino e sto dando loro una mano a mostrarla ai privati...» Pietro dice così e io ci resto male. Non lo so perché. Ma la gente che parte, che fa le valigie, che spegne la luce, chiude il gas e poi la porta, che prende una macchina, un treno, un aereo e se ne va, mi mette tristezza.

«Mi scusi signorina, mi scusi se l'accolgo così» mi dice un uomo in pigiama e vestaglia. Sembra che gli sia caduto un macigno in testa, tanto è basso e tarchiato. E in lacrime. Fa uno strano rumore tirando su il moccio col naso, mentre io avanzo di qualche passo nella casa. Le mattonelle del pavimento lercio sono tutte rotte, scheggiate. La carta da parati, forse la stessa dagli anni Cinquanta, è ingiallita e strappata in più punti. Il bagno nemmeno lo voglio vedere, quando in cucina, attorno al lavello, scopro un ammasso di muffa e poi se alzo gli occhi vedo penzolare dei fili elettrici all'angolo del soffitto nero d'umidità. Quasi quasi mi metterei a piangere pure io, ché dopo il dentista mi chiedo che cosa ho fatto di male per correre sempre a vedere case una peggio dell'altra, mentre il tizio cerca di ricomporsi soffiandosi sonoramente il naso con un fazzoletto di stoffa.

«Gli impianti sono a norma?»

«Sì, sì. Era tutto nella norma. Così ci avevano detto i dottori. Ma poi, all'improvviso, la situazione è precipitata. E la mia mamma non ce l'ha fatta. Non ce l'ha fatta. Questa era la casa della mia mamma, capito come?»

«Oh, mi dispiace. Condoglianze...» rispondo imbarazzata, senza avere il coraggio di ripetere la mia domanda.

«È che la devo vendere, i miei fratelli, quei bastardi, vogliono i soldi, però vogliono che me ne occupi io, capito...»

«... come!» commento giusto perché non so che dire.

«E io qui non ci vivevo mica. Anzi, a dire la verità non ci venivo mai... Mia madre pure da vecchia era una stronza. Acida, cattiva, ci prendeva a parolacce. E chi l'ha vista più. Saranno vent'anni che non la vedevo... Però ora che è morta, mi dispiace. Ma mi dispiace proprio, capito come?» chiede di nuovo, coprendosi la faccia per soffocare un altro singhiozzo improvviso.

«Eh, ho capito sì. Guardi, se mi posso permettere, lei non è ancora pronto per venderla, questa casa. Non è proprio lucido, non è razionale. Forse è meglio che aspetti un altro po', giusto il tempo di superare il trauma...» dico, e quasi quasi gli consiglierei una terapia psicologica breve e strategica, questa settimana sta pure in offerta su un gruppo d'acquisto online.

«Ma perché dice così, signorina? Non faccia caso al mio sconforto. Consideri la casa per quello che vale...»

«Proprio da questo si capisce che lei non è obiettivo. Non può mettere un annuncio per questa catapecchia di quaranta metri quadri tutta da ristrutturare, con una sola finestra e per giunta di dimensioni ridotte, a quattrocentomila euro! Pensavo ci fosse un errore di stampa, per questo ho chiamato lo stesso...»

Mi sa che Viola ha ragione, da quando Omar mi ha lasciata sono diventata più pungente. Pericolosa, quasi, per me stessa. Oggi rischio davvero che me le metta addosso, quelle mani grasse e umide, per cacciarmi via a spintoni.

«Ma quale errore di stampa! Noi siamo quattro fratelli. Almeno centomila euro a testa ce li volevamo fare. Per tutto quello che ci ha fatto patire quando eravamo piccoli. Tipo risarcimento morale, capito come?»

«Eh, come no...» dico io, che guardo l'orologio e capisco che è arrivato il momento di scappare. Sul serio, però. O Marta mi ucciderà, non posso lasciarla sola con Viola. Gliel'ho promesso.

Quando arrivo, Viola non si è ancora vista e Marta perdona più facilmente il mio ritardo, anche perché mi vede sorridere dopo un sacco di tempo ed è curiosa. Così le racconto in fretta del dentista, del coupon e soprattutto di Pietro. Ometto la mia ultima, tragica disavventura immobiliare. Il pensiero di quella stamberga sarebbe sufficiente a farmi passare il buonumore.

«Allora sti gruppi d'acquisto servono a qualcosa! Finalmente un uomo che prende l'iniziativa!» ha detto lei entusiasta.

«Dici? Forse è solo un ragazzo gentile, chissà...»

«Staremo a vedere... Di sicuro un comportamento raro. La galanteria, come la gentilezza, di questi tempi non è cosa da tutti...»

E poi compare Viola, tempismo perfetto. Posa una deliziosa borsetta di stoffa sul tavolo di plexiglas di questo locale in centro, e si toglie una giacca leggera, troppo leggera per questa stagione.

«Ho passato tutto il pomeriggio a compilare la lista di nozze con Michele in un negozio specializzato qui vicino e ho perso il senso del tempo...»

«Meno male! Noi pensavamo che avessi perso la memoria. È quasi un'ora che ti aspettiamo...» commento sarcastica, ma quella non mi ascolta.

«Settantamila euro di lista nozze qui a Roma, ma dobbiamo ancora fare quella di Milano. E non crediate che siano tanti. Ci si mette un attimo ad arrivare a quella cifra, tra piatti, bicchieri, tovaglie ricamate...» continua, mentre si siede e guarda il menu.

«Ma non vivete già insieme nella meravigliosa casa di Michele? Non avete già tutto quello che vi occorre?» chiede Marta ingenuamente.

«Be', è bello anche rinnovarsi nella vita, Marta. Eh, ma lo dico a te che hai lo stesso motorino da otto anni! E pure lo stesso ragazzo!» e ride da sola.

Questa storia che, se ti sposi, i parenti e gli amici ti regalano tutto e se invece vai a vivere da sola – e quindi non dividi né le fatiche né le gioie con la tua dolce metà – nessuno pensa di doverti regalare nemmeno uno spillo, non mi sembra giusta. Una volta ho letto un articolo su una ragazza giapponese che ha sposato se stessa, pare che da quelle parti vada di moda. Ti metti il vestito bianco, fai la festa e tutto il resto, ti prendi i regali e giuri fedeltà eterna all'unica persona che non potrai mai lasciare, la tua. Mi pare una bella idea, potrei fare anch'io la lista nozze, magari su un sito di vendite online per venire incontro ai miei invitati e farmi arrivare tutto direttamente a casa. Comunque qui la vedo dura, non si possono sposare nemmeno i gay, figuriamoci i single.

«Che bella la tua borsetta. Un acquisto milanese?» chiedo tanto per lasciare cadere la pessima battuta di Viola, prima che Marta s'innervosisca e risponda.

«Sì, un'occasione. Solo duecento euro a una svendita privata. Stava per prenderla una cicciona inglese, gliel'ho strappata dalle mani. Vale più del doppio, fa una scena che non vi dico quando la abbino al foulard coordinato. A me piace cambiare, ragazze, e cambiarmi! Con il matrimonio, poi, mi è venuta una gran voglia di rinnovamento. Insomma, io e Michele stiamo per cominciare una nuova vita e quindi abbiamo bisogno di nuovi accessori per la casa! Voglio tutto nuovo, dallo spazzolone del bagno al televisore a schermo piatto. Si parte sempre dalla casa per cambiare se stessi! Vero, Neve? Forse è per questo che non la trovi, non sei ancora pronta per cambiare te stessa...» mi dice con una vocina dolce dolce, che in confronto la vecchia strega di Hänsel e Gretel nella casetta di marzapane è una principiante.

«Mah, veramente non la trovo perché quello della casa è un problema serio nel nostro Paese, perché c'è una speculazione forte, nessuna proporzione tra salari e prezzi, difficoltà crescenti a ottenere mutui, assenza totale di leggi che regolino il mercato immobiliare... Forse solo chi vive fuori dal mondo come te non se n'è ancora accorto o non se ne vuole accorgere!» rispondo, tremenda come sono diventata, anche se avevo promesso a Marta di non fare polemica. Eravamo d'accordo di prenderla con le buone, ma questa fashion victim del cavolo tira sempre fuori il peggio di me. Meno male che non mi ascolta mai fino in fondo e l'ultima battuta se l'è persa, tutta concentrata a leggere il menu.

«Tu piuttosto quando riparti?» chiede Marta, dopo aver

ordinato tre prosecchi alla cameriera gentile, perché cambiare argomento per salvarci a vicenda evidentemente oggi è il nostro sport preferito.

«Non so, ragazze, ho talmente tante cose da fare...» dice Viola e poi comincia a raccontare di tutti gli impegni relativi al matrimonio che la trattengono qui. È allegra, affabile, meglio di una dj radiofonica davanti a un microfono e a un pubblico invisibile. Mi fa venire l'ansia. Insomma, non ci siamo incontrate per piacere, ma per risolvere la questione affitto. Però la signorina che spende soldi non suoi, novella palazzinara per l'occasione, sembra la prima a voler evitare l'argomento. Io e Marta ci guardiamo, aspirando a turno boccate d'aria per iniziare il discorso senza riuscirci, nemmeno fossimo due pesci rossi. Poi io prendo la rincorsa, approfittando di un momento di silenzio mentre la cameriera torna con i nostri calici e attacco: «A proposito della casa...», e Marta respira, si appoggia sullo schienale della sedia, mi guarda come a dire "vai, vai... brava, continua!". Ma non c'è niente da fare. Viola non mi presta attenzione, sembra non avermi sentito, controlla l'iPhone e lo posa sul tavolo. Perché stia aspettando così tanto tempo non lo capisco, dovrebbe avere più fretta di noi di concludere l'affare, o perlomeno di scoprire se abbiamo accettato o no la sua offerta, ma continua tutta contenta a chiacchierare delle nozze, aggiungendo futili dettagli, inutili divagazioni, frivole moine. Bevo un piccolo sorso di prosecco e ci riprovo.

«A proposito della casa!» ripeto con più forza.

«Noi ci abbiamo riflettuto... e ci sono delle cose di cui dovremmo parlare. Capiamo le tue ragioni, ma tu devi ascoltare le nostre...» incalza Marta, per costringerla a darci retta.

«Bene, ditemi pure...» risponde Viola arresa e distratta allo stesso tempo, come se ci fosse poco altro da dire, come se le nostre ragioni non le interessassero nemmeno un po', come se si stesse solo intrattenendo in attesa di altro.

«Non discutiamo il fatto che Neve debba pagare il suo affitto, né che tu voglia aumentare la mia parte quando scadrà il mio contratto. Ma settecento euro a testa – quindi millequattrocento euro in due – per quella casa sono un'esagerazione! Senza contare che negli ultimi anni io ho contribuito più di te, che non alzavi un dito, a tenerla pulita e a fare piccoli lavori di manutenzione... ho perfino ridipinto le pareti, perché non avevi i soldi per pagare l'imbianchino e non volevi rovinarti la manicure...»

«Ragazze, io non vi chiedo di pagarmi la stanza, ma tutta la casa, ha la cucina e anche il salone, e voi due ormai siete una specie di coppia di fatto, mica due studentesse fuori sede...» dice lei annoiata, come se ci stesse spiegando per l'ennesima volta che due più due fa quattro, anzi no: millequattrocento euro.

«È vero, c'è una stanza in più, ma a noi quello spazio comune non interessa. Se io ne ho usufruito finora è perché tu non l'hai voluto affittare... Quindi, per quanto ci riguarda, puoi trovare un'altra coinquilina!»

«Ragazze, ve l'ho detto, il matrimonio costa... Da qualche parte dovrò pure rientrare nelle spese. Non faccio sconti a nessuno, ditemi solo se volete restare...»

«Se non ragioni e non scendi con il prezzo, no. Siamo disposte a restare fino alla scadenza del contratto di Marta, io ti pagherò quanto hai chiesto, considerata l'ospitalità precedente mi sembra giusto...»

«Se è questo che avete deciso, per me va bene. Domani inserisco l'annuncio su "Portaportese". Monteverde va di moda, scommettete che ci metto due giorni a trovare una coppia di giovani professionisti pronta a darmi uno stipendio?»

«Volevi dire "affitto", forse?» puntualizzo all'istante.

«Mamma mia, Neve, sei diventata insopportabile... Mettetevi nei miei panni, Michele ha una bella casa, tante possibilità, ma io voglio anche la mia indipendenza e poi non voglio più fare la commessa, i vestiti preferisco comprarli invece di venderli... Insomma, chi me lo fa fare? Su, ragazze... non ve la prendete. La vita va così, lo so che i prezzi delle case a Roma sono assurdi, ma devo farla proprio io la parte della paladina della giustizia? Non sono mica tonta!»

«Ah, ecco. Tu pensi che le persone oneste siano tonte... Andiamo bene!» commenta sbalordita Marta.

3

Lei, a Viola, aveva sempre dato più fiducia di quanta gliene avessi mai data io, che ora nemmeno riesco a guardarla in faccia, e siccome ho finito gli stuzzichini, alzo gli occhi dal piattino e mi concentro sullo specchio alle spalle di Marta e Viola che discutono, cercando di mantenere la calma, senza riuscirci bene. Su quella superficie limpida vedo il riflesso di giovani coppie che entrano ed escono dalla porta, chi si mette il cappello, chi se lo toglie, chi si slaccia il cappotto al primo calore della sala e chi di spalle se lo abbottona prima di mettersi in strada. La voce di Viola sembra il ronzio di una radio disturbata, che si mischia ai rumori della sala e alla musica un po' troppo alta, quel che basta per non farti rilassare troppo, per spingerti a liberare presto il tavolo e lasciare il posto ad altri clienti.

«Neve? Ma cos'hai?» mi chiede Marta quando si accorge che non le ascolto più, che non parlo più, che dal mio viso forse è sparito il colore. Allora io giro la testa verso la porta, incapace di indicare a parole quel riflesso sullo specchio, per assicurarmi che non sia un'allucinazione, che lui abbia veramente varcato quella soglia, e lo vedo lì, in mezzo alla gente, avanzare fra i tavoli. E lo vede anche Viola che sorride, alza la mano per salutare: «Qui, siamo qui!» e poi Marta, e lei lo capisce che mi sento morire, anche se sono viva, già in piedi, con la borsa a tracolla gigante che sembra una zavorra, il bisogno di scappare senza riuscire a muovere un passo.

Terza parte

TARTARUGHE

È Mariuccia che chiamo, quando Marta esce dalla camera e mi lascia sulla scrivania la camomilla che non ho voluto. Mi ha seguita, come la migliore delle amiche. Quando è arrivata a casa, io stavo già qui. Sulla poltrona. Le ho promesso che più tardi sarei stata io a bussare alla sua porta perché pareva turbata quasi quanto me dall'ospite a sorpresa, ma devo fare questa telefonata ora, ché almeno mi sembra di parlare ancora un po' pure con mio nonno. Non posso aspettare di incontrarlo in un sogno. Anche se quando succede la sensazione è bellissima, di serenità intensa, benessere profondo. Come qualche sera fa, quando l'ho sognato seduto proprio su questa poltrona, accanto alla stufa, con le pantofole rosse, e dentro di me pensavo: "Non importa che tu sia morto se possiamo incontrarci ancora. Se ci è stato concesso questo spazio". E poi mi ricordavo di quante volte mi aveva preso in braccio da piccola, del suo profumo, dei capillari che gli disegnavano la guancia e che fissavo incantata cercando fiori misteriosi, rossi, viola e blu, incisi sulla pelle chiarissima, così gli chiedevo: "Nonno, ma se mi metto in braccio come quando ero bambina, tu ce la fai a tenermi? Guarda che oggi ho quasi trent'anni..." e lui si guardava le ginocchia, le braccia, le mani grandi e un poco incerto, ma fiducioso, mi diceva: "Non lo so, però... proviamo! Vieni qui, piano piano...". E io piano piano mi sedevo, con le gambe da un lato, proprio come facevo vent'anni fa e sentivo addosso una dolcezza diffusa, un senso di sicurezza totale. E al risveglio, sulle labbra, insieme a uno sbadiglio c'era un sorriso allegro.

«Mio nonno mi ha presa in braccio in un sogno. Sembrava vero...» racconto a Mariuccia, e lei pare intenerita. Mi dice che capita spesso anche a lei di incontrarlo nel sonno, di parlarci, e perfino di litigarci. Poi la mattina si sente bene, anche se si sono tenuti il muso come due giovani innamorati per le prime gelosie in un incubo da poco. Prova gratitudine per questi sogni, non la fanno sentire sola. Specialmente al buio, tra le lenzuola. Io, invece, sola, mi ci sento molto. Mi manca. Mio nonno, mio padre, mia madre e anche lei che m'ascolta. Mi manca chiunque, stanotte. E allora Mariuccia mi chiede perché non torno. Non sono mai stata così tanti mesi lontana da casa, quella vera, dove sono cresciuta e dove la mia famiglia mi aspetta. Ormai lei e mia madre si vedono spesso, hanno scoperto piacevoli i pomeriggi insieme, a prendere il tè, a presentare l'una all'altra quell'uomo che hanno amato di un amore così diverso, a conoscere entrambe una versione di lui che avevano solo intuito, e che ora lo ricompone in un gioco di incastri, lo rivela nella sua totalità. Ma io sono troppo triste per tornare, questa è la verità. Sono troppo triste per passeggiare tra quei vicoli di pietra, per sentirlo nell'aria e non trovarlo in nessuna casa. Sono troppo triste da quando Omar se n'è andato, da quando mi ha lasciato senza amore. Il mio cuore è secco, prosciugato, striminzito. Non voglio che i miei mi vedano così. Non sto bene. Mariuccia aspetta. E allora le racconto di questa sera.

«L'ho riconosciuto subito, dal riflesso sullo specchio. Mi sono voltata ed era lì. Ha chiuso la porta, poi si è girato verso di noi, ma non ci ha visto. A colpo d'occhio la sala, con i tavolini, le cameriere e le persone sedute, deve avergli fatto lo stesso effetto di una vignetta piena zeppa di piccoli particolari. Ed è rimasto a cercarci con gli occhi, fermo sulla soglia... Non riusciva proprio a vederci, a *vedermi*. Se ne stava lì, impalato, quando invece avrebbe dovuto trovarmi subito, senza esitazione. Avrei dovuto fare la differenza, in quella scena da "aguzza la vista" avrebbe dovuto riconoscermi a colpo d'occhio. Sono io, cavolo! Il mio profilo, la mia testa, le mie mani! Avrebbe dovuto cogliere al volo l'unico viso familiare nel bel mezzo di tante facce sconosciute. Sì, avrebbe dovuto avvertire anche il suono della mia voce, nascosto tra i rumori di fondo. E invece no. Lui non mi ha riconosciuta, come si dovrebbe fare con la propria anima gemella. E come se non bastasse ha visto per prima Viola!»

Mi blocco per cercare le parole, per spiegare come mi sono sentita a osservarlo immobile e incerto, ma non le trovo e resto muta, fino a quando arriva un pianto a coprire il silenzio, a darmi voce. Sono lacrime a cascata, che partono dalla pancia e dalla testa. E mi vergogno. Mi vergogno d'aver pensato di poter essere veramente una calamita, un faro, una sirena accesa solo per Omar. E l'umiliazione mi brucia perché io davvero avevo creduto di essere speciale, diversa, unica. Nives, la sua Neve, quella capace di sciogliersi soltanto tra le sue dita. Mariuccia aspetta che il mio pianto s'asciughi, come una maglietta zuppa che gocciola appesa con due mollette su un filo in terrazza, colpita in pieno da un gavettone lanciato da lontano, esploso sul cuore.

«Solo una cosa non ho capito. È stata Viola ad aver organizzato tutto o era d'accordo con Omar?»

«Penso che fossero d'accordo. Anzi, lo voglio sperare, lui non ha fatto una piega quando mi ha vista...»

Omar non ha mostrato nemmeno un accenno di imbarazzo dopo un mio brusco spostamento, un chiaro segnale che non avrei voluto i due bacini di rito o altri convenevoli. Avevo le mani gelate, solo voglia di fuggire via. Lui, invece, era caloroso e quasi affettuoso. Sì, era di buonumore, gentile, affabile. Come se niente fosse successo. Un incubo.

«Ma non avevi detto che non si erano più sentiti dal giorno del tuo compleanno? Omar t'aveva giurato d'aver interrotto ogni rapporto con lei o sbaglio? Anche per questo motivo ti sei rifugiata da Marta, hai accettato l'ospitalità di Viola, no? Tutto tra voi sembrava chiarito...»

«Evidentemente mi sbagliavo. Anzi, mi avevano mentito...»
«E Marta?»
«Marta era arrabbiatissima, avrebbe voluto proteggermi, ma quando l'ha visto era già troppo tardi... Ha chiesto a Viola: "L'hai invitato tu?". E quella ha detto sì, certo, che le sembrava una buona idea per rompere il ghiaccio, visto che aveva invitato anche lui al suo matrimonio e fare i tableaux non è mai così facile. Il suo matrimonio e ancora il suo matrimonio... ma chissenefrega! Io sono in pieno divorzio... Si può essere così insensibili? E poi, come se niente fosse, ha aggiunto: "Certo che invito anche lui, ragazze. È il mio migliore amico. Noi due ci sentiamo sempre, ci siamo sempre sentiti, ormai Omar e Neve si sono lasciati, che senso avrebbe mantenere questo segreto di Pulcinella!".»
«Incredibile, che faccia tosta...»
«Guarda, è una bella gara, a faccia tosta pure lui non scherza... Aveva una giacca nuova, la sciarpa intorno al collo, lui che le sciarpe non le metteva mai...» dico e ricomincio a singhiozzare perché mi ricordo di quando gliene avevo regalata una lunga, a maglie larghe, di lana morbida, e lui l'aveva persa dopo pochi giorni, l'aveva dimenticata da qualche parte, anche se nel biglietto gli avevo scritto di tenerla sempre con sé, che in mia assenza sarebbe stato un abbraccio. Mi soffio il naso a trombetta come una mocciosa, tiro le maniche della felpa fino a coprire le mani e le passo sulle guance, il telefono incastrato tra il collo e la spalla.
«Neve, lui avrebbe dovuto fare tante cose, lo sai. Fosse solo la sciarpa! Sei miope se ti fissi su questi dettagli...» dice Mariuccia calma, a più di trecento chilometri di distanza eppure così vicina. E poi continua. «Hai passato mesi a sperare in un altro incontro, lo hai chiamato un milione di volte. Mi dici perché appena te lo sei ritrovato davanti sei scappata?»
«Perché non era un incontro casuale, uno di quelli che avevo sempre sognato, magari in mezzo alla strada, bloccando il traffico per correrci incontro. E non era nemmeno un appuntamento desiderato. È stata una trappola, organizzata alle mie spalle da Viola, che è sempre stata il ter-

zo incomodo tra noi due. E forse pure da lui, vigliacco, che ha pensato bene di togliersi il pensiero in una situazione neutra, di gruppo. Ma è stato così imbarazzante! Ritrovarmelo davanti tutto contento non è stata una sorpresa, è stata una violenza!»

Sì, è stata una violenza quella scena, tanto cruciale per me quanto di poco conto in senso assoluto, ché a vederla da fuori, per esempio con gli occhi della ragazza seduta al tavolino accanto, non aveva proprio niente di speciale. Un tizio che arriva e saluta tre amiche. Alto, moro, occhi neri, che magari le ha pure lanciato uno sguardo perché sa di piacere e non resiste al desiderio di continue conferme. E poi una delle tre, quella che stava già in piedi, che se ne va perché ha fretta e davvero non può restare. Quella con il cuore spezzato, nascosto bene sotto la camicetta a pois.

«Bene, allora si vede che ti è scattato un meccanismo di autodifesa. Non si è vigliacchi quando ci si protegge. Mi sembra una cosa positiva, Neve. Sei molto più consapevole, padrona di te stessa ormai, te ne rendi conto?»

«Forse hai ragione... in fondo mi sono sentita bene quando gli ho voltato le spalle e ho camminato verso la porta. Ero troppo arrabbiata! Quando sono uscita, ho respirato l'aria fresca della sera, sono rimasta sul marciapiede per un po' a cercare di ricordare dove avessi lasciato la macchina e per tutto il tempo non ho desiderato nemmeno per un momento che Omar mi raggiungesse. Lui dentro, io fuori...»

«Ti sei sentita libera?»

«Sì, ho provato un senso di liberazione, quasi di gioia. Devono sentirsi così, quelli che pensano di affogare e poi riemergono di colpo in superficie. Però...» esito perché il solo pensiero mi suona tanto di sconfitta nella testa, figuriamoci se lo dico a voce alta.

«Però?»

«Mi chiedo per quanto riuscirò a restare qui, a non montare sulla Malincomacchina per andare in giro a cercarlo per tutta la città. Ho paura di non essere così forte, è stato come rivedere un fantasma... L'ho desiderato tanto un ultimo chiarimento e ho sperato con tutta me stessa in un ritorno. Non so che fare. La verità è che temo di alimentare false speranze, di farmi ancora più male.»

«E allora non fare nulla... prenditi tutto il tempo che ti serve, Neve. Lui lo ha fatto. Ora, se proprio ti vuole parlare, deve aspettare che tu sia pronta, non apparire all'improvviso!»

«Conoscendolo potrebbe anche non cercarmi più... Anzi, se lo vuoi sapere, non credo che lo farà. È questo che mi fa impazzire, la sua indifferenza mi innamora, è assurdo lo so, più mi ignora più lo voglio...»

«Sono capricci i tuoi, te ne rendi conto?»

«No, pensavo fosse amore...»

«Io e tuo nonno abbiamo avuto una storia strana. M'è costata le chiacchiere di tutto il paese, lo sai. Era un uomo affascinante, un dongiovanni. Erano più i fiori che regalava alle signore che quelli che vendeva. Non è stato facile stargli accanto. Ma lui sapeva farsi amare. Tornava sempre. Sempre e solo da me. Io non l'ho mai inseguito. Sì, forse l'ho aspettato. Ma non gliel'ho mai fatto capire. Ha sempre pensato che fossi una gatta selvaggia, difficile da prendere... E m'è rimasto fedele, nel senso più alto del termine per quanto mi riguarda, per tutta la vita. Forse non sono la persona più adatta a dare consigli di cuore, ma sappi che io ho vissuto un amore vero. E l'amore, Neve, non si elemosina. È un regalo, non costa niente. Si dà e si riceve allo stesso modo. Amarsi è la cosa più semplice del mondo... la tua storia invece è così complicata. Pensaci, piccola mia... È così complicata! E tu felice con Omar non lo sei mai stata, tuo nonno me lo diceva, sai?»

Sono sveglia dalle cinque, non c'è stato verso di chiudere occhio senza cadere tra le braccia di Omar tutta la notte. Ma le sensazioni non erano belle. I suoi baci mi soffocavano, le mani mi trattenevano, stringeva troppo forte. Non c'era piacere, solo paura. All'alba mi sono stufata di non riuscire a resistergli, di divincolarmi invano. Ho pensato fosse meglio dare un'occhiata a una vendita online di accessori per la casa su un portale dove ancora non avevo mai comprato. Più tardi, quando la maggior parte degli internauti accenderà il computer e si concederà un po' di shopping durante le ore di lavoro – che è sempre meglio di salire in macchina, spendere soldi per la benzina, affrontare una lunga coda, litigare per il parcheggio e fare a botte al centro commerciale –, i prodotti migliori saranno già esauriti. Non ho ancora ben capito come sia possibile che finiscano tutti tanto presto. Forse non hanno molti esemplari disponibili, oppure i clienti sono molti di più di quanto io stessa riesca a immaginare. Mi piacciono entrambe le spiegazioni. Nel primo caso mi sento fortunata perché penso che potrei aggiudicarmi un prodotto raro e ambito, nel secondo caso mi sento più tranquilla, realizzo di non essere la sola a controllare anche gli spam pur di non perdere l'ultima occasione virtuale. Amo l'idea di fare parte di un esercito invisibile armato di carta prepagata, pronto a saccheggiare le grandi marche, conquistando ogni tipo di bene, più o meno superfluo, a prezzi stracciati, solo muovendo il mouse e digitando un codice sulla tastiera. Indecisa tra un tappetino con la stampa di un televisore anni Cinquanta e un maxiasciugamano rosa con le farfalle ricamate, scelgo un set per il bagno a pois di vari colori pastello. Solo nove euro e novanta. Un vero affare, se si considera che oltre al portasaponetta e al gancio per la carta igienica c'è pure lo spazzolone. Inserisco tutti i miei dati, controllo bene l'indirizzo e poi clicco su "acquista". Fatto. E a sorpresa compare un avviso: "Vuoi risparmiare sulle spese di spedizione? Invita i tuoi amici! Per ogni iscritto, un euro in meno da scalare dalle spese". Fantastico, penso. A parte che non ho più nessuno da invitare, dal momento che ho esaurito tutta la lista dei miei contatti quando mi sono iscritta al portale, con la speranza di ricevere buoni da cinque o otto euro per ogni loro acquisto. Ma non mi perdo d'animo. E apro Yahoo e Libero e Virgilio e simili per creare account fittizi. Ne bastano sette. Li iscrivo tutti al sito di vendite e le spese, dopo qualche clic – altro che bacchetta magica –, saranno azzerate. Oddio, sono un genio. Me lo dico per darmi coraggio, quando i form da compilare tra un'iscrizione e l'altra sembrano fatti apposta per farmi desistere. Inserisci dati qua e correggi di là, una cosa lunga e noiosa. Ma ne vale la pena, perché tutti i nuovi utenti creati per l'occasione vincono un bonus di cinque euro per l'iscrizione e quindi io ne avrò altrettanti al loro prossimo acquisto.

Se qualcuno non sapesse il tacito piacere che provo a fare queste operazioni attaccata alla tastiera, con il computer sul tavolo in cucina, tra una tazza di latte caldo e le briciole dei biscotti, penserebbe solo che sono tremendamente tirchia. Una vera taccagna. Peggio di mio nonno. E invece sono una maga. Eppure non lo so se lui mi darebbe ragione. Ora, nel pieno della mia mania per lo shopping online, avremmo dovuto discutere di una delle sue rigide regole di economia fai da te: *compra sempre vicino a casa*. Sosteneva con fervore che il punto, in questo caso, era risparmiare il tempo e la fatica, specialmente nell'eventualità di dover tornare indietro per un acquisto difettoso.

Era chiaro però che non sapesse nulla dei corrieri espresso, nei quali io invece nutro una fiducia assoluta, quella che muove ogni mio acquisto in rete. Fatto sta che il nonno, così attento ai soldi, ha sempre detto che dobbiamo dare valore anche al tempo. Devo ricordarmelo, ogni volta che per pensare a Omar non dormo, faccio tardi al lavoro, o per esempio mi dimentico di farmi la ceretta. Quasi quasi cerco un'estetista su Groupon, non è giusto togliersi i peli solo per un uomo. Devo ricominciare a prendermi cura di me. Se mi vedesse mia madre.

Marta mi saluta con un buongiorno e uno sbadiglio. Ieri notte è andata a dormire tardi anche lei, ma non è stata colpa mia. Io le ho creduto subito quando mi ha detto che non immaginava che Viola e Omar avessero continuato a sentirsi. Nemmeno quando Viola viveva qui, nella mia, anzi nella sua stanza, lei s'era mai accorta di nulla.

«Roba da matti... Sono proprio contenta di andarmene via presto da questa casa, non voglio più avere niente a che fare con Viola. Invadente, insensibile e pure ingrata. Che stronza! Domani inizio a cercare su "Portaportese" due belle stanze in affitto, anzi, che ne dici di una doppia nel frattempo? Risparmiamo in attesa di una sistemazione più definitiva e organizziamo pure i pigiama party!»

Marta aveva scherzato, ma neanche troppo: non ci dispiaceva l'idea di una doppia temporanea per mettere da parte più soldi a fine mese. Poi il suo telefono ha squillato, lei è diventata rossa, ha sorriso ed è scappata in camera sua a rispondere. L'ho sentita chiacchierare a lungo, in una lingua inventata, un misto di inglese e italiano. L'unica cosa di cui sono certa però è che il tipo al telefono, un uomo di sicuro, non era Gianfi.

Non avrò mai delle unghie perfette, perché è con le mani che me la prendo quando un pensiero mi tormenta. Me le guardo sotto l'acqua della doccia che scorre. Quasi me ne vergogno. Più di queste gambe magre, della leggera cellulite e perfino della smagliatura sul seno. Quelli sono difetti che si nascondono, che gli uomini in genere non notano. Ho una linea sinuosa, piccola e morbida. Basta mettere un paio di stivali con il tacco e un reggiseno a balconcino e capita pure che qualcuno si giri per strada. Ma le mani no, quelle non si camuffano tanto facilmente. A meno che non tiri la manica del maglione e lasci che ci spariscano dentro.

Avrò smesso di mangiarmi le unghie decine di volte nella mia vita. L'ultima è stata qualche settimana fa, quando ho comprato un paio di calze in un negozio in centro. Ho invidiato le unghie della cassiera. Corte, curate, laccate di rosso. Niente di volgare. Ecco, in quel momento, mentre la osservavo strisciare la mia carta prepagata, ho pensato di aver toccato il fondo. Non si possono mica guardare le mani di tutte le donne, al bar o sull'autobus, e sentirsi sempre, tremendamente, inadeguate. Le mani della stragista, della segretaria del dentista, di Viola soprattutto. Così subito dopo sono entrata in farmacia e ho comprato uno di quegli smalti per combattere il vizio. Che avesse un sapore orribile lo avrei dovuto immaginare, ma di sicuro non sarei mai arrivata a tanto. Senza contare che rovina il gusto di qualsiasi cibo, e di conseguenza fa passare pure la fame. Fantastico. In ogni caso, lo smalto ha fatto il suo dovere e nel giro di tre settimane le mie unghie avevano un aspetto decente. E allora sembra facile resistere alla tentazione, specialmente se la sera ti diverti a giocare alla piccola estetista con il set per la manicure cinese. Limetta, ovatta, solvente e smalti colorati da cambiare ogni giorno. Solo che.

Solo che poi arriva lui, a Roma. Te lo ritrovi davanti all'improvviso. Lo odi eppure ti senti viva, mentre bruci di rabbia dai piedi alla testa, nel cervello monta lava incandescente e non ragioni più. Perché è sempre bello quel sorriso sulla sua faccia da schiaffi, disorienta. E allora, tra mille giravolte nelle lenzuola, le unghie me le sono mangiate tutte. Una dopo l'altra. Alla faccia dello smalto amaro, che davanti alla mia aggressività repressa sembra quasi dolce, zuccherino. E ora che Omar è tornato, capisco quanto avrei preferito continuare a immaginarlo dall'altra parte del mondo. Perché qui è veramente irraggiungibile, nella sua assenza che è pura negazione.

Mentre mi vesto, tra le calze e il reggiseno, controllo la posta, così mi porto avanti con il mio privatissimo "lavoro", lontana dagli occhi indiscreti della stragista, e ricevo una mail di ringraziamenti dal portale per il mio acquisto. E poi un'altra. Che mi lascia a bocca aperta. «Marta, vieni a leggere...» urlo, mentre la sento prepararsi nell'altra stanza.

«Viola? T'ha scritto Viola? Dimmi che l'ha fatto per chiederti scusa!» risponde, affacciandosi alla porta con la maglietta del pigiama e le collant nere sotto una gonna a palloncino grigia.

«Sì, figurati... Sono questi, questi dello spazzolone... l'ho appena comprato...» le dico e lei si avvicina in punta di piedi ché il pavimento è freddo, fa ridere vestita per bene solo a metà. E ringrazio il cielo che per una volta la sua curiosità supera la voglia di rimproverarmi.

Ciao Nives,

fare il primo passo a volte costa un po', ci si sente confusi e senza punti di riferimento... E dopo averlo fatto a volte si cade, ma ci si rialza più forti. I primi passi sono sempre dei grandi punti interrogativi: tutto qui? Era davvero così semplice? Be' sì, alla fine non era poi così difficile! E ora? Per i successivi passi avrò ancora bisogno della mano di mamma e papà o ce la posso fare da solo ormai? Ma ci sono limiti ai miei passi? Ebbene no, e noi ti seguiremo sempre e ovunque. Non ti resta che provare, una volta fatto il primo passo non vorrai più fermarti. Il nostro obiettivo è che tu sappia quello che fai. Quindi niente di meglio che leggere qui per vedere a cosa ha portato questo tuo percorso!

Di seguito appare il mio ordine. Non ci posso credere.

«Questi ti fanno il lavaggio del cervello» dice Marta, seria.

«Assurdo...» commento io.

«Sì, assurdo. Venti euro qua, venti euro là. Non rischi di diventare povera, approfitti di vere offerte, ma non ti rendi conto che compri cose che altrimenti non avresti mai avuto il tempo, la voglia o l'occasione di comprare?» sentenzia e poi torna di là, a finire di vestirsi. Io invece sono già pronta e me ne resto qui, ospite d'onore al festival delle mail dei pazzi. Eccone un'altra.

Buongiorno sig.ra Morante,

sono Vittoria Eccellenti del Gruppo Belle Case. L'acquisto di un immobile è uno degli investimenti più importanti della nostra vita, determina la qualità della nostra vita e delle persone più importanti per noi.

Non è uno scherzo. "Vita" e "importante", ripetuti più e più volte da Vittoria Eccellenti. Complimenti, un'abile strategia di vendita. Come se si dovesse convincere qualcuno a comprarla, una casa, per giunta con frasi sgrammaticate. Io la vorrei disperatamente, per esempio. Sono loro che non me la vendono a un prezzo onesto. È questo il punto. Il mittente della mail è marketing@bellecase.it. Ma di sicuro non ne ha letto uno, di manuale di marketing, se ritiene vincente questa formula.

Siamo una società di costruzioni con trent'anni di esperienza alle spalle nel campo edilizio.

Forse hanno voglia di scherzare. A me, sulle spalle, non basterebbe un mutuo di trent'anni per coprire il budget che richiedono due righe dopo. Elimino senza leggere anche le mail di Luca Astuto, Vanessa Vincenti e Felice Casato. Ma perché gli agenti immobiliari hanno nomi tanto ridicoli? Saranno finti, inventati ad hoc per suscitare un effetto subliminale – di sicuro però mi hanno intasato la casella di posta. Chiudo il computer quando mi accorgo che sto perdendo tempo, mi infilo un paio di ballerine bordeaux, le prime che vedo spuntare da sotto il letto, poi prendo il cappotto, la borsa, la sciarpa e urlo: «Marta, aspettami, scendo con te!».

«Questa mattina vado in metro... ma stasera mi vieni a prendere tu?»

Marta chiama l'ascensore mentre io chiudo la porta.

«Sì, certo... Come mai non prendi il motorino? È una bella giornata!»

«Perché sono completamente a secco di benzina, ieri mi sono scordata di passare dal distributore... e in più temo che perda anche l'olio. Forse ha ragione Viola, dovrei cambiarlo... Ma ci sono così affezionata...»

«E allora portalo dal meccanico... e non dare retta a quella stronza! Lei non s'è affezionata manco all'uomo che deve sposare... Ci hai fatto caso? Non parla mai di lui, solo del matrimonio, il suo reality show su misura!»

«Hai ragione, ce lo porto in questi giorni allora... Tu che fai oggi? Vedi qualche appartamento? E la casa di Pietro quando la vedi?»

«Ha detto che mi avrebbe chiamato presto per metterci d'accordo...»

«Ma vuoi vedere che insieme alla casa trovi pure un fidanzato?»

«Ma che dici?»

«Ieri sera eri luminosa quando mi raccontavi del vostro incontro... poi ti sei spenta per colpa di Omar, non è giusto!»

«Vabbè, ma solo perché io adoro le coincidenze, ci faccio i film, mi racconto che c'è sempre un motivo quando s'incontra qualcuno per caso, quando qualcosa si incastra inaspettatamente penso che sia destino... mi fa sognare!»

L'ascensore è salito fino al nostro piano, la luce rossa diventa verde e Marta apre la porta.

«Bene, bene... Dove la porto, signorina?» mi chiede mentre mi sistemo la sciarpa davanti al grande specchio con il neon sparato dall'alto che mi sbatte in faccia pure i punti neri che non pensavo d'avere.

«Al piano terra» rispondo gentile e lei spinge il bottone. Scendendo un piano dopo l'altro, non stacca gli occhi dalla punta delle scarpe.

«Sembrano lucide abbastanza...» commento e lei sorride.

«Scusa... i soliti problemi con Gianfi, niente di cui valga la pena parlare...» mi spiega.

«Va bene, ma non mi piace vederti così...»

«Così come?»
«Triste. Hai l'aria triste, Marta.»
«Allora dev'essere vero. Pensa che ieri me l'ha detto pure Richard. L'ha detto in italiano, "occhi belli, occhi tristi"...»
«E chi è Richard?» Ecco con chi parlava poco fa al telefono.
«Un collega, uno nuovo, inglese...»
«Uno che ci sta provando?»
«Ma che c'entra? Se me lo dici tu è vero, se me lo dice un uomo ci sta provando?»
Marta è sulla difensiva, poi si pente e ride, ma un po' troppo forte per i suoi standard. Uscite dal portone la saluto e poco più in là faccio un cenno a Enzo, sulla soglia del negozio, che con il braccio teso mi indica la Malincomacchina vicino alla fontanella. Accendo la radio e per la terza mattina di fila becco Biagio Antonacci. Eh no. L'unico che non sopporto. È troppo disperato anche per i miei gusti. E che ansia, ogni giorno sembra che mi aspetti puntuale, con la stessa canzone. Forse si è innamorato di me! Ma io non lo illudo e senza pietà cambio stazione. Canto tutte le canzoni sdolcinate che trovo, da Malika Ayane a Nina Zilli, dai Modà a Ligabue. Paiono proprio scritte per me. Specialmente una delle mie preferite, di Noemi. "Trovarsi per caso in un bar del centro e sentirsi speciale..." urlo così forte che potrebbero sentirmi pure con i finestrini chiusi. Sono patetica, accidenti. Me ne rendo conto e spengo la radio. Provo a stare un po' in silenzio, a sentire solo il rumore del motore, ché magari capisco anche quando devo cambiare marcia invece di farlo più o meno casualmente, come il peggior stereotipo della donna al volante. Ma non ci riesco. Mi sento soffocare, apro un poco il finestrino, ho bisogno d'aria e di parole. Chiamo Pietro. Lo chiamo per la casa. Non ci sono regole da rispettare, questi sono affari e poi gli uomini, si sa, i numeri di telefono se li perdono. Sono perfino capaci di chiamarti dopo un mese di silenzio e di dirti che avevano dimenticato il cellulare nella lavatrice.
«Neve!» mi saluta, dopo il primo squillo. Allora, lui, il mio numero l'aveva memorizzato. Buon segno.
«Ti avrei chiamato io più tardi...» continua, e non so se

è una frase di circostanza, se lo avrebbe fatto davvero oppure se mi sta dicendo tra le righe che sono una persona ansiosa. Se fosse l'ultima opzione, bisognerebbe ammettere che ha ragione.

«Spero di non disturbarti, volevo sapere se hai parlato con i proprietari e se possiamo fissare un appuntamento» gli dico seria, professionale quasi, come se parlassi con un agente immobiliare. Non vorrei equivocasse il motivo della telefonata.

«A essere sincero no. Non ne ho avuto il tempo. In questi giorni sono incasinatissimo per la partenza... Non saprei nemmeno quando dirti di venirla a vedere...»

Eccolo qua, un altro bugiardo. È evidente che poco fa mentiva. Non mi avrebbe mai chiamata *più tardi*. Dopotutto che gliene frega. La casa non è neppure sua, non ci guadagna niente a farmi un favore.

«Ah, be'... non importa allora, pazienza...» dico e nella voce, mannaggia a me, si sente chiara una delusione inopportuna.

«No, ma non mi fraintendere... Organizzo presto, te lo prometto. È solo che ora mi prendi alla sprovvista.»

Non promettere, Pietro. Lo voglio proprio vedere, un uomo che mantiene le promesse. Una specie protetta, in via d'estinzione.

«Ma sì, non ti preoccupare. Se puoi mi chiami, altrimenti non fa niente... Ne ho decine da andare a vedere, questa settimana» rispondo, stavolta con una punta d'acidità di troppo. Sono una rosicona, questo è evidente. E però, non me ne va bene una.

La pausa pranzo sta per finire, la stragista presto tirerà su la serranda in attesa dei prossimi viaggiatori, io intanto mi lavo i denti e li sciacquo con il collutorio che mi ha prescritto Odino. Quando mi ha dato la ricetta, ha detto di essere preoccupato per le mie gengive. Pare che sanguinino, solo che io non me ne sono mai accorta. Ma che avrebbe tentato di farmi tornare per una seconda visita a prezzo pieno era un rischio che avevo messo in conto. È facile attirare la clientela con un'offerta online, la sfida è riuscire a fidelizzarla. I dentisti, i parrucchieri e le estetiste, di solito, passano alle maniere forti. Ti dicono direttamente che sei un rottame, un caso disperato. Che stai per perdere tutti i denti o tutti i capelli, a seconda del caso. Ma non bisogna mai dargli retta, questa dovrebbe essere un'avvertenza per gli utenti. Al terzo massaggio compreso nei ventinove euro dell'offertona, meglio tenersi con fierezza la ritenzione idrica. Per tutta la vita. E pure le gengive che sanguinano, specie se non sanguinano affatto, ma che di questi tempi fanno tanto Lady Vendetta.

«Ti hanno telefonato quando eri in bagno. Non per farmi i fatti tuoi, ma il cellulare ha squillato così a lungo che non ne potevo più. Potresti mettere la modalità silenziosa quando ti assenti per così tanto tempo?» mi chiede la stragista senza nemmeno alzare la testa dal computer.

«Scusami» le dico, e lei mi guarda preoccupata, non è da me essere così mansueta. Non sa che, mentre vado verso la mia postazione, mi riprometto di scaricare un'orrenda suoneria trash e di lasciarla al massimo del volume. Mi siedo, prendo il cellulare e trovo due chiamate senza risposta e un sms. Due telefonate, due agenzie immobiliari. Manco a dirlo. Ma il cuore batte, mentre aspetto che il mio cellulare scassato visualizzi il mittente del messaggio.

VIOLA NON M'AVEVA DETTO CHE C'ERI. AVEVO BISOGNO DI PARLARLE DA SOLO, È STATA LEI A DARMI QUELL'APPUNTAMENTO. NON AVREI VOLUTO RIVEDERTI COSÌ, MA È STATO BELLO LO STESSO...

Li leggo dieci, cento, mille volte questi caratteri in fila che suonano come il flauto magico, come l'ultima dose, un'altra bottiglia ancora e poi smetto, lo giuro, giuro che smetto. E mi tremano pure un po' le mani, perché insieme al cellulare mi sembra di tenermi addosso anche lui, a pochi centimetri dalla bocca, il respiro che appanna il display e che gli scalderebbe il viso. Omar. Mi ha scritto, dopo mesi. Mesi di giorni infiniti. Omar. E io che avevo pregato tanto, pregato che tornasse, torna ti prego, ti prego torna ché ti amo, ora ce l'avevo lì, tutto in una frase di pixel luminosi racchiusa in uno schermo sporco di fondotinta, sul palmo di una mano serrata in un pugno. Aveva bisogno di parlare da solo con Viola, ha scritto. Perché? Perché?

Sarà colpa di mia madre, che le favole me le ha sempre raccontate al contrario. Mai un lieto fine tradizionale, un "vissero felici e contenti" almeno per una volta. No, le sue Belle Addormentate s'arrabbiavano a morte se il Principe Azzurro le svegliava da quel sonno profondo che proprio ci voleva. E le Cenerentole, la scarpetta la buttavano fuori dalla finestra, perché non potevano sopportare di non essere riconosciute dagli occhi e dal sorriso e in più odiavano i tacchi. Per non parlare di Biancaneve, che la mela la sputava al primo morso e con i sette nani metteva su un circo per diventare ricca. Adesso tocca a me.

Ripenso al modo in cui se n'è andato e a quello in cui abbiamo vissuto, alla casa americana, alla bionda con le tette giganti, a Viola, soprattutto a Viola. A quel "noi due ci sentiamo sempre, ci siamo sempre sentiti". Peccato però che io non ne avessi mai saputo niente, che lui mi aveva giurato il contrario, che ha escluso me e incluso lei, chissà quante volte, in questi mesi e prima, forse anche quando doveva decidere se partire o no. E allora, mi cade la corona.

PER ME NON È STATO BELLO, INVECE. MI HAI LASCIATA IN UN'ALTRA VITA, È STATO COME VEDERE UN FANTASMA...

Invio, con il cuore in gola. E sulla schiena mi sembra quasi di sentire una scossa elettrica. Una sfida, un rischio, una paura, ma Omar non mi concede nemmeno il gusto dell'attesa, della fantasia, e risponde.

NEVE... CIAO

Eccola, la sua replica. Del cazzo, direbbe Marta. E avrebbe ragione, come sempre del resto. E aggiungerebbe pure: che vigliacco! Ambiguo come al solito, ha solo lanciato un sasso, lasciandomi ancora andare via così, senza fatica un'altra volta, solo con due stupidi messaggi. La mia gli sarà parsa solo una debole ripicca, mi conosce bene. E in quei tre puntini c'è tutto quello che non dirà, che non sentirò, insieme a quello che non mi ha mai detto. Per fortuna, forse. Perché sulle sue labbra le bugie non invecchiano, ancora incantano. Spengo il cellulare, soltanto così mi sembra di trovare pace, di starmene un po' per conto mio. Da sola in un'agenzia piena di clienti, quelli del venerdì, in cerca di last minute per il fine settimana. Da sola, con i telefoni che squillano, tranquilla pur con la stragista in agguato.

Tomba di Nerone, monolocale di 16 mq, occupato fino al 2018, 120.000 euro.

Cominciamo bene, un loculo. Che ansia. Scorro la pagina con gli aggiornamenti di immobilandia.it.

Tor Bella Monaca, palazzina di elevata qualità architettonica; monolocale cieco, mai abitato, 196.000 euro.

Che nessuno lo abbia mai abitato, ci credo eccome. Monolocale cieco... Ma deve essere cieco pure quello che definisce di "elevata qualità architettonica" una palazzina a Tor Bella Monaca, però.

Portuense, monolocale di circa 25 mq con servizi; accatastato come magazzino ma adibito a uso abitazione in zona densamente popolata e centralissima.

Sto cercando a Roma, grazie al cavolo che la zona è densamente popolata. Non c'è quartiere dove i palazzi non si susseguano uno dopo l'altro, specialmente quelli costruiti senza criterio negli anni del boom edilizio. C'è da riconoscere però che il tipo che ha scritto l'annuncio ha precisato tutto, ma proprio tutto. Scrive persino che l'appartamento – accatastato a magazzino – è dotato di servizi. Fantastico. Come se il bagno fosse un optional, meglio del terrazzo. Ma forse non ha tutti i torti, considerando l'annuncio che leggo subito dopo.

Ostia, via Pescatori, monolocale con tetto; ingresso indipendente, giardino mq 30 ristrutturazione in corso, a mt 100 mare.

No, vabbè. Monolocale con tetto. Eh no. Questo è davvero troppo. Avere una casa significa avere un tetto sopra la testa, che bisogno c'è di specificarlo? Certo è che non si può mai dare per scontato niente, quando si cerca un appartamento da acquistare.

Seminterrato assolato, vista parco della Caffarella, 36 mq composto da ampia camera, angolo cottura con focolare, accollo mutuo, ottimo investimento.

Seee, buonanotte. Quest'ultimo annuncio l'ha scritto Pinocchio o Vanna Marchi. Come si fa a definire addirittura "assolato" un seminterrato? E "ampia" la camera di un appartamento che in totale misura trentasei metri quadri? Clicco sulle foto e vedo due stanze disordinate, ciascuna con una finestra piccolissima in alto, che per aprirla servirà una scala, un divano letto addossato alla parete, un caminetto e una culla. C'è pure una culla! Non ci posso credere. In più la frase "accollo mutuo", santo cielo che pesantezza. E poi chi se la beve più la storia dell'ottimo investimento. Chi cerca casa da tempo, come me, ha imparato a sue spese che bisogna sempre diffidare dell'ottimo investimento. Se fosse davvero così vantaggioso, perché dovrebbero farlo fare proprio a me, questo *ottimo investimento*? E poi a me la casa serve per vivere, non per investire. Niente da fare, oggi nemmeno Immobilandia mi regala piccole gioie. Non c'è neppure un nuovo annuncio decente. Se solo Pietro fosse stato di parola, sarei potuta andare a vedere la sua casa. Dal suo racconto sembrava davvero perfetta per me. E invece mi aspettano altri due appuntamenti presi per disperazione qualche settimana fa, due case che poco mi convincono già in teoria, prezzi alti e quartiere periferico. Speravo di disdire, ma ora devo andarci per forza. Sono le quattro, spengo il Mac ed esco, altrimenti rischio di far tardi. Corro alla ricerca del mio castello, in sella alla mia Malincomacchina, come una principessa dei nostri tempi. È difficile non perdersi in questa grande città e poi trovare parcheggio e poi la macchinetta per pagare la sosta e poi passare da un appartamento all'altro, senza sapere quanto manca al traguardo.

«Che cosa è successo in questa casa? Una strage?» chiedo spaventata quando mi accorgo che pure le serrande alle finestre sono state squarciate, con tagli che sembrano stati fatti con un coltellaccio da macellaio. Proprio come quelli che ho visto sulle poltrone, il tavolo in cucina e la tenda della doccia. Forse questa è la casa di *Psycho*. L'agente immobiliare sorride, come se trovasse simpatico questo scenario inquietante.

«È stata la moglie del proprietario. Non voleva lasciare la casa a lui e, quando è stata costretta ad andar via, si è vendicata. Ah, le donne!» mi spiega rilassato.

«Non è per farmi i fatti degli altri, ma devo capire... I due hanno divorziato? La casa a chi è intestata?» chiedo seria, cercando di prevenire le magagne che potrei dover affrontare dal notaio. Un mese fa mi ero ritrovata alle prese con una casa intestata a diciotto eredi, *diciotto*, sparsi in tutta Italia. Ho avuto giusto un assaggio di quello che sarebbe potuto accadere in fase di compromesso, dopo che l'agente immobiliare ha ricevuto una valanga di telefonate da tutti loro, mentre uscivamo dall'appartamento.

«No, sono separati... La casa è intestata a entrambi. Il giudice deciderà tutte le cose burocratiche... Ma non si preoccupi, signorina, c'è un accordo verbale tra i due. Se qualcuno comprerà la casa, loro divideranno il ricavato della vendita» mi spiega, anche un po' scocciato, come se rispondesse al centesimo "perché?" di una bambina di tre anni. Ma io di anni ne ho quasi trenta, e questo tizio, scarpe a punta e cravatta a strozzare il collo, non mi frega.

«Un accordo verbale e non scritto. Guardi, la casa mi

piace molto. Ma dovrò accendere un mutuo e se le cose non sono tutte in regola non credo proprio di poterlo fare. Mi richiami, quando i coniugi si saranno messi d'accordo in modo ufficiale...»

«Ma potrebbero volerci anni! Non si parlano nemmeno, pare che lei vada in giro con un coltello nella borsa... Se qui ci fosse stato anche lui, quel giorno, avrebbe fatto la stessa fine della tenda nella doccia. Guardi, signorina, questa casa è un vero affare, il prezzo è molto basso, è un ottimo investimento! Prima che marito e moglie si mettano d'accordo, potrebbe arrivare qualcuno disposto a comprarla. Si sa che tra i due litiganti il terzo gode!»

«Be', non voglio essere io allora il terzo in questione. Grazie e arrivederci» rispondo, senza stringergli la mano, precipitandomi giù per le scale. Bisogna essere agili, scattanti e veloci se si vogliono vedere due appartamenti in un'ora.

Ci sono due persone fuori ad aspettare, quando arrivo. Sono una coppia, avranno quasi quarant'anni. Guardano impazienti l'orologio. Quando esce dal portone, l'agente immobiliare – una ragazza più o meno della mia età, con una giacca elegante ma un poco larga sulle spalle – congeda con calore la signora a cui ha appena mostrato l'appartamento, poi si gira impacciata sui tacchi alti e si avvicina a noi. Dopo le presentazioni, prende l'agenda e controlla l'ordine delle visite. Quei due hanno la precedenza, e lei mi chiede d'aspettare. Penso che deve essere scomodo lavorare vestita così, fintamente raffinata, quando si stacca dal lavoro bisogna sempre passare a casa a cambiarsi, prima di raggiungere gli amici. Non si può mica andare in giro vestiti da agente immobiliare. Io resto giù, un poco infastidita. Mi chiedo perché non organizzare visite di gruppo guidate, sei persone alla volta, invece di lasciare tutti in attesa, con l'ansia che quelli saliti un attimo prima possano soffiarti via la casa sotto il naso. Deve essere una strategia di marketing, questa. A pensarci bene mi è capitato spesso, quando ho visitato un appartamento, di incontrare quelli che l'avevano visto prima di me. Li ho guardati male, come si guardano dei rivali pronti alla sfida. Ho immaginato ogni volta chi fossero, quanti soldi avessero. Ho invidiato le coppie, come questa appena salita, perché comprare la casa in due è più facile, si dividono spese e fatiche. Ho fatto i conti in tasca alle madri e ai padri, che andavano in missione per i figli. Mi sono sentita meglio, quando a precedermi erano famiglie intere che nelle piccole case scelte da me non ci sarebbero mai entrate, nemmeno uno in braccio all'altro. Fatto sta che c'è qualcosa di sistematico nell'organizzazione degli appuntamenti da parte di un agente immobiliare che non mi convince affatto. C'è qualcosa di studiato, controllato, ben architettato. Prendo il cellulare, c'è un nuovo messaggio di Marta.

MI VIENI A PRENDERE PIÙ TARDI PER FAVORE? mi scrive e io rispondo: CERTO, VEDO L'ULTIMA CASA E ARRIVO..., perché mi piace l'idea di noi che ci aiutiamo ogni giorno proprio come una famiglia. Sento i tacchi dell'agente immobiliare, stanno scendendo in fretta. Ci hanno messo meno tempo del previsto. Le cose sono due: o la casa è piccolissima o fa veramente schifo. I ragazzi la salutano in fretta. Lei mi stringe la mano una seconda volta, come se non ricordasse la prima. E il palmo è un poco sudato. Mi fa strada. L'ascensore non c'è, saliamo a piedi le scale strette. Due piani, per fortuna. Quando apre la porta, non credo ai miei occhi. Mi sembra di essere finita in una puntata di "Sepolti in casa", il programma che racconta le storie degli *horders*, le persone afflitte dall'ossessione per l'accumulo. Non so dove mettere i piedi. Ci sono vecchi giornali, scatole, pupazzi, lattine, spazzole, posaceneri, soprammobili, coperte, lampade e chissà cos'altro sul pavimento, sul divano, sul tavolo in salotto. Possiamo camminare solo in fila indiana, una dietro l'altra, in un passaggio libero ricavato probabilmente dalla stessa agente immobiliare che cerca di farsi largo tra rifiuti e oggetti di vario genere sparsi ovunque. Io non riesco a dire una parola, anche perché temo di morire per la puzza se apro bocca per prendere fiato, nascondo il naso nel foulard e sto per andarmene quatta quatta, in punta di piedi, mentre lei entra in un'altra stanza. Ma appena mi volto, mi prende un colpo. Un vecchio seduto su una sedia nell'angolo risucchia con vigore una minestra, il piatto in bilico su un tavolo pieno di oggetti.

«Buongiorno, salve, scusi... io...» balbetto confusa, mentre l'agente immobiliare svelta si gira verso di me e mi afferra il braccio.

«Non penserà mica di svignarsela così? Deve vedere la casa, è bellissima!»

«Ma che cosa fa? Mi lasci! Qui dentro non si respira...» rispondo, liberandomi dalla sua stretta. Mi dirigo a grandi passi verso la porta, schiaccio qualcosa – una scatola di cartone, un pezzo di latta, non lo so. Il vecchio tira su con un risucchio un altro cucchiaio di minestra e l'agente immobiliare mi segue fuori. Ma che vuole ancora da me?

«Signorina, la prego, torni indietro. Mi dia una possibilità...»

«Come, scusi? Non capisco. Lei che c'entra? È la casa, è improponibile...»

«Ma ci vuole solo un po' di fantasia... Possibile che non ce l'ha nessuno la fantasia di questi tempi?»

«No, guardi, altro che fantasia, qui ci vuole coraggio! Ma soprattutto a venderla! Ma non vi vergognate? Lei e la sua agenzia? Ci vorrebbe un'ispezione dell'ufficio di igiene, prima di presentare un appartamento in queste condizioni al pubblico...» rispondo scocciata. Se questi continuano così, prima o poi metteranno in vendita pure le baracche costruite sotto al Tevere. È ora di dire basta. E lo dice anche lei.

«Basta, basta, basta... io non ce la faccio più!» quasi grida, con le mani nei capelli, mentre gli occhi si riempiono di lacrime e si lascia cadere seduta sulle scale.

«È un lavoro ingrato il mio. Io non lo so fare. Non sono per niente portata. Mi sento male... mi sento proprio male...» piagnucola cercando un fazzoletto nella borsa. Io ne trovo uno per prima, glielo passo e mi siedo accanto a lei.

«Ma io non volevo offenderla, lei sarà bravissima, ci scommetto... È solo che la casa, questa casa, è indecente...»

«Indecente è il mercato immobiliare nel nostro Paese, signorina. Questa casa, invece, mi ha aperto gli occhi. Ho spalancato la porta e ho capito tutto. In questa casa c'è tutto lo schifo che ci circonda. La speculazione, gli imbrogli, le ingiustizie... Ma lei si rende conto che questo non è un Paese per single? Io, che le case le vendo, non posso nemmeno sperare di poterne comprare una. Sono sola e non ho un euro da parte. Quei pochi che avevo li ho spesi per comprarmi questi vestiti ridicoli, perché l'agenzia non te la passa mica la maschera da agente immobiliare... E con le scarpe da ginnastica che mi metto tutti i giorni secondo loro sarei stata meno credibile.»

«Accidenti, non immaginavo... In effetti sembrate tutti vestiti uguali...»

«Io non ce la faccio più, devo vendere il bene primario della gente, la loro casa. Si aspettano da me che io gli restituisca i sacrifici di una vita moltiplicati per tre, ma per farlo devo convincere altre persone a pagarla il triplo del suo valore. "Indecente" è la parola giusta, per il fatto che la questione casa non è per niente tutelata nel nostro Paese. È indecente che i prezzi li possano fare le agenzie, prezzi che non hanno alcuna attinenza con gli stipendi medi degli italiani medi. C'è chi guadagna meno di quanto paga per un affitto. Ma le pare normale?»

«No, è vergognoso... lo sto provando sulla mia pelle. Si figuri che io vivo ancora con la mia migliore amica e mi sento una privilegiata. C'è chi è costretto a rimanere con i genitori, perché non ha altra scelta.»

«E lei non sa quanto sia difficile vivere questa situazione dall'una e dall'altra parte. Forse qualche anno fa, quando le percentuali erano più alte e le case si vendevano con più facilità, i guadagni erano la cura ai rimorsi di coscienza. Ma ora... ora non si guadagna più neppure così tanto, solo quello che basta a pagarmi lo psicologo insomma, perché lo stress che viviamo noi, agenti immobiliari, lei nemmeno lo immagina. Ma ora mi scusi, ho un altro appuntamento. È l'ultimo della giornata, e forse pure della mia vita. Domani mi licenzio.»

«E poi che farà?»

«Non lo so... non lo so. Ma non ho più paura di niente. Dopo aver passato giorni a cercare di vendere questa casa lercia, schiacciando cacca di topo, posso fare tutto, veramente tutto nella vita.»

«In bocca al lupo allora» le dico, stringendole forte la mano. L'agente immobiliare pentita. Mancava all'appello dei tipi assurdi incontrati negli ultimi mesi.

In mezzo al traffico di Roma, non mi distrae nemmeno Radio Amore Mio messa a tutto volume. In questo quartiere sconosciuto sto perdendo l'orientamento, così come la pazienza. Non la troverò mai la casa, quella giusta, la mia. Lo dice pure chi ci lavora, che il mercato immobiliare è indecente. Trovi un appartamento che ti piace, ma i proprietari sono pazzi. Ti accontenti di una cucina con una finestra finta – giuro, ne ho vista una che sembrava vera, ma bastava aprirla e dietro c'era solo una lampadina accesa attaccata alla parete –, tanto friggere non ti è mai piaciuto, poi scopri che c'è una perdita d'acqua nel bagno. Fai un'offerta per una catapecchia a un prezzo spropositato e l'agenzia non te l'accetta. Sei disposta anche a morire per scendere una scala a chiocciola nell'eventualità ti scappasse la pipì di notte, ma scopri che tutto il palazzo è pericolante. E così per mille altre situazioni assurde vissute in questi mesi. Nonno, come farò? Ci vorresti tu adesso a dirmi di non arrendermi. Che i veri affari si fanno solo se si ha pazienza. Adoravo il tuo ottimismo dell'ultima ora. Come quella tua stramba teoria, la più recente, la più drastica e pindarica: se non compri una cosa che costa cinquemila lire, hai risparmiato cinquemila lire. Così le cinquemila lire che hai risparmiato si sommano a quelle che non hai speso e in tasca è come se ne avessi diecimila. Ecco dunque che ci hai guadagnato a non comprare. È un metodo di sicuro conveniente. Quindi, se questa benedetta casa non la compro, sarà come avere da parte più di quattrocentocinquantamila euro. Ma che ci faccio? Nonno, non te lo posso più chiedere. E poi non te l'ho nemmeno mai spiegato che in questo modo i conti non tornano. Eri diventato così vecchio che è stato più facile farti credere che eri ricco. C'è troppa pubblicità in onda su Radio Amore Mio, abbasso il volume e sento il cellulare che squilla in mezzo alle gambe. Lo tengo sempre lì, da quando ho lanciato l'auricolare dal finestrino per la disperazione dopo l'ennesima telefonata a vuoto a Omar settimane fa. Abbasso gli occhi, mentre guido e vedo sul display una sequenza che lampeggia. Non rispondo. Il mio numero ce l'hanno porci e cani, improbabili privati ed eccentrici agenti immobiliari – tra di loro, di sicuro si nasconde un maniaco. Appena trovo casa giuro che cambio telefono. Potrebbe essere il piagnone di ieri sera, che ha già chiamato tre volte con tre numeri diversi, quel sadico. Anche questo però non demorde, il cellulare continua a suonare. Allora cedo e inserisco il vivavoce.

«Pronto?»

«Neve, ciao! Sono Pietro...»

«Pietro?»

«Sì, scusami se ti ho chiamato con un altro numero. Memorizza anche questo. Come stai? Ti disturbo?»

«Bene, grazie. Ho appena visto due case. Un disastro!»

«Fantastico!» mi dice con entusiasmo.

«Come, scusa?»

«No, dicevo fantastico... nel senso che non sono arrivato troppo tardi. Se vuoi puoi venire a vedere la mia. Domani, anche se è domenica. Ti va?»

«Sì, volentieri... Ma non eri incasinato per la partenza? Non voglio farti perdere tempo!»

«Ma che, scherzi? Ho spostato un impegno apposta. Sono un distratto, ma le promesse le mantengo» mi dice e io arrossisco, quando la pubblicità finisce e parte a bomba *Arriverà* di Emma Marrone e i Modà. Faccio giusto in tempo a spegnere la radio e a confermare orario e indirizzo.

«E comunque *Non dirgli mai* di Gigi D'Alessio è proprio bella. Più la sento e più mi piace. So che a te posso dirlo, sei l'unica persona con cui posso essere sincera...»

Marta ride perché lo sa che scherzo, pure se alzo il volume dell'autoradio quando fa: "Non dirgli mai che siamo stati a letto per un giorno intero", con l'ultima "o" tirata fino a perdere il fiato. Sono andata a prenderla in ufficio e come al solito ho aspettato quasi quaranta minuti in tripla fila prima che uscisse. Una categoria, quella dei designer, condannata alle riunioni dell'ultimo minuto, persino il sabato. Tutta colpa di un vaso questa volta, dice. Lo tiene stretto in grembo, per paura che si rompa. È uno di quegli oggetti costosi e inutili prodotti dalla sua azienda. Quante volte le ho detto di staccare, di non portarsi sempre il lavoro a casa, che il suo non ingombra solo la mente ma anche le stanze. Ma non c'è speranza di vincere. Prima di tutto perché non sono nella posizione di reclamare spazio, io che ho occupato tutto quello disponibile con i pezzi d'arredamento della casa che non trovo, e poi con lei è inutile insistere. Marta è una stacanovista terribile e un'iperattiva inguaribile. E comunque io, alla storia del ritardo per colpa del vaso, non ci credo neanche un po'. L'ho vista come salutava quel ragazzo davanti al portone dell'ufficio. Deve essere lui, Richard. Quella risatina eccitata è arrivata fino a me, chiusa in macchina con la radio accesa.

«Grazie per essere venuta. Non avrei saputo come fare a prendere la metropolitana con questo coso...» mi dice guardando sconsolata quell'aggeggio pesante, come se fosse un cucciolo di cane salvato dalla strada. A me piace andarla a prendere. Sapere che mi sta aspettando nutre l'idea della nostra famiglia, quella nata tra le pareti delle case condivise con gli anni, tra mille cambiamenti e altrettanti traslochi. Sono venuta anche con l'idea di riuscire a fare due chiacchiere nella Malincomacchina, prima che Marta s'infili nell'ascensore in salita, poi in bagno, nell'armadio e ancora nell'ascensore in discesa per correre da Gianfi come quasi tutte le sere. Volevo approfittare di questo tragitto, lungo come il Lungotevere alle otto di sera, un fiume di traffico. Solo che Radio Amore Mio non mi sta rendendo le cose facili. Mi distrae e mi tenta, quando annuncia Michele Zarrillo con "cinque giorni che ti ho perso, proprio io che ti amo, aiutami a distruggerti" e tutte quelle altre cose lì, che fanno salire il magone in gola e se le canti non ti vengono bene, perché la voce soffoca nei pensieri tristi. Marta guarda fuori dal finestrino, assorta. Solo con gli amici veri si sta bene in silenzio, ma io muoio dalla voglia di sapere tutto su quel tipo che l'ha salutata con un bacio, più sul collo che sulla guancia. Pensavo cominciasse a parlarne lei, ma fa la vaga in modo troppo sfacciato. Dopo dieci anni di confidenze, non lo posso accettare.

«Allora?»

«Allora che?»

«Quello che ti ha fatto ridere sotto l'ufficio... è lui Richard?»

«Oddio, Neve...»

«Eddài, racconta! Sono settimane che parliamo solo di Viola!»

«E di Omar... anzi no. Di lui parliamo da mesi...»

«Vabbè, di Viola e di Omar. È vero. Scusa. Ma non lo facciamo mica per mancanza di argomenti, sei tu che scappi sempre quando toccherebbe a te dirmi come stai. Sono giorni che dormi da Gianfi, non hai più tempo per me...»

Faccio un'espressione buffa, mimo il broncio di un bambino con il labbro inferiore che mangia quello superiore e lei sorride, poi si arrende. E io decido che stavolta non le dirò nulla di Omar, dello scambio di sms. Questo è il momento di ascoltare.

«Ma se ieri non ci sono andata... E nemmeno oggi ci vado, se proprio lo vuoi sapere!»

«Perché non ci vai? Avete litigato?» le chiedo preoccupata, mentre scalo la marcia e giro un poco il volante seguendo una curva.

«Non esattamente...» mi dice e si stringe forte al vaso.

«E allora che è successo? Ha passato la mattina a guardare il mare d'inverno con le mani in tasca, mentre tu lavoravi come una pazza in ufficio, ti sono venuti i nervi e a lui il raffreddore?»

«Dài, Neve, non scherzare. È che io in questi giorni ci ho provato a vivere con lui come se fosse vero. Mi sono detta: resto una settimana di fila e faccio un esperimento. Non c'è mica bisogno di metterlo al corrente del fatto che questi appuntamenti ravvicinati per me sono una prova... Lo faccio e basta. Faccio come se...»

«Sei andata a convivere con Gianfi, senza che Gianfi lo sapesse! Sei un genio, Marta.»

«Eh sì, mi sono scocciata di aspettare! E poi il punto è che volevo ascoltarmi, senza interferenze. Avevo bisogno di capire se *io* voglio davvero andare a convivere con Gianfi, se sto veramente bene con lui ogni notte della mia vita... o se il mio è solo un desiderio indotto!»

«Una pressione sociale, intendi? L'idea di stare in coppia, di avere un compagno? Pensi che sia solo l'ennesima tappa della tua vita, dopo la laurea e il lavoro?»

«Sì, in un certo senso... La cosa giusta da fare.»

«Marta, non dirlo mai a tua madre! Potrebbe morire... T'ha insegnato tutt'altro!»

«Ecco, appunto. Mia madre. La verità è che ho paura. Di restare sola come lei, ho paura di questi trent'anni, della casa che tu prima o poi troverai e dell'affitto che io non potrò più permettermi scaduto il contratto e, in aggiunta, della sconosciuta con cui dovrei ricominciare a vivere. Quindi mi chiedo: non è che voglio andare a stare da Gianfi per non affrontare tutte queste paure? Poi mi calmo, mi dico che io lo amo. Ma non basta, perché subito dopo mi ritorna quella paura fottuta sul falso bisogno di vivere insieme. E ricomincio daccapo. Un circolo vizioso.»

«Quindi, al momento hai traslocato in un labirinto?»

«Più o meno... Però ora ho capito un'altra cosa...»

«Cosa?»

«Che voglio stare sola. Per un po'. Giusto il tempo di pensarci su...»

«Niente pause di riflessione, Marta. Questi se ne approfittano... guarda Omar!»

«Ma no! A Gianfi non ho mica detto niente...»

«Ah, ecco. Continui a fare tutto da sola, come se lui non esistesse?»

«Insomma, Neve. Come faccio, faccio male. Te l'ho detto che voglio concentrarmi solo su di me, senza sentire altre ragioni che le mie, quelle più profonde...»

«Ma che cosa è successo in questi giorni che ti ha fatto reagire così?»

«Tutto e niente...»

«Fammi un esempio.»

«Allora, l'altroieri gli dico: "Amore, dopo il lavoro passo al supermercato, faccio la spesa, questa sera cucino io, voglio farti una sorpresa". E lui risponde: "Va bene, che bello, avevo giusto finito il pane, l'aceto e l'insalata, puoi prenderli per favore?". E io intanto penso: "Ma perché non te li compri da solo che è tutto il giorno che stai in casa a guardare film turchi per giocare all'intellettuale?". Ma poi respiro, mi ricordo i miei buoni propositi e dico: "Ok, va bene". Quando lo sto per salutare però mi avvisa che arriverà più tardi perché prima ha una partita di calcetto. Meglio, penso, mi concentro sul lato positivo, almeno cucino con calma, da sola, senza che stia lì a controllarmi...»

«Ti controlla mentre cucini?»

«Sì, metti poco olio, aggiungi più sale, mia mamma lo fa così e io lo faccio cosà...»

«Veramente fa così? Tu sei una santa...»

«Be', in ogni caso non è questo il punto. Esco dall'ufficio tardi come al solito, trovo il supermercato aperto per miracolo, faccio la spesa, salgo da lui, infilo la chiave nella porta, sai le chiavi nuove, quelle che mi ha regalato per il mio compleanno senza neanche un biglietto? Non le avevo mai usate. Non so perché. Scaramanzia, forse. E infatti, ecco che mi accorgo che sono sbagliate. Niente, non aprivano. Serratura off limits. Tu dimmi se non è un segno del destino!»

«E che hai fatto? L'hai chiamato?»

«Certo, ma era inutile... stava giocando e non sentiva il telefono. Sono rimasta seduta sulle scale per un po', con le buste colme di surgelati che sgocciolavano... Poi, miracolo, esce la signora dell'appartamento accanto. E indovina un po'? Lei ha una copia delle chiavi di Gianfi per qualsiasi emergenza! Cioè, la *vicina di casa* ce le ha! E a me, prima di darle, ha fatto aspettare otto anni e non mi ha manco fatto il regalo al compleanno! Perché, tra le altre cose, è pure tirchio...»

«Vabbè, dài...»

«Vabbè un corno. E poi non sai, quando entro, che cosa trovo... una pila di piatti sporchi nel lavandino! Ok, me ne frego, penso. E invece no. Perché in mezzo a quel mucchio di stoviglie ci sono anche quelle che mi servono per cucinare. Allora vado in camera sua, mi tolgo il mio bel vestito di lana nero, indosso una sua camicia e passo la successiva mezz'ora a lavare i piatti. Quando ho finito faccio giusto in tempo a rimettermi i miei abiti e ad accendere il gas sotto la pentola per la pasta, che Gianfi apre la porta. Io sono isterica, ma mi contengo. Lui sai che mi dice? Mi dice: "Ha chiamato Marco, ti va se li raggiungiamo per una pizza?".»

Marta si ferma di colpo e cerca lo sconcerto nel mio volto, ma quando guido non mi giro mai.

«Non so che dire. Io, i piatti, non glieli avrei lavati. E poi sì che a quel punto avrei preteso che mi portasse a mangiare al ristorante... Ma non faccio testo. La mia ultima relazione è finita in un disastro. Mentre tu hai una bellissima storia d'amore che non puoi buttare all'aria per una serata storta!»

«Sarà, ma sono stanca, Neve. Mi sento implodere. Guarda che pancia che ho! È gonfia, sempre gonfia. Perché mando giù, insieme all'aria, tutte le cose che non sopporto più. Ho bisogno di respirare!»

«E respira, allora... Anzi, rilassati. Dopo a casa ti do una pasticca di carbone e biancospino. Erano in offerta l'altro giorno in erboristeria. Ne ho comprate tre confezioni, ché tanto non bastano mai...»

«Tu diventerai povera a forza di risparmiare con gli sconti, le offerte e le svendite. Vere o virtuali che siano...»

«Lo vedi che sei nervosa? Ti regalo una scatola intera, va'... ma non ti arrabbiare. Senti qua, che bella, *Farfallina* di Carboni... E comunque ancora non mi hai parlato del tuo misterioso collega...»

Marta sospira e abbraccia meglio il vaso, io rallento per l'ennesimo semaforo rosso.

"Non vedi che son qui, come un fiore, come un prato, fossi in te mi appoggerei per raccontarmi..." canto e non mi accorgo che la voce è alta, il tono struggente e lo sguardo corrucciato, come se le stessi chiamando con una canzone, le farfalline nella pancia, che non volano più. Poi mi fermo al semaforo e le farfalle scappano via a ricamare il cielo.

«È lui!»

Marta mi dà un colpetto sulla gamba per farmi capire che Richard è nella macchina di fianco. Poi si sistema i capelli e ride nervosa.

«Che figura di merda. Stiamo ascoltando Luca Carboni. Tu la canti pure! Abbassa il volume!»

«Ma dài, non ci sente! Ho i finestrini chiusi!»

Scatta il verde, un verde che la scia di automobili in coda non perdona, tutti attaccati al clacson alla mia prima esitazione. Devo alzare in fretta la frizione, spingere sull'acceleratore e ripartire. Lui resta un poco indietro, me lo dice Marta che lo guarda dallo specchietto.

«Ci segue?» chiedo.

«No, che non ci segue. È costretto a fare la nostra stessa strada per almeno altri due ponti, non credo che possa andare da nessun'altra parte. A meno che non voglia buttarsi di sotto... E poi, se ci seguisse mi preoccuperei...»

E infatti dopo piazza Trilussa e ponte Sisto, il mio preferito, gira a sinistra a ponte Garibaldi, mentre noi tiriamo dritto fino a Testaccio.

«È arrivato da qualche settimana nel mio ufficio. Abbiamo fatto amicizia, si è offerto di aiutarmi con l'inglese, di fare conversazione, e in cambio delle sue lezioni private io gli faccio da guida per Roma. Sai, devo perfezionare la pronuncia, arricchire il lessico, altrimenti la mia carriera potrebbe risentirne... Io voglio viaggiare, lavorare all'estero. È il mio sogno!»

«Sì, quel tipo è proprio un sogno in effetti... sembra Ken!»

«Eddài, Neve... Sì, è carino. Ma è anche molto gentile, mi ascolta, mi aiuta...»

«Puoi parlargli di tutto e ti dà pure qualche consiglio? Che figata! Allora parlagli di Gianfi, un parere maschile fa sempre comodo...»

«Ma ti pare che gli racconto i fatti miei?»

«Perché no. Come si dice? Due piccioni con una fava. Sembra meglio di uno psicologo!»

Marta ride, io giro l'angolo, intorno ai giardini. Enzo sta chiudendo la serranda, gli faccio un colpo di clacson e ci salutiamo con la mano. Parcheggio e, non mi accorgo come, ricomincio a canticchiare fra me e me: "Farfallina, non dirgli mai che sono cinque giorni che ti ho perso". È un testo mio, ovviamente.

Non ho bisogno di prendere la Malincomacchina per arrivare a casa di Pietro. Basta passare davanti alla panetteria di Enzo, attraversare i giardinetti e svoltare un angolo. Nessuna canzone smielata oggi, la colonna sonora di questa passeggiata è il ticchettio dei miei tacchi sull'asfalto, un ritmo deciso e costante che mi accompagna fino al portone, quando mi fermo per leggere i nomi sul citofono, e poi con un dito suono il tasto vicino al suo. Chissà che rumore fa.

«Terzo piano, scala B» mi dice e il tono sembra allegro. Il portone di legno fa uno scatto, è pesante e lo spingo con entrambe le mani. L'androne è piccolo e buio, si affaccia su un grande cortile interno quadrato, che raccoglie aiuole fiorite e qualche panchina consumata di legno, poi tutti intorno, uno per ogni lato, i quattro palazzi con le facciate giallo ocra, bellissime, tipicamente romane. Il portone della scala B è aperto. L'ascensore non c'è, salgo a piedi le sei rampe, sono sessanta gradini, bassi e larghi, che tutto sommato si possono fare, non mi viene l'affanno, e poi guardo il lato positivo: è come avere gratis la palestra in casa. Ci sono quattro porte sul pianerottolo, Pietro ha già aperto la sua e sorride.

«Vieni, entra... Questa è la mia casa. O la tua, chissà...» scherza e mi fa strada lungo il corridoio, una parete piena di quadri, di diverse dimensioni, dischi incorniciati, locandine di film, ritratti in bianco e nero di signori dai baffi lunghi; sull'altra una libreria, con i ripiani a salire fin quasi al soffitto, tutti pieni di libri, grandi, piccoli, con le coste di vari colori.

«È la classica vecchia casa romana degli anni Sessanta, corridoio lungo, camera, cucina e un piccolo bagno. Io ho fatto qualche modifica, la cucina l'ho ridotta ai minimi termini per sfruttare la stanza, ché tanto sarebbe stata troppo grande per le mie cene solitarie» mi dice mentre mi precede all'interno, con un tono per niente dispiaciuto. E io penso: poco più che trentenne, single. Sarebbe un ottimo affare, se non partisse. Ha gli occhi buoni. Quando sorride si arricciano ai lati piccole rughe aperte a ventaglio, linee che disegnano un'espressione allegra. I denti bianchi, perfetti, sono un tocco di luce su un viso delicato, solo l'ombra di una leggera barba. Ha i capelli scuri, spettinati sulla fronte ampia, le dita lunghe che li sistemano ogni tanto, credo sia un'abitudine per seguire i pensieri. Devo concentrarmi sulla casa, ma quanto è facile distrarsi se continua a passarsi una mano tra i capelli. Se poi ho i tacchi, il vestitino nuovo, comprato un mese fa e arrivato ieri, più un sorriso smagliante, di cui pure Odino sarebbe fiero, è giusto un caso, un'emozione strana.

In camera non c'è bisogno di accendere la luce, perché il sole entra dalle due grandi finestre ad angolo e illumina i vecchi mattoni rosso scuro a rombi, incastrati così da almeno cinquant'anni, che brillano davanti alla punta delle mie scarpe e spariscono sotto al divano di stoffa blu coperto di cuscini colorati. Ci sono un tavolo alto di legno chiaro, quattro sgabelli di plexiglas e un televisore a schermo piatto appeso al centro della parete, sopra a un mobile che contiene un impianto stereo megagalattico. E dal lato opposto della stanza, a pochi passi dal letto, troneggia solitario ed elegante un pianoforte scuro, con i tasti ricoperti da una striscia di velluto rosso scarlatto. Sulla parete accanto, due scaffali larghi e pieni zeppi di spartiti tenuti fermi ai due lati da grosse candele.

«Che meraviglia...» dico accarezzando il piano.

«Sono un musicista, si vede eh?» scherza Pietro guardandosi intorno. «Non è facile vivere dei propri sogni, ma è necessario. Bisogna fare tanti sacrifici, stringere i denti... Io resisto, ché prima o poi i pianisti più famosi dovranno andare in pensione e lasciarmi il posto, no?»

È una casa senza grosse pretese, ma io la trovo bellissima. Che sia l'appartamento di un uomo si vede solo dai dettagli, dalla scelta dei colori, dalla cucina un po' spoglia. Mi fa venire l'ansia solo il fatto che non ci sia una maglia fuori posto, un po' di disordine. Mi rilasso solo quando Pietro mi mostra il grande armadio a muro, dove dice che butta dentro i vestiti a casaccio. Ma sto valutando lui o queste stanze? Arriviamo in bagno, che è proprio il bagno di un maschio e io lo butterei giù a picconate per rifarlo daccapo. Ci sono una vasca blu, i rubinetti vecchi, la cipolla della doccia da appendere al muro senza nemmeno la tendina di plastica – il lago sul pavimento è assicurato ogni sera –, il bidet, il lavandino e il water posizionati a caso, uno specchio microscopico.

«Il bagno andrebbe ristrutturato, se ci volessi mettere la doccia guadagneresti molto spazio...» commenta Pietro che evidentemente ci ha pensato mille volte, ma non ha mai avuto voglia di spendere per una casa non sua. Mi chiede se voglio bere qualcosa, un succo d'ananas per esempio, ché ha solo quello, scherza. Accetto volentieri, lo seguo in cucina mentre lui rovista nel frigorifero. Mi guardo intorno, ci sono due sedie di legno dipinte di blu e un tavolo di legno chiaro. Pietro riempie due bicchieri di succo giallo e denso. Bevo un sorso fresco e tengo il bicchiere tra le mani.

«Quanti anni sono che vivi qui?»

«Tre, un record per me. Non li conto più i traslochi che ho fatto nella vita. Sono nato in Sicilia, ho studiato a Roma, ho cambiato molte case, per un lungo periodo ho vissuto a Fregene, a due passi dal mare. Poi sono venuto a stare in questo appartamento, è di amici di famiglia, mi hanno fatto un prezzo di favore, ridicolo per una casa da queste parti, non pago nemmeno seicento euro al mese...»

Gli chiedo come mai i proprietari abbiano deciso di vendere l'appartamento, se aveva mai pensato di comprarlo. Pietro con calma mi spiega che lui non se l'è sentita di fare un'offerta, sebbene in qualità di inquilino avrebbe avuto il diritto di prelazione, perché trova assurdo spendere centinaia di migliaia di euro per acquistare una casa di cinquanta metri quadri, quarantacinque calpestabili, che Roma è una città invivibile e lui sogna di vivere in campagna, in un piccolo centro, perché non vuole essere schiavo delle proprietà, vuole sentirsi libero e pensare di non avere una zavorra proprio adesso che ha solo tanta voglia di vedere, di sentire, di scoprire tutto quello che ancora non ha visto, non ha sentito, non ha saputo finora. E quando parla, con la voce bassa e pacata, io mi rilasso e questa cucina sembra già anche la mia.

«E a te, invece, Roma piace così tanto da volerci comprare una casa?»

«Sì. Mi piace nonostante tutto e tutti. A dire la verità, non ho mai pensato di vivere altrove... né di tornare dai miei, al paesello.»

«Io non sono mai riuscito ad affezionarmi a questa città. Non vedo l'ora di andare a vivere a Berlino, almeno per un po'...»

«Berlino è stupenda, ci sono stata l'anno scorso. Quanto ti fermerai lì?»

«Solo sei mesi. Viaggio molto grazie al mio lavoro. Starò in Germania per una tournée di musica classica, poi ho in programma altri spostamenti, se tutto va bene anche in America, per questo ho deciso di lasciare la casa, non posso permettermi di pagare l'affitto senza viverci, preferisco vagabondare per un po'! Questo sarà un anno particolare, fortunatamente pieno di impegni, ma di solito passo anche lunghi periodi di studio a casa, tra una tournée e l'altra...»

L'ultima informazione mi rassicura inspiegabilmente, quasi come se la sua vita mi riguardasse già. Sono ridicola, come quando da ragazzina, ogni volta che mi piaceva uno – uno qualsiasi in classe, sotto l'ombrellone accanto al nostro, in fila al cinema –, la fantasia correva subito alla cattedrale del paesello a immaginarmelo già sposo, davanti all'altare, mentre salivo le scale e camminavo sottobraccio al mio papà con i capelli bianchi e le lacrime agli occhi. E se, quando lo facevo voltare, lo sposo dei miei sogni aveva proprio la faccia dell'amore di quel momento, ero sicura che prima o poi si sarebbe accorto di me anche nella realtà, un ragazzino con i brufoli che guarda una ragazzina con gli occhiali e una leggera peluria tra le labbra e il naso, bella coppia. Ovviamente non è mai successo. E il primo bacio l'ho dato a un tipo più grande, solo due cicatrici da acne sulla guancia destra, quando io avevo quindici anni compiuti e avevo anche imparato a fare la ceretta.

Pietro mi guarda sempre negli occhi, senza insistenza, con naturalezza. E sorride spesso, e quando lo fa il viso si apre, cambia forma, diventa più bello, così tanto che speri lo faccia di nuovo, che lo faccia presto, solo per te. Anzi, ti viene voglia di farlo ridere, con una battuta ogni tanto, per rivedere quella meraviglia sul suo volto ancora una volta. È incantevole, anche quando mi parla delle spese di condominio, della raccolta differenziata, della vicina di casa che è una vera rompiscatole. Mi dice che i proprietari hanno chiesto duecentosettantamila euro trattabili, che finora hanno avuto un'offerta di duecentoquarantamila euro da un cinquantenne triste, uno che deve essersi appena separato. Penso che è un po' fuori budget, gli dico che devo parlarne prima con i miei, che non abitano a Roma, ma spero di farli venire presto in modo che la possano vedere con i loro occhi. Se anche loro sono d'accordo, potrei rilanciare di poco, stringendo un po' la cinghia nei prossimi mesi potrei farcela. Credo che ne valga la pena, perché la casa mi è piaciuta subito, mi è sembrato quasi di riconoscerla appena ho varcato la soglia. È stato un colpo di fulmine, sembra proprio lei la mia anima gemella e dovremmo solo lasciar fare al destino. E mentre Pietro mi spiega le ultime cose, prima a proposito della casa, poi della sua vita, io resto ad ascoltare attenta e alla fine penso che, se le case sono come le persone che le abitano, mi piace anche lui, ed è un peccato che parta, che non si sa quando torni. Ed è tutto così semplice che comincio a parlare pure io. Gli racconto di mio nonno, dei soldi che non ha speso, che ha accumulato con il lavoro e i sacrifici, pensando a me, ai miei sogni e non ai suoi per tutta la vita. Gli dico perfino della poltrona, di tutti i mobili e gli accessori che ho comprato in questi mesi, di quanto sia stato difficile fare tutto da sola, mentre il mio ragazzo era sparito nel nulla e la mia famiglia era sempre lontana. Gli parlo di Viola, dell'affitto stratosferico, delle catapecchie che ho visto ultimamente e gli spiego quanto sia diventato importante trovarla questa casa, che certe volte penso di stare solo cercando me stessa e non un posto dove vivere. Quindi sì, è un'esigenza pratica, dopo tanti anni d'affitto buttati, ma soprattutto psicologica. Mi piacerebbe sentirmi proprietaria di qualcosa di così grande, perché mi sembrerebbe di essere stata capace di abbracciarmi con le mie stesse mani, di dirmi che finalmente posso stare tranquilla perché mi sono assicurata un posto sicuro, un rifugio solo mio. Come quello che mi sembrava di trovare fra le braccia di mio nonno quando mi ci tuffavo. E poi gli racconto del mio lavoro, che cerco una casa da comprare qui perché ormai la mia vita è radicata in questa bellissima, sporca, caotica, cara città. E mi fa riflettere detto ad alta voce, questo senso di stabilità e pesantezza che mi dà il mio impiego nonostante la crisi nera, in un'agenzia viaggi alla continua ricerca dei voli degli altri, ancorata alla mia scrivania. Invidio un po' Pietro, il fatto che non abbia bisogno di legarsi a un luogo particolare per sentirsi a casa, ché i lacci alla fine diventano catene e non te ne accorgi mentre chiudi il lucchetto con le tue mani e butti via la chiave.

Lascio il bicchiere vuoto sul tavolo e chiedo a Pietro se posso usare il bagno. Mi scappa la pipì e ne approfitto per dare un'occhiata da sola. Dopotutto non c'è posto migliore da considerare prima dell'acquisto di una casa. Il più intimo. Prima di tirare lo sciacquone mi guardo intorno. Inizio a fantasticare su come potrei sistemarlo. Osservo i mobiletti di legno chiaro, lo specchio sporco di schiuma da barba, gli accessori. Sul lavandino c'è il bicchiere con gli spazzolini. Gli spazzolini. Sono due. Due. Eppure Pietro ha detto che viveva da solo. Allora non resisto e apro l'armadietto. In fondo, sullo scaffale in alto, ci trovo dei dischetti di cotone, un latte detergente e un tonico. Poi guardo meglio e dimenticato in un angolo c'è perfino un assorbente interno. E vabbè. Non poteva essere veramente single un tipo così. Che m'aspettavo. Già è tanto aver trovato una bella casa. Mi dà un po' fastidio però che non me l'abbia detto. E mi auguro che non l'abbia lasciata proprio ora, in procinto di partire. Che non abbia fatto come Omar. E quella, come me, si è ritrovata dal giorno alla notte senza amore e senza casa. Forse gli ho dato troppa confidenza. Dopotutto è un uomo.

«Devo andare...» gli dico quando torno in cucina, e lui ci resta un po' male, si capisce dal sorriso che si spegne.

«Peccato, ti avrei invitata a cena. Ma solo per farti vedere come funziona la cucina!» risponde serio. Lo ringrazio, ma gli dico che ho già un impegno e non posso restare. Che faccia tosta, con due spazzolini in bagno mi invita pure a cena.

«Be', allora spero che tornerai presto. Anzi, se non ti dà fastidio ascoltarmi suonare, puoi venire qui una mattina qualsiasi, portarti il pc, dei libri, passare una giornata sul divano, preparare la pasta, farti una doccia... fare come se fossi a casa tua, insomma» mi dice tutto contento, mentre mi porge il cappotto.

«È uno strano invito questo...» rispondo sospettosa, ché non capisco bene a che punto finisca lo scherzo e cominci l'intenzione.

«Non ci sto provando, giuro. Quando lo farò, prometto che ti invito a cena in un bel ristorante, magari con qualche coupon! È che ho capito cosa significhi per te comprare una casa, e allora credo che prima di fare un'offerta, di impegnarti, di metterci tutti i tuoi risparmi, non dovrebbero bastarti pochi minuti. Dovresti vederla meglio, provare ad abitarla per un giorno. I colpi di fulmine, anche quelli per le case, di solito si rivelano una bella fregatura. E comunque, se preferisci possiamo tranquillamente ignorarci per

4

ventiquattro ore. Che ne pensi?» domanda gentile, mentre chiudo l'ultimo bottone del cappotto e con la borsa a tracolla mi avvicino alla porta.

«Mi sembra una proposta singolare... unica. Grazie, ci penserò!» gli dico già sul pianerottolo, poi lo saluto e scendo piano i gradini. Solo dopo le prime due rampe, quando sono sparita alla sua vista, sento chiudere la porta.

A casa di Pietro il cellulare non prende bene. Il che potrebbe essere un valore aggiunto, mi costringerebbe a una sorta di terapia d'urto per liberarmi una volta per tutte dalla voglia di chiamare Omar. Mi accorgo di non aver avuto campo solo quando rientro a casa e cominciano ad arrivare i messaggi per le chiamate perse. Sono tutte di Marta. C'è anche un suo sms. Dice solo: EMERGENZA! CHIAMAMI SUBITO! Ma non faccio in tempo perché il campanello suona già.

«Viola!»

«Meno male che ci sei! Marta mi ha detto che era a fare lezione di inglese dall'altra parte di Roma, le ho accennato un po' al telefono, ma non mi dava retta, dice che sono impazzita, ma io sono lucida, lucidissima... Sa che stavo venendo qui e che speravo ci fossi tu... Poi è caduta la linea, per fortuna non è riuscita ad avvisarti, altrimenti non ti saresti fatta trovare, eh? Di' la verità. Mi odi dopo quello che ti ho combinato con Omar?»

«No, Viola. Non ti odio. È un sentimento troppo forte, guarda. Non ho l'energia. Ma tu che ci fai qui? Sei sconvolta. Siediti, vuoi un bicchiere d'acqua, una camomilla, un caffè? No, un caffè meglio di no... Ma soprattutto che cosa vuoi da me?»

«Niente, Neve. Non voglio niente. A parte il numero della tua psicologa! »

«Ma io non ci vado dalla psicologa...»

«Come no? Vuoi dire che Omar ti ha lasciata e tu non sei andata in terapia?»

«Be', no... Ci ho pensato in effetti, nei momenti peggiori, ma sapevo che avrei potuto farcela da sola...» dico distratta pensando ad alta voce, mentre lei si toglie sciarpa e cappotto e si siede in cucina.

«Be', avrei scommesso che tu ne avessi trovata una brava... Secondo me avevi una dipendenza affettiva da manuale.»

«Ma insomma che cavolo ti è successo?»

«Non mi sposo più!»

«Ah, ecco. E rivuoi la casa!»

«Ma quale casa e casa... Io *devo* sposarmi. Non me ne frega niente della casa. Per ora, almeno...»

E si mette a piangere e a urlare in preda a una crisi isterica ridicola, ché non sembra affatto la classica sposa in lacrime mollata sull'altare. Ha solo i nervi a fior di pelle, come se le avessero scippato lo scettro da miss, la reginetta più bella del reame. E tra un singhiozzo e l'altro, mi racconta che Michele le ha detto basta di punto in bianco, mentre discutevano i dettagli della lista nozze, perché non ce la faceva più a fingere, a mentire, a negare l'evidenza perfino a se stesso.

«Mentire? Ma non eri tu la bugiarda tra voi due?»

«No, a quanto pare no. Neve, Michele è gay... è gay, capito?» dice ricominciando a piangere come l'ultima dei disperati, e a me un poco scappa da ridere.

«Non ci posso credere, mi dispiace... Non per lui, certo. Mi dispiace per te... Accidenti, ma come l'ha scoperto?»

«Ha trovato il coraggio di confessarlo a se stesso dopo anni di bugie e tormenti. Finalmente ci è riuscito, a un passo dal matrimonio. E come se non bastasse mi ha detto che è stato tutto merito mio, e che mi sarà grato per tutta la vita... che onore! Ha pure aggiunto che io ero la fidanzata perfetta, la nuora terribile che quella stronza di sua madre meritava! Attraverso di me almeno le faceva dispetto, poteva scaricare le sue frustrazioni...»

«Be', assurdo... Però pensa quanto avrà sofferto a tenersi tutto dentro, povero Michele. E tu devi ringraziare il cielo,

Viola. Sì, avrebbe potuto dirtelo prima... Ma meglio tardi che mai. Avreste commesso un grande errore, vi sareste resi infelici per sempre...»

«Non è vero! Non è vero, Neve! Ci saremmo divertiti un sacco perché io a quella vecchiaccia i dispetti glieli avrei fatti tranquillamente per tutta la vita! E poi non ho niente contro i gay. Proprio niente, anzi. Hanno molto più buongusto degli altri uomini. Gliel'ho detto a Michele. Non mi importa, tesoruccio mio, non mi importa, vai a letto con chi ti pare, ma ti prego, sposami lo stesso, una copertura te la offro volentieri, tanto io non voglio mica te, voglio solo sposarmi, essere tua moglie, è una questione di status sociale! Io voglio una fede al dito prima dei trent'anni, voglio essere la moglie di un professionista affermato, dimenticarmi del negozio di frutta dei miei a Latina, occuparmi al massimo della mia nuova cabina armadio e di organizzare cene... Ma farei anche beneficenza, ogni tanto s'intende...»

«Che orrore, Viola...»

«Che orrore, che orrore... L'ha detto anche lui, con quella erre moscia che si ritrova. E mi ha cacciata via. È per questo che mi serve una psicologa: quell'uomo non ragiona più, è chiaro. Ha bisogno d'aiuto!»

«Ma *tu* sei pazza! Cosa stai dicendo? Secondo me invece ne avresti proprio bisogno tu! Che storia assurda... E comunque come hai fatto a non essertene mai accorta?»

«Lo vuoi davvero sapere, Neve? Perché pure se tu pensi che io sia una zoccola, la verità è che a me il sesso non è mai interessato molto. L'ho sempre vissuto come un atto dovuto, senza particolare passione. Sarà pure per questo che tra me e Omar non ha mai funzionato. Perché ci abbiamo provato, sai, ad avere una storia. Ma niente, io non sentivo niente quando andavamo a letto insieme. Lui diceva che ero frigida... Io non me la prendevo, forse aveva ragione, voleva fare sesso tutti i giorni, mentre a me sembrava una punizione... Ma mi vergognavo ad ammetterlo, così mi sono sentita sollevata quando è stato lui a dire basta. E poi si è messo con te, che a sentir lui pare ti trasformi sotto le lenzuola... Eh, forse tu sì che te ne saresti accorta

di Michele. A me non pareva vero d'aver trovato un uomo tanto poco focoso...»

«Non ti rendi conto di quello che dici, di come lo dici ma soprattutto a *chi* lo dici! Stai parlando con me, cazzo. Io, Omar, l'ho amato. E vi ho creduto quando hai giurato in tutte le lingue che non c'era mai stato nemmeno un bacio... Non so se devo avercela più con te o con lui!»

«Omar, Omar, Omar. Basta! Io lo odio, Omar, ormai!»

«Perché? Che cosa ti ha fatto lui adesso?»

«È stato lui a mandare all'aria il mio matrimonio. Ha spezzato il cuore a Michele.»

«Cosa?»

«Stai tranquilla, Neve. Non c'è eterosessuale più convinto del nostro Omar, dovresti saperlo. Né ragazzo più affascinante. Omar e i suoi occhi neri, Omar e il suo sorriso furbo, Omar e la sua carica erotica che sprizza da ogni poro. Michele si è innamorato, a prima vista. Un colpo di fulmine quando gliel'ho presentato... Ha provato a toglierselo dalla testa, ma il desiderio era troppo forte. E quindi in un certo senso è stata anche colpa vostra. Se non fosse stato per questo appartamento, non mi sarei trattenuta a Roma così tanto e quei due non si sarebbero incontrati ancora una volta...»

«Ma per favore!»

«Fatto sta che Michele non ce l'ha più fatta a tacere, ha chiamato Omar ed è stato abbastanza esplicito, gli ha chiesto una notte di sesso, l'ultima con un uomo prima delle nozze, ma il tuo ex ha rifiutato. Pare sia stato gentile, delicato, sensibile, cosa che con le donne non gli è mai riuscita bene. In più, vai a capire cosa gli è passato per la testa, da bravo amico ha pensato bene di convincere Michele a dirmi tutta la verità... Ma prima voleva parlarmi lui, sapeva che per me sarebbe stato uno shock. Per questo voleva vedermi l'altro giorno. Io però non lo sapevo e siccome dovevo vedere anche Marta e te mi era sembrata una buona occasione per... be', la fine della storia la sai.»

Non glielo dico, a questa grandissima stronza, che ha avuto esattamente quello che si è meritata. La guardo e mi fa pena. Ormai poi io faccio il tifo solo per Michele.

È arrivato il momento di tirar fuori l'abito comprato su un portale inglese di vendita online. È stato un ottimo investimento, fatto dopo un attento studio di mercato. Ho cliccato su "dresses" e, con la freccetta del mouse dall'alto al basso su quelle foto come figurine con la stessa modella, ho scelto il migliore, dopo averne esaminati duemila in venti minuti. Una meraviglia. Certo, avrei potuto restringere la ricerca, selezionare la taglia, il colore preferito, il prezzo massimo o addirittura cliccare sul nome di una star internazionale per visualizzare solo i vestiti in linea con il suo stile, ma mi piaceva guardarli anche perché costano pochissimo. Sono perfetti per una che vuole risparmiare – spese di spedizione gratuite in tutta Europa – senza rinunciare a un vestitino nuovo. Per esempio questo, che è arrivato un mese dopo il mio ordine online, l'ho pagato venticinque euro.

Non è sempre facile orientarsi con le taglie british, però tutto sommato calza bene. Certo non è un vestito per single, ma per fortuna ho ancora una coinquilina. Ha un corpetto così aderente che Marta mi ha dovuta aiutare a tirare su la zip fino alla fine e a fermarla con un gancino. Le curve morbide del seno si formano appena sopra il bordo della delicata scollatura. Scende intorno al punto vita, fascia bene i fianchi e cade leggero, poi si ferma sopra alle ginocchia. È grigio, con una farfalla colorata stampata grande, dalla mia pancia fino all'orlo. Mi sorrido allo specchio, la linea nera intorno agli occhi, le ciglia lunghe di rimmel, la frangia scura sulla fronte, il rossetto rosso e i denti bianchissimi. C'è da dire che il dentista low cost ha fatto davvero un bel lavoro.

Questa è la sera della vendetta. La mia.

Era l'abito che avrei voluto mettere per il compleanno di Omar, ma quando è arrivato lui già non c'era più, così è rimasto nell'armadio in attesa di un'altra occasione speciale. E mentre il cuore batte tanto forte da non farmi sentire i pensieri, credo che non ce ne potrebbe essere una migliore di questa. Non lo sa nemmeno Marta, che ride sadica al matrimonio mancato e immagina sia stato Pietro a farmi tornare la voglia di infilarmi in un vestito stretto. E la sua bella casa, mamma e papà che vogliono venire presto a Roma per rivederla insieme, tutti i miei progetti. Sento che sta per cominciare una nuova fase della mia vita. Ma prima devo chiudere quella porta che lascio aperta da mesi, devo trovare il coraggio di uscire da una storia in cui mi sono incastrata, di dire addio per sempre a un uomo che non mi ha trattenuta mai pur legandomi stretta, così stretta che quasi soffocavo. Andrò da Omar, stanotte. Ai motivi per cui sarebbe meglio stargli lontano non ci voglio pensare. È tremendamente semplice negarli, rimuoverli, ignorarli. Voglio vedergli comparire in faccia lo stupore, il fastidio, l'imbarazzo. Quando gli dirò che so di lui e di Viola. Il loro rapporto è stato la sua prima bugia, mentre io tentavo di costruire una storia solida su fondamenta già marcite. Me lo immagino ora, mentre cercava di farla godere, raccontarle di come mi ero invaghita di lui in quel periodo, l'amica imbranata della sua coinquilina. E chissà quanto avranno riso di me, sul letto di Viola, meravigliosa con i vestiti e senza, così bella da sembrare finta. Io questo incontro oggi lo pretendo. Ora so che non posso più aspettare. Posso farcela, sono pronta. Me lo ripeto come un mantra, per calmarmi e concentrarmi.

Il finestrino chiuso, la radio spenta, guido piano. Strada, lampioni, asfalto, semafori, stop, incroci, svolta a destra. Ho azzerato i pensieri come se avessi messo un vecchio pilota automatico che a casa di Omar mi ci ha portato per due anni, mille volte andata e ritorno. Parcheggio nella stradina senza via d'uscita accanto al suo palazzo, lì ho sempre trovato posto. Mi guardo allo specchietto, prima di scendere. Il rimmel resiste, ritocco leggermente il rossetto e scendo. Cammino decisa, le braccia conserte, mi stringo nel cappotto. Fa così freddo, sembra si geli il sangue nelle vene, parte dal cuore ma si ghiaccia di colpo, prima di arrivare al cervello. Spingo il tasto del citofono.

«Sono io» dico, ma la mia voce metallica dalla cornetta attaccata al suo orecchio gli sarà parso un rumore come un altro perché chiede ancora: «Chi è?».

«Sono Neve.»

«Neve! Che ci fai qui?»

Ecco come mi accoglie il mio grande amore. Non saprei dire se sia più sorpreso o spaventato. E apre il portone. Mentre le corde dell'ascensore mi tirano su lentamente, ho un milione di ripensamenti, mi sento la donna di un'illusionista bloccata in una scatola di ferro, ma li scaccio come mosche, chiusa in questa scatola che sale insieme alla mia adrenalina. Non mi guardo nemmeno allo specchio attaccato alla parete, che dà più profondità a questa trappola per claustrofobici. Preferisco non guardarmi negli occhi. Perché lo so che sto per fare una cazzata.

«Spero di non avere interrotto nulla...» dico entrando senza invito, lascio cadere la borsa sul divano, quelle stanze mi sono tremendamente familiari.

«No. Be', veramente devo uscire...» dice lui, alzando gli occhi per controllare l'ora sull'orologio appeso alla parete, proprio sopra la mia testa. «Ma dopo cena. Potresti fermarti a mangiare una cosa al volo. L'altra sera sei scappata così...» continua con quella galanteria da quattro soldi.

«Non te ne dispiacere troppo, so che ti ho fatto un favore...» ribatto, e il cappotto me lo tengo addosso, ché non lo so se ho voglia di fermarmi a lungo.

«Cioè? Che intendi dire?» mi chiede perché non è abituato alla nuova me, a quella che non ha più paura di dire come la pensa, a quella che dice sempre la verità a costo di doverla difendere.

«Be', la mia presenza è stato l'imprevisto che ti ha esonerato dalla rivelazione da fare a Viola...»

«Ah, hai saputo? E chi te l'ha detto? Lei?»

«Eh certo, Omar. Chi altri? Mica parlo con Michele io...»

«Oh, cazzo. Sarà isterica... È per questo allora che non mi risponde più al telefono...»

«Be', rubare il fidanzato della propria migliore amica è una delle cose peggiori che si possano fare. Senza contare che sei un uomo e lo shock raddoppia. Oh, scusa. Avrei dovuto dire il fidanzato della tua *ex*. So tutto di voi, sai... Ma non ti vergogni?»

«Ma vergognarmi di cosa, Neve? Io non ho di certo sedotto Michele!»

«Ma no, Omar, non vergognarti con me, per carità... Mi hai solo mentito sin dal primo giorno! Non mi hai mai detto della tua storia con Viola...»

«E dài, Neve. È successo un secolo fa, è successo molto prima che...»

«Che io mi innamorassi perdutamente di te. Ho creduto a ogni tua parola, ti ho dato una fiducia totale, ho perdonato ogni tua mancanza... Mi sono data mille volte la colpa per le mie insicurezze e ho cercato di rispettare il più possibile la vostra amicizia. E poi quel giorno, il mio compleanno. Quanto mi hai preso in giro dopo? Quanto mi hai preso in giro per farmi tornare tra le tue braccia e continuare a farlo fino all'ultimo giorno? Io avrei dovuto sapere che tra di voi c'era stata una storia!»

«Sì, forse avrei dovuto dirtelo. Ma non sarebbe cambiato niente. Anche io mi sono innamorato di te, noi due ci saremmo messi insieme lo stesso. Semplicemente tu saresti stata molto più paranoica di quello che già sei, mi avresti reso la vita impossibile e io a Viola ci tengo, noi due siamo amici, al di là di tutto...»

«Be', caro mio. Hai mandato a monte il suo ambitissimo matrimonio. Non so se ti perdonerà mai...»

«Che casino... Ma tu? Te lo vuoi togliere questo cappotto? È tanto che non parliamo noi due. Resta, dài. Non sarai venuta qui solo per litigare...»

Non rispondo, i denti stretti. Rimango a guardare ancora una volta la faccia dell'uomo che ho amato tanto in questo appartamento che chiamava "nostro" quando c'ero anch'io, che è sempre lo stesso ma che forse in queste notti ha accolto un'altra.

«Dài, non te ne andare... Potremmo goderci la serata come due persone civili, che sono state insieme, che hanno condiviso tanti momenti importanti...»

A cena con un bicchiere di vino a fare quattro chiacchiere come due vecchi amici non mi ci vedo. Lui non è un mio vecchio amico. Lui non è mio amico, punto. Ma resto, perché mi sono concessa questo errore e non posso e non voglio più tornare indietro. Devo scavare bene nelle ferite con il coltello perché forse il male che mi ha fatto non mi è bastato se sono arrivata fin qui per un istinto masochista, pur con l'intenzione di vomitargli in faccia questo dolore e la rabbia che si merita tutta. Così il cappotto me lo tolgo, lentamente, perché sento i suoi occhi addosso, bottone dopo bottone, sul collo, sul seno, scendono sulla pancia, si fermano un poco all'altezza dell'ombelico e poi curvano sui fianchi. Lo sistemo su una sedia, sono vestita eppure sento che qualcosa già mi manca, che un primo velo è caduto. Omar vuole parlare ma ogni cosa che esce dalla sua bocca è inopportuna. Dice come va il lavoro, ho saputo che cerchi casa, ma ti sei innamorata? Rispondo a caso, lo innervosisco. Vuole sapere di me e non ci crede che non ci sia niente da dire. Non ci crede se gli dico che sono rimasta a guardare la scia bianca dell'aereo, una ferita nel cielo azzurro che lo ha portato via.

«Tu invece ne hai di novità da raccontare...»

«Be', gli States sono grandiosi... Ecco, è la parola giusta. È tutto grande... le strade, gli hamburger, le macchine, i palazzi...»

«E le tette della tua ragazza...»

«Eh? Ma che dici? Una volta non parlavi così... E poi a quale ragazza ti riferisci?»

«A quale?! Ce n'è stata più di una allora o vuoi dire che sei stato cinque mesi a riflettere così come mi avevi detto, che hai pensato a me ogni giorno, così tanto che non hai avuto un momento per rispondere al telefono o alle mail? Che sei stato male tanto quanto me? E non hai trovato nemmeno una serata per un'altra da prendere in giro?»

«Be', una ragazza ce l'ho... eccola qua...» mi dice e sorride, allargando le braccia come per stringermi a sé, cercando di cambiare argomento in un modo pietoso.

«C'è poco da scherzare, ho visto le foto!»

Omar non si chiede neanche come abbia fatto, ma si mette subito sulla difensiva. Forse una coscienza ancora ce l'ha, se davanti a me si sente a disagio e continua a negare. Io lo fisso implacabile perché me le ricordo le foto con Barbie sul suo profilo e alla fine ammette che sì, una ragazza ce l'ha, che non è una cosa seria, niente di paragonabile a me, a quello che sono stata almeno, che ora comunque è dall'altra parte del mondo, quindi che ne parliamo a fare? Sono spaventata, perché la sua sfrontatezza mi lusinga. Sono spaventata, perché non mi sarei creduta ancora così debole, così gratificata dalle sue parole. Sono spaventata, perché non lo voglio più vedere, ma resto qui investita da un milione di pensieri che mi attraversano veloci la testa.

«Neve, mi sento così solo, ma tu che ne sai...»

Omar si siede al tavolo, una candela accesa al centro. Fissa la fiamma che trema piano, una goccia di cera che cade. E poi mi guarda dritto negli occhi.

«Divertente, però. Non hai perso il gusto del tormento. Mamma mia, quanto eri gelosa, Neve! La donna più gelosa che abbia avuto in vita mia! Ma come cavolo hai fatto a scoprirlo? Certo, le foto su Facebook... Santo Dio, sei un hacker! No, peggio, una detective, potresti avere un futuro... Altro che agenzia viaggi: investigativa, ti ci vorrebbe» conclude e poi, dopo una piccola pausa, sulle sue labbra scoppia una grassa risata. Omar mi sta ridendo in faccia. E non si ferma più. Si tiene la pancia e le guance gli si tingono di rosso. Non posso crederci. Sono imbufalita. Urlo che c'è poco da ridere, ma non mi ascolta e si asciuga le lacrime in preda a un attacco d'ilarità irrefrenabile, irritante. Mi riprendo la borsa e il cappotto, faccio per andarmene, afferro la maniglia della porta e quando sto per aprirla, lo sento alzarsi di scatto, venire verso di me e prendermi il braccio, mi stringe forte. È così vicino. Sento il suo odore, un misto di profumo e sigarette. E riconosco anche lui, spavaldo, potente, sicuro di sé. Solo che non mi sciolgo come la Neve che lui si aspetta. Questa volta divento di ghiaccio. Lasciami, mi fai male, lasciami. E lui stringe più forte, lasciami. Chi sei, gli chiedo. Chi sei, urlo e nemmeno me ne accorgo. All'improvviso, scoppio. Come un bicchiere pieno d'acqua che cade a terra e si frantuma. Chi sei, e piango, piango.

«Dài, Neve, non fare così. Sono sempre io, Omar, il tuo Omar...» dice piano, il fiato caldo sul viso.

«No, non sei mai stato mio» rispondo e abbasso gli occhi, umiliata.

«Tu sì» mi risponde, mi tiene sempre il braccio. «Tu sì che sei stata mia.» Omar si avvicina sempre di più. Poi mi bacia.

È un bacio violento che ricambio. Ma il mio è un morso, uno sputo, uno schiaffo. E poi è un richiamo, un ricordo, un ritorno. Omar mi prende la faccia con le mani, poi le fa scendere lungo la mia schiena e mi attira a sé, si struscia, si strofina e lo sento così eccitato che mi sembra già di non aver più addosso i vestiti. Mi spoglia, la lingua sul collo, le spalle, il seno. Scivolano per terra, uno dopo l'altro, l'abito nuovo, le calze, il reggiseno, il perizoma. Sono stracci caduti ai miei piedi, soldati feriti, svenuti, morti per terra. Mi fanno schifo le sue mani sul mio corpo, ma le sopporto, le desidero, le pretendo. Voglio sentire la nausea per questa passione folle che sale con il disgusto quando cado sul divano e Omar entra, spinge, insiste. Non lo abbraccio, mi aggrappo a lui e lo graffio. Assecondo i suoi desideri, mentre affonda nella mia carne. Mi lecca, mi mangia, mi divora. Gli regalo l'illusione di essere ancora sua, mentre si muove sopra di me, schiaccia, geme e mi toglie il respiro. Questo è un amore che sbatte come le onde di un mare in tempesta. È la sua pretesa, il suo possesso. Il mio cedimento è una lotta, un addio. Perché più mi prende e più lo lascio andare via, lontano, per sempre.

Mi tiene ancora ferma, preme con le mani sui miei fianchi e grida di piacere. Io invece non sento niente, niente, niente. Penso solo che è finita. Questa è la resa definitiva. Ma Omar non si stacca, non se ne va, non si allontana. Provo a divincolarmi, ma lui resta dentro, non rinuncia all'ultimo respiro e mi stringe e mi blocca, immobile. E viene. Solo che io, la pillola, non la prendo più da un pezzo.

«Che cosa? E perché hai smesso?»

Omar me lo chiede sbalordito quando si tira su dal divano e prova ad abbracciarmi, ma siccome mi sposto prende il plaid sulla poltrona, lo dispiega e me lo passa.

Tra di noi c'è uno strano imbarazzo. Nella bocca il sapore di sempre, il nostro, ma con un retrogusto nuovo. Non è stata una prima volta questa. È stata l'ultima.

«Perché?! Perché te ne sei andato, perché non ho più fatto l'amore da quando ci siamo lasciati... Non potevi starci attento?» dico mentre mi copro fino al collo. E ce ne stiamo tutti e due così, nudi sotto la coperta e vicini senza toccarci, sul divano.

«Eh, era troppo bello, Neve. Non ce l'ho fatta. Scusami... Ma era così pure prima? Non me lo ricordavo che eri tanto passionale. Sembravi addirittura violenta! Anzi, negli ultimi tempi credevo che ti annoiassi un po', mi annoiavo anche io a dire la verità...»

Omar guarda nel vuoto, dritto davanti a sé, questo è il suo cinema privato, su uno schermo immaginario passa un film triste, la nostra storia.

«Be', mi fa piacere scoprirlo ora...» rispondo, restando di profilo, rivolta anch'io a quelle immagini mentali che ci scorrono davanti agli occhi. E mai come ora mi accorgo che quello che guardiamo non è lo stesso film.

«Dài, stavo scherzando... A proposito di pillola, c'è sempre quella del giorno dopo...» dice Omar e finalmente si gira verso di me, mi sposta una ciocca di capelli dal viso, una carezza impacciata.

«Lo so. Devo andare al pronto soccorso...» dico alzandomi a cercare le mutandine.

«Ti accompagno...»

Omar mi passa il reggiseno e mi sorride gentile, un poco dispiaciuto, sinceramente preoccupato. Poi aggiunge: «Domani».

E ti pareva. Inaffidabile come sempre.

«Grazie, non ce n'è bisogno...» ribatto mentre mi infilo il vestito.

«Neve. Aspetta, ti prego. Prima di tutto non c'è bisogno che tu ti precipiti, che vada in giro di notte per gli ospedali. Si può prendere entro le settantadue ore, se vuoi controllo su Google... Resta a dormire qui, calmati, sei agitata, non voglio che guidi in queste condizioni, non hai neppure mangiato niente. Resta qui, ci pensiamo domani, ci andiamo domani...»

«Domani, domani... Senti, se non ti va di venire con me lo capisco. Non ti preoccupare. Sono mesi che sto senza di te, posso fare anche questa cosa da sola...» rispondo, ormai vestita da capo a piedi, e lo guardo dall'alto in basso, ché lui è rimasto accucciato sotto il plaid, nudo come un verme, sul divano.

«Ma che c'entra? E dài, non sono mica così stronzo. È un casino, lo so. Domani lo risolviamo insieme, te lo prometto. Ma... Neve, è stato così bello fare l'amore prima. Davvero. Sono confuso. Anzi, sono sconvolto. Ho provato delle emozioni nuove. Sei sempre tu eppure mi sembra di averti scoperta per la prima volta. Ti prego, non te ne andare. Resta. Domani ci pensiamo. Te lo prometto. Ma questa notte è stata un sogno, voglio dormire con te. Tenerti stretta, abbracciarti. Non voglio che te ne vai. Non voglio perderti. Sono stato un bastardo, lo so. Ma ti amo. Ti ho amato sempre, anche quando lo negavo a me stesso. Però ho dovuto lasciarti, altrimenti non avrei mai avuto il coraggio di partire...»

«Perché sei tornato?»

«Perché mi mancavi, ma l'ho scoperto solo ora...»

«Omar, per una volta, puoi essere sincero? Perché sei tornato, ti prego, dimmelo!»

«Neve, io non sono tornato. Cioè, sì, adesso sono qui. Ma non per restare. Sono venuto a prendere le ultime cose da questa casa, i miei zii vorrebbero venderla. Anzi, se ti interessa... Sarebbe bello se la comprassi tu, ci abbiamo vissuto tanti bei momenti» mi dice prendendomi le mani. Me le tiene ferme, strette. Forse ha capito che potrei anche lanciarmi in un penoso tentativo di schiaffeggiarlo dopo quello che ha detto.

«Qui a Roma sto vedendo i vecchi amici, ma poi vorrei tornare anche a Padova dai miei... Insomma, non so bene che fare! Intanto mi godo la pasta, la pizza, il caffè!»

Prova a farmi ridere, ma non c'è mai riuscito, figuriamoci stavolta. Tra i due comunque la più patetica sono io, che nemmeno per un momento ho pensato che non era qui per restare, che continuo a legare l'idea di lui a quella di noi, in questa città, che non ho proprio preso in considerazione l'ipotesi che fosse venuto solo per un passaggio, un saluto, una vacanza. Mi concentro per recuperare quel poco di lucidità che mi rimane, come un faro acceso nella notte, ora che il mare si è calmato, le onde sono placide, l'acqua si muove lenta. Che ci sto a fare ancora qui? Io, la pillola del giorno dopo, voglio prenderla stanotte.

Non pensavo fosse così difficile ottenere questa maledetta pillola, a Roma, di notte. E invece sì. Ma sono io che sbaglio, perché il primo ospedale a cui mi rivolgo è quello cattolico, lungo la strada. Quando mi ha salutato, Omar ha detto che non sono cambiata, dirò pure tutto quello che penso ormai ma resto la solita ansiosa, non mi rilasso mai, neanche dopo avere fatto sesso. Che gentiluomo, cavolo. Il principe di una favola brutta. E io scappo da sola, a cavallo della mia Malincomacchina, ché il vestito bello lo farei in mille pezzi e al perizoma umido gli darei fuoco.

Arrivo davanti all'accettazione del pronto soccorso e devo dichiarare il motivo della mia presenza perché mi assegnino il codice appropriato. Peccato però che il microfono attaccato sul vetro non funzioni bene e la conversazione tra me e l'infermiera di turno sia molto complicata, tanto che alla fine devo urlare senza ritegno: «LA-PILLOLA-DEL-GIORNO-DOPO!», perché il nome medico preciso non lo so. E avvampo di vergogna, come un'adolescente che l'ha combinata grossa, quando quella, più forte di me, grida dall'altra parte che non me la possono dare perché sono obiettori di coscienza, e vorrei mandarla a quel paese, ma non lo faccio perché rispetto le scelte di tutti. Accidenti però: io sono nei guai e questo è un pronto soccorso, o no?

L'Isola Tiberina di notte – una notte qualunque in mezzo alla settimana – è uno dei miei posti preferiti a Roma. Si sente il rumore del fiume che scorre pieno e sporco sotto i ponti e c'è sempre qualcuno che suona, la fodera di uno strumento aperta sui sanpietrini con qualche spicciolo dentro. Se è così tardi, come in questo momento, le osterie sono chiuse, così come la farmacia. C'è poca gente che cammina, una coppia di innamorati, due operatori della Croce Rossa che fumano una sigaretta, l'autoambulanza spenta. E poi ci sono io, che mi sento sola e angosciata. Ci sono io, che non voglio rimandare a domani questa cosa, che sento l'urgenza di inghiottire la pillola, come se fosse magica, come se potesse cancellare ogni traccia di Omar sulla mia pelle, dentro le viscere, e portarsi via questo amore folle, questa notte sbagliata. Vorrei mandarla giù presto, con un bicchiere d'acqua, a lavare via lo squallore che mi sento addosso, ad appagare la stupida sete di vendetta che mi ha reso arida, secca. Basta, basta. Non ne posso più. Di illusioni malate, di ridicole speranze. Non ne posso più di stare male.

Provo con un altro ospedale, piena di speranza, mi mandano al pronto soccorso ginecologico. Ci sono solo io, entro subito. Mi accolgono un medico e un'infermiera. Mi prendono pure un po' in giro, perché sono pallida, terrorizzata. Cerco di sorridere, di stemperare la tensione. Mi dicono che se voglio posso tornare il giorno dopo e farmi visitare dal ginecologo. Ma non mi importa, non voglio tornare domani perché ho paura che, se mi addormento, un figlio con Omar lo sogno. Se gli vedo le labbra carnose, i riccioli neri, quando mi risveglio mi dispiacerà già troppo, questione d'orologio biologico, e aspetterei che a decidere sia il destino. So che più prendo tempo, più questo futuro che si è dissolto nel vento mesi fa, il nostro, tornerà a tormentarmi, negandosi di continuo. Farebbe male, proprio ora che io stessa ho deciso che non lo voglio più un uomo così accanto, e ho cominciato ad allontanarmi. E so che, a prescindere da questo incidente, è stata la fine della nostra storia a scegliere che quel bambino che abbiamo immaginato insieme qualche volta, quando ci tenevamo per mano, due fidanzati come tanti che avevano voglia di sognare, non nascerà mai, e sarà solo per sua fortuna, ché non ne saremmo stati degni. Il dottore mi dà la ricetta e i moduli per pagare il ticket, poi mi consiglia pure una farmacia di turno aperta a quest'ora e me ne vado che mi tremano un po' le mani.

Quando torno a casa, giro piano la chiave nella serratura. Non voglio svegliare Marta e spaventarla. Apro la porta lentamente, maledico il cigolio che fa, varco la soglia in punta di piedi e mi accorgo che la luce in cucina è accesa.

«Neve!»

Marta mi chiama a voce alta, e un sussulto ce l'ho io, non me l'aspettavo alzata a quest'ora.

«Che ci fai qui? Che cosa è successo?» le chiedo preoccupata quando la vedo seduta davanti a una tazza di latte, vestita da capo a piedi, come se fossero le cinque del pomeriggio e non della mattina. Le guance rigate di lacrime e rimmel, sembra un clown triste, le mani in bocca, ché le unghie ha iniziato a mangiarsele pure lei, forse da cinque minuti. Tanti fazzoletti di carta stropicciati sul tavolo, come fiori bianchi sparsi tutt'intorno.

«Ho tradito Gianfi...» dice e poi ricomincia a piangere, singhiozzi disperati, il naso affondato nell'ennesimo kleenex.

«Oddio mio, Marta! Meno male! M'ero spaventata, pensavo ti fosse successo chissà cosa...» dico e mi siedo accanto a lei, il latte è ancora caldo e me lo bevo io. Lei intanto si calma, si asciuga gli occhi con le maniche del maglione, sembra abbia cinque anni.

«Be', non vuoi sapere con chi?» mi chiede, mentre tira su con il naso e mi guarda con quegli occhi macchiati di nero, i panda mi hanno sempre fatto tanta tenerezza.

«No, prima voglio sapere com'è stato!» dico sorridendo, ché un po' mi diverte la mia amica, la fidanzata perfetta che ha sbagliato e per contratto ora deve recitare la parte della vittima, ma che muore dalla voglia di raccontarmi i particolari e alla fine ride pure lei e poi si dà un contegno.

«Quanto sei scema... C'è poco da sapere, in realtà. Ci

siamo solo baciati. Non ce l'ho fatta ad andare oltre, anche se lui avrebbe voluto. Sono scappata via, sono corsa qua a casa. Ho la testa confusa...»

«Mamma mia, Marta, però. Per una volta che ne combini una, potevi combinarla grossa! Per un bacio, che sarà mai...»

«Un bacio è un bacio. Quando ho sentito le labbra, la lingua, quel sapore. Estraneo. Tutto diverso, capisci? Non era Gianfi. No, quello non era neanche un bacio. Era una cosa nuova, mi ha fatto senso, te lo dico. Mi sono lavata i denti otto volte, te lo giuro...»

«E che esagerata! Povero Richard...»

«Come lo sai che è lui?»

«Be', si capiva che ti eri presa una cotta...»

«Ma che dici? E da cosa si vedeva?»

«Marta, una non passa mica due ore in bagno a truccarsi e spulciarsi pure l'ultimo pelo invisibile tra le sopracciglia semplicemente per andare a fare lezione d'inglese!»

«Tu dici che io l'ho provocato, quindi? È stata colpa mia?»

«La colpa non è di nessuno! Le cose succedono, e basta. Che eri un po' in crisi con Gianfi si era capito: sono arrabbiata perché quando lui va al supermercato fa tutti acquisti singoli come se io non dovessi mai restare a cena, non lo sopporto perché l'altra sera al ristorante ha guardato la partita sul televisore alle mie spalle senza prestarmi attenzione, non lo tollero quando squilla il telefono e non si alza subito a rispondere, e nemmeno quando risponde, ché poi urla più forte di mia madre, io e Gianfi siamo in crisi di qua e di là, siamo in crisi di su e di giù...»

Marta trattiene un sorriso durante la sua imitazione che ormai, dopo tanti anni, so fare così bene da superare l'originale.

«Neve, ma quanto ti va di scherzare stasera... Io mi sento una merda. Non so che fare. Ho pensato di chiamare Gianfi, di dirgli tutta la verità. Ma poi ci ho ripensato, ché se lo sveglio a quest'ora gli faccio un dispetto, finisce per arrabbiarsi e manco sente quello che devo dirgli...»

«Senti, Marta, pensaci bene prima di chiamarlo. Capita

delle volte di inciampare, mi pare che ti sei rialzata subito, che te la sei data a gambe... Un motivo ci sarà, no? Forse ami ancora Gianfi, ma ti sei sentita trascurata, è stata una debolezza... Se quel bacio non ha significato niente, perché dargli troppa importanza? Certe volte si dimostra più rispetto per l'altro a tenersi per sé i propri errori. Non fargli del male gratuitamente. Sopporta i tuoi sensi di colpa e lascialo fuori da questa cosa. Vedrai che domani mattina ti sembrerà tutto molto meno grave...»

«È già mattina, Neve. Non sono riuscita nemmeno a mettermi il pigiama, figuriamoci a dormire. Ma tu, a proposito, dove sei stata? Non è da te tornare a quest'ora...»

Abbasso gli occhi, non ho il coraggio di raccontarle cosa ho combinato. Non adesso, almeno. Voglio prendermi tutto il tempo che mi serve per raccontarlo a me stessa, per arrabbiarmi, capirmi e consolarmi, da sola.

«Mi perdoni se te lo dico un'altra volta? Non ce la faccio a parlarne...»

«Ma stai bene?» mi chiede premurosa.

«Sì, sto bene. Ho solo bisogno di staccare la spina da tutto e da tutti. Voglio andare dai miei genitori. Voglio tornare a casa, al paesello...»

«Beata te, che un rifugio ce l'hai. Vorrei scappare anche io, ma se vado da mia madre e le racconto quello che è successo, capace che ci metta il carico da dodici. Della serie: ma da dove mi sei uscita? Ma dove ho sbagliato? Io, che ho fatto il Sessantotto, la lotta per la libertà sessuale delle donne, mi sono ritrovata una figlia suora o poco ci manca! Ma quante volte te l'ho detto, mai sposarti il primo? Devi provare, Marta, provare gli uomini per conoscere te stessa!»

«E vieni con me, allora. Sai la mia invece quanto è contenta di vederti... E poi così riesco a dirottare meglio le sue domande per la mia visita improvvisa. Le dico che ho portato te e le tue pene d'amore...» Guardo Marta e la supplico di dire di sì, sbatto le ciglia e sposto in avanti il labbro inferiore per fingere il mio solito broncio irresistibile.

«Va bene! Mi sembra perfetto! Al diavolo il lavoro per

una volta, sono mesi che non mi prendo un giorno di ferie! Andiamo... ma come? A quest'ora non credo ci siano pullman...»

«C'è la Malincomacchina!»

«Ma tu non hai mai guidato in autostrada...»

«Be', c'è sempre una prima volta, no?»

È più facile di quanto credessi spingere il piede sull'acceleratore e viaggiare costanti sui centoventi chilometri orari. I finestrini chiusi, la radio accesa, io che guardo avanti e Marta che guarda dietro. Abbiamo fatto tutto il viaggio così, una concentrata sulla strada da percorrere, l'altra su quella appena percorsa, legata dalla cintura di sicurezza ma appollaiata al contrario sul sedile. Perché per fare i sorpassi non mi bastavano gli specchietti, c'è voluta lei che mi diceva: «Vai, vai, vai, vai!» e poi: «Adesso no, no... mi raccomando, no!», pure se la macchina nella corsia di sinistra era lontana dieci chilometri.

Siamo partite in fretta, il tempo di una doccia. Abbiamo infilato un paio di cambi nelle nostre sacche da palestra, quelle che avevo comprato io online il giorno in cui si festeggiava il primo anno sul web di quel portale e le spese di spedizione erano gratuite. Le avevo prese perché non c'era nient'altro in vendita, ma volevo approfittare della promozione. E poi mi sembravano di buon auspicio, quando sarebbero arrivate avremmo trovato sicuramente il coraggio di iscriverci in palestra. Ma non si compra mai la carrozza prima del cavallo, avrebbe detto mio nonno. E infatti quando è arrivato il pacco tutti i miei buoni propositi erano svaniti da un pezzo. Non si butta via niente, però. Sono comode come borse da viaggio. Ci ho messo dentro tre vestitini comprati su internet, la taglia sbagliata di poco, per farli aggiustare da mia madre che si diverte a cucire.

Dopo l'uscita di San Vittore ci rilassiamo, anche se siamo solo a metà del viaggio e lasciata l'autostrada attraverseremo morbide montagne, costeggiando il fiume con le rive di sassi bianchi e l'acqua bassa, superando un paesino dopo l'altro, manciate di case arroccate e sparse nel paesaggio verde tutto intorno. Marta si volta, sospira, torna a guardare davanti soddisfatta. È stata brava anche lei, a guidare senza pedali.

«Insomma, c'è qualcun altro interessato... Neve, ti devi dare una mossa!» mi dice dopo che le racconto nel dettaglio la visita alla casa di Pietro, aggiungendo i particolari che avevo tralasciato quel pomeriggio al telefono, perché la storia di Viola e di Michele era il vero argomento della giornata.

«Sì, ma volevo prima parlarne con i miei...»

«I tuoi? Da quando in qua per uscire con un ragazzo devi chiedere il permesso?»

«Uscire con un ragazzo? Ma che c'entra... Io stavo parlando della casa!»

«Ma no! Io mi riferivo a Pietro!» dice Marta seria, come se dovessimo davvero elaborare un piano d'attacco per non farcelo sfuggire.

«Ma che stai dicendo? Ho detto che mi piace la casa, non che mi piace Pietro!» ribatto io divertita.

«Senti, Neve, con me non attacca... Non avresti mai notato gli spazzolini in bagno, se non avessi fatto un pensierino pure su di lui...»

«E vabbè, un pensierino... uno sì...» sono costretta ad ammettere, con le guance che si scaldano un po'. Marta ride, dice che è un buon segno. La botta che ho preso con Omar ha fatto male, ma non ha creato danni permanenti. Il dolore sta scomparendo, sbiadiscono anche i lividi sulla pelle. È chiaro che trent'anni sono pochi per pensare di non innamorarsi più. Ma non sarà facile. Anzi. Trovarne uno decente, single e pure eterosessuale superati i trenta potrebbe rivelarsi molto più complicato che trovare casa. Pietro, infatti, se lo sono già preso. Ma non mi scoraggio, dopotutto sono solo all'inizio.

Come due camionisti stanchi, Marta e io ci fermiamo al primo bar sulla strada, ordiniamo cappuccino e cornetto e facciamo la pipì. Quando Marta è in bagno chiamo mia madre. Non è più tanto presto da spaventarla, così le annuncio il nostro arrivo perché le sorprese non le so fare, mi mettono ansia, voglio che sappia che sono esattamente a metà del viaggio.

«In macchina? Finalmente! Non lo diciamo a tuo padre però...» mi raccomanda contenta e preoccupata.

«Ma sì che glielo diciamo. Ho appena rinnovato la patente, era ora che superassi questa paura, no?» scherzo, e intanto incrocio le dita, la destinazione è ancora lontana. Le accenno che Marta è disperata, ha avuto una grande delusione d'amore e ha bisogno di tutto tranne che di pensarci. La sto portando a casa nostra perché si riprenda senza nessuna pressione, così la prego di non farci tante domande. La convinco con poco, è così felice di rivedermi che mi saluta in fretta, dice che si mette subito a fare la pasta, quella buona, fresca, con le sue mani. Ora mi resta soltanto da inventare una scusa per il lavoro, ma c'è tempo. L'agenzia aprirà quando saremo già arrivate. Mi dispiace solamente perché mi perdo il ritorno di Gaia, proprio oggi.

Devo fare attenzione solo al bivio subito dopo questa galleria, poi continuare a percorrere la statale fino all'uscita per il mio paesello, sperare di non incontrare un contadino con l'Ape e salire su per la collina, seguendo dolci curve disegnate tra campi di grano, vigne lontane e terreni recintati, con ulivi nodosi e fitti. È una girandola d'asfalto fino all'entrata, che si allarga sulla piazza principale a valle, quella dello struscio, e poi si stringe in una strada a senso alternato per arrampicarsi tra le case di pietra e finire nel viale lastricato davanti alla cattedrale. Si arriva talmente in alto che a guardarlo dal finestrino sembra che il cielo si avvicini, e quando poi parcheggiamo e scendiamo dalla macchina abbiamo la sensazione di avere lasciato tutto il resto – Omar, Gianfi, Richard, Viola, la stragista, i clienti, gli agenti immobiliari, Roma e il mondo intero – di sotto. Sembra di vederli tutti insieme, un gruppetto in lontananza, quando ci affacciamo al muretto del belvedere, mentre l'aria fresca e pulita ci lava la faccia. Ci sentiamo già al sicuro anche se non siamo ancora arrivate a casa, l'ultima che domina tutta la valle. Con le borse a tracolla e sospirando di sollievo, ci infiliamo in un vicolo tra le vecchie mura, una scorciatoia utile in questo labirinto di gradini di marmo, un intreccio apparentemente senza logica di scale e traverse. Sono fiera di me, ho superato la paura di guidare fino a qui. Ho saputo correre con prudenza, affrontare il traffico con decisione. E sono tornata a casa, la mia. Con le mie gambe, le mie braccia, la mia migliore amica e la mia macchina. Mi sembra di sentirlo, mentre svolto un angolo buio e mi trovo davanti alla piazzetta con la fontanella e il pergolato, quell'abbraccio di cui parlavo a Pietro, quello che volevo fare a me stessa, per dirmi da sola che posso stare tranquilla, perché ci ho pensato io a proteggermi. Marta mi segue, un passo indietro, ché qui ci è venuta mille volte ma la strada non se la ricorda mai. In effetti non è facile orientarsi, ci vogliono anni e anni di corse, esplorazioni e nascondini per sapere come muoversi tra le case abbandonate e quelle poche ancora abitate quassù, i portoni di legno consumati con le maniglie di ferro battuto e quelli nuovi con le vetrate ruvide, i fiori appassiti e quelli freschi.

Mia madre è già sul balcone a salutarci con la mano, e urla a mio padre di aprirci, al piano di sotto. E lui, che è l'uomo più lento del mondo, specialmente se deve alzarsi dalla poltrona e andare fino alla porta, ci mette i suoi buoni tre minuti, che sono una specie di record personale se si considera che i passi in totale possono essere otto, al massimo nove se hai le gambe corte, ma lui non ce le ha, è un uomo alto, robusto, con due spalle così. Da piccola sognavo spesso di scappare da qualcuno che mi voleva rapire, arrivavo fino alla porta di casa, la trovavo chiusa, mi attaccavo al campanello e dicevo tra me e me: "È finita!", perché sapevo che mio padre ci avrebbe messo un'infinità di tempo ad aprirmi. Quando, da grande, ho cercato su Google il significato nascosto del sogno, mi sono rassicurata. Pare che ci sia chi, quando viene inseguito nella dimensione onirica, si blocca, si sente paralizzato, non riesce a muovere le gambe, a fare un solo passo. Io, invece, ho sempre corso, pure a cinque anni. Perché ho sempre pensato di dovermela cavare da sola. I miei genitori mi hanno cresciuta con l'idea di rendermi presto autonoma, indipendente, libera. E io mi sono sentita investita di responsabilità. Solo che da soli non si può fare tutto, e allora la mia paura più grande è sempre stata quella di non avere qualcuno accanto, qualcuno pronto a tirarmi su se cado. Ad aprirmi la porta, appunto, per non sbatterci contro.

I miei non hanno nessuna colpa, mi hanno semplicemente amata del loro amore. Ma si salvi chi può dai propri genitori, ché tutti con le migliori intenzioni ci condizionano la vita in un modo o nell'altro. Io comincio a farci i conti ora, mi sembra di dover mettere in relazione le mie paure infantili al trauma d'abbandono di Omar, alla dipendenza affettiva che il nostro rapporto mi aveva scatenato.

Un triangolo di luce si disegna sulle mie scarpe rosse quando mio padre apre la porta. Sorride con le labbra e con gli occhi, sotto i baffi bianchi e gli occhiali grandi da miope. E io mi tuffo nel suo maglione azzurro per un abbraccio profumato del dopobarba di sempre. Mia madre scende e saluta Marta, si baciano sulle guance. Quanto si piacciono, loro due. È stato amore a prima vista, si sono riconosciute, per entrambe rappresentano l'altra. L'altra figlia, quella che non è mai arrivata; l'altra madre, quella che ogni tanto Marta avrebbe desiderato, ciambelloni fatti in casa invece di merendine confezionate, le presenze più che le assenze. Certo, lei non lo sa quanto sia difficile stare a dieta con una mamma così o tenersi un segreto, uno qualsiasi.

«Poi mi racconti tutto, ok? Avete una faccia, ma tu stai peggio!» mi dice mia madre, mentre Marta sale nella stanza che è già stata preparata per lei, accanto alla mia, e io resto ancora un po' a farmi accarezzare i capelli da papà, che mi rimprovera l'azzardo del viaggio in macchina, ma sotto sotto è contento della mia iniziativa. Di sicuro non sarei mai arrivata così presto stamattina, se avessi preso il pullman che ci mette quattro ore. E soprattutto mi sarei persa il pranzo, questa tavola di legno piena di farina e cavatelli, appena usciti dalle abili mani di mia madre, uno dopo l'altro, tutti in fila, più o meno della stessa misura, la forma allungata e l'incavatura marcata al centro. Quando ero piccola, quella spettava a me. Lei impastava con forza e tagliava i minuscoli tubicini di pasta fresca, poi io con il dito indice li schiacciavo un poco al centro e li facevo rotolare piano, per dare forma a quell'incavo in cui sarebbe finito il ragù che intanto si cuoceva nella pentola di coccio arancione. Pensavo di essere bravissima. Ma a farli da sola, a Roma, non ci sono mai riuscita. Ho sempre finito con impiastricciare il tavolo di pasta umida e appiccicosa, da lavare via con la spugna.

A tavola mio padre mi chiede di descrivergli meglio l'appartamento di Pietro, cerco le parole adatte, gli assicuro che è delizioso ma gli dico pure che non è mica facile accontentarsi se si è vissuti in un posto bello come questo. Aggiungo che costa un po' di più di quello che avevamo preventivato, ma ne vale la pena, non ci sono nemmeno le commissioni d'agenzia. Vorrei che la vedessero presto, magari la prossima settimana.

«Non puoi mettere le foto su Facebook e taggarmi? Possiamo vederla senza venire a Roma, no?» chiede mio padre.

«Be', sì, ma non è la stessa cosa...» dico un po' delusa e preoccupata, il suo mi sembra disinteresse, temo che non capisca quanto sia carina da una foto su internet, ché le persone vengono sempre meglio sulle immagini che caricano, ma un rettangolo di pixel luminosi non rende giustizia ai luoghi. E poi mio padre che mi chiede di taggarlo mi pare una cosa fuori dal mondo, manco avessi un figlio adolescente che non comprendo.

«Neve, ci fidiamo di te. Se ti piace, non te la far scappare...» conclude lui, facendomi una carezza, e mia madre aggiunge puntuale e ironica: «Vorrà dire che la smetterai di comprare tutte quelle stupidaggini su internet convinta di risparmiare, pure i vestiti che poi te li devo rifare daccapo, e ti metterai i soldi da parte sul serio!». Marta ride e commenta: «Vabbè, tanto non ti servirà più niente. Praticamente l'hai già arredata...» e racconta dei cuscini in lattice, antiacari, anatomici e ortocervicali di altissima qualità, perfetti per chi soffre di insonnia, dolori articolari e allergie varie, che ho comprato qualche giorno fa, anche se la cervicale non ce l'ho, ma è sempre meglio prevenire che curare, e poi erano scontati all'ottanta per cento sul mio sito preferito. Quindi prende fiato per un'altra forchettata di cavatelli e fa i complimenti a mia madre. Lei la ringrazia tutta contenta, mentre tira fuori dal forno le costolette d'abbacchio, che Marta non aveva calcolato.

«Ho fatto queste, che sono leggere...» dice, mentre ci riempie i piatti.

«Ma sono panate e fritte!» obietto io, con l'acquolina in bocca.

«Sì, ma c'è poca carne intorno. Tutta scena. Che vuoi che facciano quattro costolette tutte ossa?» e quando lo dice è seria, ché lei ci crede davvero che non facciano ingrassare poi così tanto. Fatto sta che né io né Marta possiamo rifiutare. E più ingeriamo calorie più ci vengono in mente Viola e il matrimonio saltato. Raccontiamo gli ultimi avvenimenti ai miei, sorvolando sull'entrata in scena di Omar senza bisogno di metterci d'accordo. Papà non l'ha mai sopportato e quando ci siamo lasciati ha stappato una bottiglia di spumante e mia madre, che mi ascoltava piangere al telefono e mi consolava, di nascosto, ci scommetto, ringraziava il nonno per aver esaudito le sue preghiere. E pensare che ogni volta in cui lo avevano incontrato Omar era stato amabile, educato. Un ruffiano doc. Non li aveva conquistati però, perché io non ero felice. Mi consumavo dalla gelosia che lui provocava e litigavamo spesso, poi io gli chiedevo scusa, convinta di aver esagerato.

«È lui che ti rende gelosa, Neve. Ti tormenta, ti mette continuamente alla prova. Non ti fidi perché lui non se lo merita e tu dentro di te lo sai...» mi diceva mia madre quando mi prendevo la colpa per l'ennesima discussione. A lei è sempre bastato il tono della mia voce per capire il mio stato d'animo, ascoltare anche le parole che non dicevo.

«Brutto, povero e ignorante, ma basta che ti voglia bene, Neve. E che ti rispetti» mi ripeteva tanto per fare eco a mio padre che mi ha sempre detto: «I tuoi amici sono anche i nostri», ma di Omar diffidava, lo vedevo pure senza occhiali, al massimo della miopia.

«Oddio! Non ho chiamato l'agenzia!» esclamo nel bel mezzo delle loro chiacchiere. Mi alzo di scatto dalla sedia e con le dita unte d'abbacchio cerco il cellulare. Mannaggia a me. Speriamo che la stragista non si sia arrabbiata troppo... anzi, che non si sia arrabbiato il mio capo.

«Neve! Mi ero preoccupata... Ho provato a chiamarti un sacco di volte, ma il tuo telefonino risulta sempre spento!» mi dice Gaia. È il suo primo giorno dopo la maternità, e per fortuna ha risposto al telefono prima dell'altra.

«No, è che a casa dei miei non c'è campo. A meno che non vada in bagno, ma per parlare come sto facendo ora devo appoggiarmi alla lavatrice, una scomodità che non ti dico. Sono venuta qui stamattina, all'alba...»

«Che cosa è successo? Stanno male i tuoi?» mi domanda preoccupata.

«No, no... loro stanno bene, sono io che ho avuto un imprevisto. Ma niente di grave. Torno tra un paio di giorni. Lo dici tu al boss e io intanto gli scrivo una mail per avvisarlo? Ma senti un po', che ha detto la stagista?» mi informo agitata.

«Ma che ti importa di Nicole? È la figlia del capo, non è mica il capo!»

«Che cosa?! Gaia, stai scherzando?» le chiedo con un filo di voce.

«Dài, non mi dire che in tutti questi mesi non l'hai capito da sola...»

La figlia del capo, cazzo, no che non l'avevo capito da sola. Resto immobile vicino al water, ma ci vorrei cadere dentro tirando lo sciacquone.

«Ma perché non me l'hai detto? Io e te siamo amiche!»

«Oddio, scusami, Neve. Pensavo ci saresti arrivata da sola dopo due giorni... Io non te l'ho detto perché il boss me lo aveva fatto promettere, voleva che tu ti comportassi come sempre, che la trattassi da stagista insomma, che non le riservassi un trattamento diverso vista la parentela... E io, sai, volevo essere di parola. Mi sembrava già un miracolo che, con la crisi che c'è, m'avesse rinnovato il contratto nonostante la maternità...»

«E come avrei potuto?! Sono così diversi quei due! Lei è bassa e lui è alto... lei è mora e lui è biondo... Oddio, a pensarci meglio se ho cominciato a percepire lei come il mio capo, se l'ho temuta in questi mesi più di suo padre, qualcosa che li accomuna ce l'hanno di sicuro, non di certo una caratteristica fisica, ma una specie di fattore x...»

«Per forza, visto che lei è stata adottata. Da lui non avrà ereditato il colore degli occhi, ma di sicuro ha appreso tutti i suoi comportamenti...» riflette Gaia. «Mi sa che è una tipa tosta... Pensa che questo stage doveva essere una specie di punizione...»

«Una punizione? Ma io che ho fatto di male?»

«Ma che c'entri tu, Neve!» ride Gaia, mentre io tremo.

«È ovvio, no? Il capo mi ha messo alla prova per vedere se riuscivo a resistere anche a quella vipera della figlia, per misurare la mia tempra...» cerco di spiegarmi, ma le risate di Gaia aumentano coprendo la mia voce.

«Ma no! Nell'ultimo anno Nicole non aveva dato più esami alla facoltà d'Ingegneria, voleva mollare tutto per lavorare con il padre e allora lui le ha detto che essere sua figlia non implicava un'assunzione immediata, quindi l'ha messa a fare lo stage. Sì, certo, "punizione" non è il termine esatto, ma l'ha comunque messa alla prova... Lei, non te!»

«Oddio. E ora che succederà?»

«E che ne so, bisognerebbe chiederlo a lei. Oggi non c'è, credo sia andata proprio all'università... Il capo era di buonumore, manco si è accorto che tu non eri ancora arrivata...»

«Meglio così, perché io intendevo dire che cosa *mi* succederà. Quella avrà raccontato al padre che arrivavo tardi e che passavo la metà del tempo sui siti di vendite online o a cercare casa, santo cielo...»

Gaia scoppia in un'altra risata e meno male che almeno lei si diverte, mentre io me la faccio sotto. Proprio ora che ero riuscita a trovare la casa, perderò il lavoro. Accidenti. Non mi resterà che un ponte. Per fortuna che a Roma ce ne sono tanti.

«Ma figurati! Se proprio lo vuoi sapere, lui ti ha voluto tutelare. Lo sa bene che quella ragazzina è una piccola iena, ribelle, viziata, capricciosa, non voleva concederle le libertà che si sarebbe presa se la sua condizione di "figlia di" fosse stata ufficializzata. E ha vietato anche a lei di rivelarti la propria identità. Voleva proteggerti dalle sue eventuali pretese e angherie!»

«Andiamo bene... Piccoli mostri crescono. Ma tu stai attenta, non parlare così liberamente, quella vede e sente tutto, io sospetto addirittura che abbia messo una telecamera in ufficio e che legga le mie conversazioni su Skype quando me ne vado...»

«Guarda che queste cose sei capace di farle solo tu, specialmente con il tuo ex! A proposito, poi mi devi raccontare tutto. Scusami per l'altro giorno... Ma stare al telefono è diventata un'impresa impossibile da quando c'è Tommi...»

«Ma che, scherzi? Immagino... E immagino che ti mancherà oggi, mi dispiace tanto non esserci il tuo primo giorno...»

«La vuoi la verità? Non vedevo l'ora di tornare a lavorare! Di avere qualche ora tutta per me, stavo cominciando a sentirmi una mucca... Però adesso già mi manca!»

Quando torno in cucina mio padre è già alla sua postazione internet: più ligio al dovere di un operatore di call center sottopagato, più concentrato di uno studente alle prese con la tesi, più entusiasta di un ragazzino davanti a un nuovo videogioco, pianta pomodori su Farmville. Mia madre e Marta hanno sparecchiato il tavolo, sono sedute una di fronte all'altra e parlano a bassa voce come se si stessero confidando un segreto. La mamma versa il caffè nelle tazzine e Marta si asciuga le lacrime.

«Le ho raccontato tutto. Tua mamma è proprio saggia...

Ora mi sento meglio!» mi dice Marta tirando su con il naso. E meno male che dovevamo stare zitte, riposarci, rilassarci, non pensare. Meno male che dovevamo prenderci la giornata tutta per noi, per dormire, per leggere, per passeggiare lungo il fiume. Adesso ci sarà tempo solo per l'interrogatorio.

«Allora, a te che cosa è successo?» domanda mia madre guardandomi dritta negli occhi, cerca la risposta nell'iride, nella pupilla, nelle occhiaie intorno, prima che io mi decida a raccontarle come mi sento. Per Marta parlarle è più semplice. Tra di noi invece c'è un pudore che mi blocca la gola e ingoio le parole utili, scelgo solo quelle lievi per dirle del lavoro e della stragista.

«Ora mi spiego tante cose!» commenta Marta e mia madre aspetta, perché sa che non sono ancora pronta per un racconto sincero.

«Ti va di andare a trovare Mariuccia? Le farà piacere vederti... e conoscere Marta!»

Con la donna che ha evitato cordialmente per vent'anni, mia madre prende il tè ogni pomeriggio. Le vedo insieme per la prima volta, eppure questa mi pare un'immagine familiare. Sembra che lei e Mariuccia siano sempre state amiche. Sedute al tavolo rotondo nel salotto ordinato, ognuna con la sua tazza fumante tra le mani in cui galleggia uno spicchio di limone, oggi parlano di ieri, si raccontano gli stessi giorni, anche se a una sembrano così diversi da quelli dell'altra. Piano piano si stanno rendendo conto d'aver vissuto per anni nello stesso posto, al sicuro, nel cuore di mio nonno. Due donne comprese in un'unica dimensione, la sua, quella dell'uomo che le ha amate entrambe.

Quando mi ha visto, Mariuccia mi è corsa incontro per abbracciarmi e poi ha subito indovinato che la ragazza accanto a me doveva essere Marta.

«Neve mi ha parlato così tanto di te che è come se ti conoscessi già...»

E così baci, sorrisi, biscotti, chiacchiere come solo tra donne si sa fare, e le età tanto distanti diventano una risorsa in più per la complicità.

Marta si è guardata intorno emozionata per tutto il tempo del tè. La casa di Mariuccia è piena di oggetti vintage, una meraviglia per lei, designer alla continua ricerca d'ispirazione. Mariuccia rideva, non si era mai accorta di possedere cose tanto belle e alla fine, quando Marta l'ha salutata ed è uscita con mia madre, Mariuccia l'ha richiamata per regalarle una bilancia da cucina anni Cinquanta che non funziona più da un pezzo, una radio impolverata e una lampada rotta che la mia amica aveva puntato per l'intero pomeriggio.

«Grazie, Mariuccia, davvero. Torneranno a vivere, te lo prometto... Devo solo studiarle un po', fare dei progetti, qualche modifica, magari un giorno le riprodurranno in serie! Che regalo fantastico mi hai fatto!» le ha detto stringendola forte e poi se n'è andata. Io, invece, sono rimasta.

Ho bisogno di parlare con qualcuno e so che posso farlo con Mariuccia, che tante volte avrà ascoltato mio nonno raccontarle di me proprio qui, in questo salotto. Anche se le sue pantofole non ci sono più sotto al divano, lo immagino accanto a questa donna minuta, con il rossetto rosa sulle labbra secche e i capelli bianchi raccolti in una coda. Mia madre non c'è e non c'è più traccia di quel pudore che mi frenava. Le racconto tutto. La notte di sesso con Omar, una specie di combattimento corpo a corpo, la pillola ingoiata con le lacrime e l'amarezza, che è andata giù con un sorso d'acqua ed è sparita dentro di me come il futuro con Omar che non ci sarà mai più. Le racconto anche della casa, di cui le avevo già accennato, ma ora ci metto pure una bella descrizione di Pietro, che mi ha fatto sorridere come una donna, lusingata dopo tanto tempo... E più parlo e più mi rendo conto che il problema sono io. Non mi sono mai sentita voluta, desiderata, attesa, conquistata da Omar. E invece di scappare sono rimasta, convinta di non valere le sue attenzioni. Mariuccia mi ascolta attenta, mi riempie di nuovo la tazza di tè e poi sorride, dolcissima.

«Neve, secondo me tu stai molto meglio di quanto pensi. A te Omar sotto sotto non è mai piaciuto... tanto che lo volevi cambiare! L'avevi presa come una sfida, la più banale ma la più pericolosa di tutte... Si perde sempre, fidati. Si perde già in partenza. Se uno nasce tondo, non muore quadrato. Ma rassegnarsi è difficile, per una tenace, anzi testarda, come te. E così tu hai insistito, anche perché non hai mai sopportato di stare da sola, a Roma hai cercato di ricrearti una famiglia, dei punti di riferimento: Marta, Gianfi e lui... ma lui non è quello giusto, tutto qui. L'hai sentito l'altra sera, quando sei caduta tra le sue braccia, quanto è più bello sentirsi libera! Neve, ora sei pronta per trovare un amore che ti scaldi, senza scottarti. Un uomo da cui tornare e non uno da inseguire...»

Mariuccia sa tante cose di me senza che io gliele abbia mai dette, deve avere ascoltato molto attentamente mio nonno per conoscermi così bene solo dai suoi racconti.

«Quante case hai visto prima di sceglierne una, prima di investire tutto ciò che hai in quella che ti piace di più? Non cambia molto con gli uomini, sai. Adesso hai capito che non puoi dare tutto il tuo amore a uno che non lo vale... E lo hai capito quando hai trovato la tua casa, il tuo rifugio, il tuo centro. Neve, vai a vivere con te stessa, sei pronta, lo eri anche prima, solo che non lo sapevi, ora invece ne sei consapevole...»

Mangio i biscotti che sono rimasti nel piattino, in gola non ci sono più le parole che non riuscivo a dire, ma pasta di mandorle e miele che scivolano giù a farmi sentire meglio. «Quando troverai quella giusta, la riconoscerai. La casa è come l'anima gemella...» mi aveva detto mia mamma qualche mese fa. Omar non ha mai riconosciuto me e io non ho mai davvero conosciuto lui. Ringrazio Mariuccia per avermi ascoltato tanto. Quando le dici, le cose prendono forma, cominciano a esistere anche per gli altri, non solo per te, e certe volte paiono molto più piccole. Omar, per esempio, in questo momento mi sembra piccolo, piccolissimo. Un uomo da poco. Sì, un grande amore non è della sua misura.

Ho dormito un sonno di bambina, tra le mura grandi di questa casa e le lenzuola profumate alla lavanda. L'Albero della Neve, il nostro ciliegio, non è ancora scoppiato di bianco. Voglio tornare qui quando le bambine si rincorreranno su un tappeto di petali caduti. Le guarderò giocare dalla finestra del piano di sopra, i loro passi parranno soffici e il suono delle risate si sentirà in lontananza. Sembrerà un paesaggio d'inverno, ma sarà primavera.

I miei genitori sono usciti per andare a fare la spesa e Marta è giù che mi aspetta, la colazione in pasticceria è d'obbligo la prima mattina al paesello. Le paste sono grandi almeno il doppio di quelle che si trovano a Roma, e poi sono fresche, delicate, soffici. Per averle, però, bisogna portare pazienza perché qui nessuno ha fretta e le cose si fanno con calma, piano piano. Si dice che più si scende al Sud e più il ritmo rallenta, e noi siamo già sulla buona strada. Marta freme un po', quando in macchina dobbiamo fermarci a un incrocio perché quello davanti a noi frena e poi addirittura spegne la macchina per salutare meglio un parente sopraggiunto dall'altro lato e ora tutti e due parlano, con il finestrino abbassato, del più e del meno, per qualche minuto, prima di ripartire e sciogliere il nodo di macchine che si era creato con buona pace dei vigili urbani. Io sorrido, le dico di stare calma, questo viaggio dovrebbe essere una terapia d'urto per i nostri nervi tesi. Al primo morso di bignè alla crema, con tracce di zucchero a velo sparse tra le guance e il naso, è già più contenta e rilassata. Ce ne andiamo al mare, sulla spiaggia di San Salvo, distante pochi chilometri, fa ancora freddo ma la giornata è bella. Il mare è mosso, si increspa a riva, lo scroscio delle onde riempie le orecchie. Ci togliamo le ballerine e le mettiamo nelle borse, camminiamo per un lungo tratto con i piedi che affondano nella sabbia, pare faccia bene alla ritenzione idrica, certo è una cura per l'inquietudine. Ci fermiamo a leggere sedute sul vecchio telo che ho portato da casa, non parliamo molto, solo con i veri amici si sta bene in silenzio. Io mi distraggo a guardare il mare, Marta si stende, si mette in posizione fetale e dopo un po' si addormenta. Prima ha detto che lei Gianfi lo ama davvero, che lo amerà per sempre, che non si immagina con nessun altro accanto per il resto dei suoi giorni, e non è mancanza di fantasia, è proprio un desiderio reale, e che forse lo ha incontrato troppo presto – è vero, era così giovane –, però questo non è un buon motivo per perderlo. E ha anche deciso di rischiare, gli dirà la verità. Io insisto con il consiglio di tacere, ma lei già dorme. E io, invece. Io sto qui a perdere tempo. Perdo il tempo degli altri e me lo prendo tutto per me. Perdo il tempo del lavoro a cui non sono andata, perdo il tempo di Omar che starà aspettando una risposta al "Come stai?" via sms mandato poche ore fa ma forse nemmeno ci pensa più, e adesso che ci penso perdo anche il tempo di Pietro. Avrei dovuto dargli una risposta ieri per la casa e invece me ne sono dimenticata, la giornata è volata a fare i dolci con mia madre, a guardare vecchie fotografie e ridere di improbabili pettinature e cappotti, a sfogliare i libri di quando ero bambina, gialli e rosa letti fino a notte fonda, quando ero alta poco più di un metro e accoccolata sulla poltrona del nonno ci stavo grande, una specie di navicella spaziale tutta mia, che insieme al romanzo mi trasportava in nuovi mondi. Devo chiamarlo subito, confermargli la mia offerta per il suo appartamento. Ma non trovo il cellulare. Che palle questa borsa gigante, la rovescio sul telo in mezzo alle gambe. Assorbenti, un mazzo di chiavi, lucidalabbra, fazzoletti, crema per le mani, un pacchetto di gomme, la bottiglietta d'acqua, un mucchio di scontrini accartocciati. Il cellulare non c'è. Devo averlo lasciato da qualche parte, o perso. Non credo sia un caso. Quando Omar mi aveva lasciato, ho pensato che vivesse lì, dentro a quel rettangolino di plastica. L'ho immaginato dietro allo schermo, schiacciato sotto i numeri. Perché, se mai avesse voluto tornare da me, prima di tutto avrebbe fatto una telefonata dall'altra parte del mondo. Immaginavo che insieme alla sua voce, tra i tasti premuti contro la guancia, sarebbero uscite anche le carezze. Io stessa ho avuto l'impressione di bussare alla sua porta ogni volta che sentivo il segnale libero. Non mi ha mai risposto, tocchi a vuoto come se fosse sprofondato in un sonno profondo. Avevo pregato che rispondesse, anche solo per sentire ancora la sua voce, il primo ricordo che sfugge alla memoria, che se ne stava andando già, scivolava via con il tempo, acciaccata dal silenzio e da altri rumori. Le immagini mentali di noi si sono fatte presto mute, e anche se mi concentravo per trattenere la sua voce, sentivo solo il suono del vento freddo, come ora quello del mare. Ho perso il telefonino, proprio oggi, proprio qui. L'ho perso per lasciarlo io, Omar, questa volta. È stata una perdita indolore, quella che avrei desiderato anche mesi fa, impossibile dato l'amore. L'ho lasciato io adesso e non ho nemmeno i sensi di colpa. L'ho abbandonato in quella scatoletta insieme ai suoi messaggi accumulati negli anni, ho abbandonato anche l'ultima voglia di sentirlo ancora. Non me lo porterò più dietro, nella borsetta, in macchina, sul tavolo in cucina e qualche volta sotto al cuscino. Non c'è più spazio per Omar, per questo ridicolo dolore.

«Buongiorno!»

Marta si tira su, poi si stiracchia, guarda la mia borsa floscia, le cose vomitate a terra.

«È scoppiata una bomba?» mi chiede, e io le spiego che ho perso il cellulare, ma che non è un problema, anzi. È un chiaro segnale del mio bisogno di staccare la spina e del fatto che ci sto riuscendo.

«Avrai perso tutti i numeri però...»

«Già... Pure quello di Pietro, cavolo.»

«Aspetta, torniamo in macchina. Provo a chiamarti, magari squilla, magari ti è caduto tra i sedili o qualcuno che l'ha raccolto risponde...»

Così metto nella borsa tutti i miei gingilli e ci casca pure qualche granello di sabbia. Ci alziamo, pieghiamo il telo, ci infiliamo le scarpe davanti ai gradini per tornare sulla strada. Marta accende il cellulare e mi chiama a lungo. Non sentiamo nessuno squillo, a parte il segnale dei suoi messaggi in arrivo a raffica dopo più di ventiquattro ore che ha tenuto il telefonino spento.

«Sarà Gianfi!» diciamo insieme, e in effetti i suoi trentasette messaggi in arrivo – che le impallano il cellulare – sono quasi tutti del superfidanzato che l'ha cercata, l'ha chiamata, le ha scritto, ma lei non li vuole leggere. Gli altri sono di Richard, cuore infranto, ma Marta non vuole leggere nemmeno quelli e il cellulare lo spegne un'altra volta, così ci guardiamo e ci viene da ridere come due ragazzine che l'hanno combinata grossa, che hanno marinato la scuola. Ora sì che questa è diventata una fuga. Basta un telefono spento per sentirsi davvero irraggiungibili. E capisco il significato della frase più irritante del secolo: "L'utente da lei chiamato non è al momento raggiungibile". Con i cellulari ko nessuno può veramente raggiungerti, arrivare fin qui. Questa solitudine è esaltante perché profuma di libertà, di catene spezzate. Festeggiamo al ristorante dello stabilimento accanto, annaffiando l'insalata di mare e gli spaghetti con le vongole con un'ottima bottiglia di vino bianco. E poi riprendiamo la macchina, saliamo fino al centro storico di Vasto, per una passeggiata tra i vicoli pieni di boutique e piccoli bar, che girano intorno al castello e si aprono lungo il belvedere, a strapiombo sul mare. Aspettiamo il tramonto per tornare verso casa, con i finestrini abbassati anche se più saliamo in collina e più fa freddo, a cantare un repertorio trash che ci fa ridere. Quando superiamo l'ultima curva e il paesello si vede in lontananza, smettiamo di cantare di colpo, gli occhi sgranati. Mute, non crediamo ai nostri occhi.

«Finalmente qualcuno che mi dà soddisfazione!» dice mia madre mentre riempie per la seconda volta i piatti ai due ospiti. In un misto di imbarazzo e gratitudine, Pietro e Gianfi aprono bocca per alternare bocconi succulenti a grandi complimenti alla cuoca. Evidentemente mi sbagliavo. Nessuno è mai veramente irraggiungibile, quando qualcun altro ha la seria intenzione di rintracciarlo.

Se Marta non avesse urlato e io non avessi inchiodato subito con la Malincomacchina di ritorno dal mare dopo averli riconosciuti, non si sarebbero nemmeno accorti di noi, tanto erano presi a indovinare perché il motore avesse smesso di girare. Gianfilippo e Pietro, che non si erano mai visti prima d'oggi, erano arrivati insieme fin lì, ai piedi del paesello, con l'auto ferma sul ciglio della strada, il cofano aperto, le maniche arrotolate e le dita sporche di polvere e grasso.

Quando ho telefonato per avvisare che erano venuti a trovarci degli amici da Roma, bloccati ai piedi della collina con la macchina in panne, mio padre mi ha detto di portarli a casa, al meccanico ci avrebbe pensato lui, ma domani, ché ormai era ora di cena e mia madre aveva già preso la pentola più grande per la pasta. E così Gianfi e Pietro, a tavola, ci hanno raccontato, tra rossori alternati sulle loro facce e lo stupore sulle nostre, come e perché sono venuti a cercarci. Gianfi non ha avuto bisogno di dilungarsi troppo nelle spiegazioni, aveva già parlato con Marta. Quando lei è scesa dalla macchina, lui le ha preso il viso con le mani nere di grasso del motore e le ha detto che non doveva più farlo, di andarsene via, di sparire, di lasciarlo così senza una parola, che alle pause di riflessione non ci crede, che era venuto a riprendersela perché è sempre meglio riflettere insieme che da soli, altrimenti ci si accartoccia nei propri pensieri e ci si butta via come un fazzoletto usato. Ma loro due no. Non potevano mollarsi così, dopo tutto questo tempo, dopo tutta la strada percorsa insieme, che saranno mai stati trecentocinquanta chilometri in più? Certo, la macchina era vecchia, si era rotta sulla statale, era un miracolo che fossero arrivati fin qui, ma ora bastava aggiustarla, sarebbe tornata come nuova, e poi non si capiva più se parlava del motore in panne o della loro storia. Marta era felice, lo ascoltava commossa. Si era dimenticata che a due passi c'eravamo pure noi. Io, sorpresa di vedere Pietro con i campi e il paesello alto come sfondo, e lui che sentiva la necessità di giustificarsi, ci teneva a non essere frainteso, ma aveva urgente bisogno di parlarmi della casa, solo che quei due che si chiarivano e si abbracciavano erano uno spettacolo bellissimo e noi non riuscivamo a parlare, così siamo rimasti zitti a guardarli, fare il tifo e battere le mani sul bacio alla fine. Poi Pietro mi ha spiegato per bene, a cena davanti ai miei.

Mi aveva chiamata a lungo, inutilmente, il giorno prima. Il mio telefono risultava sempre spento e poi è finito chissà dove. I proprietari del suo appartamento avevano trovato un ottimo acquirente e stavano per firmare un accordo di opzione, ma lui ci teneva ad avvisarmi perché aveva capito quanto fosse stata vana e frustrante la mia ricerca, aveva capito che trovare un appartamento tutto mio era più un'esigenza intima che pratica, e anche quanto mi piacesse la sua casa. Pietro voleva aiutarmi, glielo leggevo negli occhi gentili. Voleva aprirmi quella porta sempre chiusa nei miei sogni. E allora aveva detto ai proprietari di aspettare. Ma quelli non volevano rischiare di perdere sia l'uno che l'altro compratore, gli avevano messo fretta e lui, per convincerli, aveva mentito dicendo che stava per sposarsi e che la casa l'avrebbe voluta acquistare la sua fidanzata, quindi avrebbero dovuto concedergli un diritto di prelazione in virtù dei tanti anni d'affitto versati. Aveva ottenuto un'altra settimana di tempo.

«Aspetto solo che tu mi dica di sì...» mi dice Pietro fissandomi negli occhi, io deglutisco e guardo i miei. Poi mio padre rompe il silenzio.

«Ma mica è una proposta di matrimonio, no?» domanda tra il panico e il riso isterico, che come è noto a casa mia è contagioso, spezza la tensione, accende i visi e stringe le pance. Pietro si scusa per la piccola bugia raccontata ai proprietari, aumentando irrimediabilmente l'effetto comico. Poi per fortuna ci diamo presto un contegno.

«Ma certo che ti dico di sì. La tua casa è bellissima, io l'ho riconosciuta subito, è quella giusta, è la mia anima gemella.»

Guardo mia madre che annuisce contenta e mio padre che ha l'aria divertita. Sembra proprio uno dei miei sogni confusi. Quando mischio i piani della realtà e ne faccio un'unica finzione, in cui convivono personaggi disparati, annullando ogni distanza, ogni contesto. E invece è vero, loro sono tutti qui e chiacchierano allegri come se si conoscessero da chissà quanto tempo.

«Pietro, ti ringrazio davvero. Se non fosse stato per te, avrei perso la mia occasione...»

«Però niente matrimoni eh, ché io e Neve siamo diventate allergiche alla parola!» commenta Marta e Gianfi ride, ché la nostra disavventura con Viola la conosce bene.

«Be', dovrai prendere un antistaminico, allora. Quando ti presenterò i proprietari della casa, sarai ufficialmente la mia futura sposa...» mi dice Pietro, che pure senza capire il riferimento di Marta ne ha colto l'ironia e a flirtare ci ha preso gusto, e ora lo fa sempre più smaccatamente, per farci divertire.

«Io però non ho capito: com'è che siete arrivati insieme voi due? Nemmeno vi conoscevate, no? Gianfilippo doveva riconquistare Marta, tu cercavi Neve per la casa... ma come vi siete incontrati?» chiede mia madre curiosa, e i due le raccontano tutta la storia, una storia così bella che la ascolterei ancora cento volte.

Siccome Pietro non era riuscito a parlare con me, ma sentiva che la questione era urgente, si era presentato prestissimo sotto casa mia, sperando che non fossi ancora andata al lavoro. Sapeva dove abitavo perché glielo avevo spiegato bene quel pomeriggio, poi gli avevo parlato anche di Enzo, allora per sicurezza era entrato in negozio e il fornaio gli aveva confermato il numero civico. Per fortuna non si fa mai gli affari suoi, il mio Enzo. Mi ha detto che aveva portato pure una scatola di cioccolatini, quelli che mi erano piaciuti tanto a casa sua, solo che poi durante il viaggio si erano sciolti in una poltiglia appiccicosa e li aveva buttati alla prima sosta all'autogrill. Insomma, davanti al portone aveva trovato Gianfi, attaccato allo stesso citofono a cui avrebbe voluto suonare lui. Gianfilippo aveva ricevuto l'sms in cui Marta gli diceva che aveva bisogno di stare sola per riflettere sulla loro storia, che sarebbe stata con me dai miei genitori e lui non avrebbe dovuto preoccuparsi. L'aveva letto solo poco prima: miracolosamente si era svegliato all'alba per comporre una poesia sul sole che sorge. Fatto sta che aveva deciso di raggiungerla, ma prima di partire si era precipitato da noi nell'ipotesi che non fosse andata via veramente. Quando ha visto Pietro era disperato, ci mancava poco che lo aggredisse convinto che fosse l'amante ipotetico, quello per cui Marta di sicuro stava per lasciarlo. Perché che la loro crisi fosse stata causata dalle sue mancanze e non da un terzo Gianfi non l'aveva proprio calcolato, pure se Marta pochi giorni prima gli aveva chiesto di restituirle le chiavi di casa nostra per dispetto, dopo aver scoperto che lui le sue le aveva date prima alla vicina che a lei.

Pietro ci ha messo poco a spiegargli che lui era lì per me e non per Marta, allora Gianfi è crollato, seduto sul gradino di marmo, appoggiato al nostro portone chiuso, e gli ha raccontato tutta la loro storia, si è confidato meglio che se l'altro fosse stato suo amico, perché era uno sconosciuto e parlare era più facile. Pietro lo ha ascoltato, si è intenerito davanti a quel tipo incontrato per caso che parlava d'amore e poi non se l'è sentita di lasciarlo partire da solo, anche perché quello sembrava davvero sconvolto. Ma soprattutto, dice, lo aveva accompagnato perché aveva voglia di rivedermi. Poi si è corretto, pure se un attimo prima mi ha guardato negli occhi e pareva che volesse dire proprio ciò che ha detto, come se gli altri intorno fossero scomparsi per magia, e ha precisato che venire fin qui gli sembrava l'unico modo per avvisarmi tempestivamente della casa. E così sono partiti con la macchina di Gianfi, dopo aver mangiato un cornetto da Enzo. Pensavano di ritornare la sera, magari con Marta al seguito. In effetti è un viaggio che si fa in giornata, andata e ritorno, sempre che non ti si rompa la macchina sul più bello.

«Vi ho preparato la camera...» dice mia madre, affascinata come me dalla vicenda, da quei ragazzi educati e stanchi che sembrano due antichi eroi romantici. Pietro specialmente.

«Ma no, signora, non vogliamo disturbare. Ci mancherebbe, siete stati fin troppo gentili. Andremo in un albergo...» dice Pietro.

«Non ci sono alberghi...» commenta tranquillo mio padre.

«Come non ci sono alberghi?» ripete Gianfi imbarazzato.

«No, al paesello no. Ce n'era uno, ma ha chiuso negli anni Sessanta. Te lo ricordi?» chiede mio papà, che dà già la buonanotte a tutti perché deve andare a raccogliere il mais su Facebook, quarantatremila piante per vincere l'ultima coccarda blu, ci vuole tempo ed è pure una cosa un po' noiosa, ammette. Poi ricorda ai ragazzi l'appuntamento dal meccanico, che è il padre di un suo ex alunno e per il prof Morante aprirebbe pure alle feste comandate.

Non sono l'unica a non riuscire a dormire stanotte. Dall'altra parte della parete, un muro massiccio, sento Marta e Gianfi. Sono sussurri, soffi, suoni ovattati i loro. Promesse che possono sentire solo due innamorati. Mi giro e mi rigiro nel mio lettino singolo, a cercare il sonno tra le pieghe di queste lenzuola pulite, profumate, con il cuscino schiacciato sotto la testa. Sono successe troppe cose oggi per non pensarci. L'ultima è stata la conferma da parte dei proprietari, poco fa Pietro li ha chiamati e giovedì firmerò l'accordo di opzione, poi il compromesso dal notaio. Dovrò iniziare le pratiche per un piccolo mutuo, pensare a come arredare l'appartamento con le cose che ho comprato ancora prima d'averlo e mettere in vendita su eBay tutte quelle che saranno avanzate dai miei acquisti virtuali scriteriati – quattro servizi di piatti, per esempio, mi sa che sono troppi, non saprei dove metterli in una cucina così piccola. Più cerco di non pensarci, più la sistemo mattonella su mattonella, tanto che per riuscire a dormire mi viene in mente che ci starebbe bene il parquet. Allora, per scongiurare la paura che qualcosa vada storto, decido di fare un fioretto, come mi avrebbe proposto mio nonno. Appena torno a Roma mi cancello da tutte le newsletter dei siti di shopping, comincio la disintossicazione drastica e definitiva. Sarà una presa di posizione forte, il chiaro segnale del cambiamento che sta per avvenire nella mia vita, fuori e dentro. Ma ancora non mi addormento, perché penso a Pietro, al piano di sotto, nella stanza del nonno, che mia madre ha preparato per lui e Gianfi. Mi viene da ridere se penso che la sera prima le avevo detto: «Chissà quanto tempo passerà prima che vi riporti un altro ragazzo a casa...», perché scherzavo e sostenevo che non ne volevo più sapere degli uomini. Poi, nemmeno ventiquattro ore dopo, le ho presentato Pietro, un tempismo perfetto. «Ma chi ci crede che è arrivato fin qui, con un perfetto sconosciuto, solo per avvisarti della casa?» mi ha sussurrato Marta mentre tornavamo dai miei, noi avanti di qualche gradino sulla scalinata e loro dietro, ché non sapevano la strada.

Mi alzo, in pigiama con i calzini, mi avvicino alla finestra. L'Albero della Neve mi calmerà, come quando ero piccola e pensavo che ci abitassero le fate. La notte mi sembrava pure di vederle tra i rami e le foglie, sotto la luce debole del lampione, e cominciavo a sognare prima d'aver chiuso gli occhi. Quando guardo fuori, lo vedo. Giacca a vento anni Ottanta che deve aver trovato nell'armadio di quella stanza, diventato il ripostiglio dei panni vecchi, e i pantaloni di un pigiama di mio nonno che gli avrà dato mia madre. Pietro. Se ne sta lì, al freddo, in piedi sotto al ciliegio, al mio Albero della Neve, con la testa in su, a guardare le stelle. Si appoggia con una mano al tronco, è bello anche visto da quassù, ma gli verrà un raffreddore ché di notte qui la temperatura cala, forse vuole una tazza di latte caldo ma non ha il coraggio di andare in cucina a farsela da solo. E così passo davanti alla porta socchiusa di Marta, supero quella dei miei sotto cui esce la luce debole della tv accesa, il volume basso, e scendo in punta di piedi nel salone grande e poi ancora più giù, al pianoterra, dove ci sono la stanza di mio nonno e l'accesso al cortile. Quando busso piano alla porta a vetri, Pietro si gira e sorride, nemmeno mi stesse aspettando per un appuntamento segreto che ci siamo dati senza parlare, lo saluto con la mano ma non esco, allora lui si avvicina e apre la porta. Un vento gelido mi ricorda di colpo che sono scesa in pigiama, quello rosa con l'elefante stampato sulla pancia che uso quando vengo qui. Santo cielo, come mi è venuto in mente. Potevo almeno prendere una vestaglia.

«Ci sono troppe stelle, devi vederle, è uno spettacolo!» mi dice Pietro entusiasta, un bambino che ha vinto un viaggio nello spazio.

«Ma fa freddo...» protesto io pigramente.

«Guarda nell'armadio della mia camera, lo saprai meglio di me, ci sono un sacco di vestiti vintage, trova la giacca a vento più ridicola che c'è, con le spalline mi raccomando, e vieni a farmi compagnia. Ci possiamo sedere sotto al ciliegio, è così bello...» dice lui e mi commuove, perché d'istinto ha amato quell'albero quanto lo amo io. Mi infilo un piumino rosso scarlatto che mia madre usava per andare a sciare da queste parti vent'anni fa ed esco.

«Per vederle meglio, possiamo fare una cosa...» propongo, e mi avvicino al muretto, dove è nascosto l'interruttore della luce esterna. La spengo. Io e Pietro cadiamo nel buio del piccolo giardino recintato dall'alto muro di pietra e sprofondiamo nel silenzio del paese disabitato per metà. Non parliamo molto, sentire nei respiri la presenza dell'altro è abbastanza. Aspettiamo una stella cadente, una scia luminosa tracciata nella notte per un desiderio. E quando arriva, la indichiamo eccitati.

«Guarda, l'hai vista?»

«Eccone un'altra!»

«Che bella...»

«Hai espresso un desiderio?»

«Sì, e tu?»

Siamo vicini, parliamo piano per non farci sentire, gli altri ce li siamo dimenticati nelle loro stanze e qui ci sembra di essere soli e insieme al centro dell'universo.

«Neve, io non ho mentito ai proprietari della casa... non del tutto, almeno...» mi dice Pietro ancora con il naso in su.

«In che senso?» gli chiedo io, seguendo la linea del suo

profilo con lo sguardo, c'è un poco di luce che arriva dalle finestre di sopra.

«Nel senso che non sarai la mia futura sposa, ok, per il matrimonio c'è tempo, dobbiamo ancora conoscerci meglio, è vero. Però tu sei già la mia ragazza, solo che ancora non lo sai...» mi dice lui calmo, con un sorriso che gli si apre bellissimo sul volto.

«Eh?» domando stupita, anche se ho capito bene. Ma non mi incanta, lo dirà a tutte le ragazze che incontra. L'avrà detto a quella dello spazzolino, per esempio. E pure all'altra, che ha dimenticato l'assorbente interno.

«Sembra vero... Sei sempre così convincente?» scherzo, distogliendo i miei occhi dai suoi.

Lui non se lo aspetta, si passa una mano tra i capelli e dopo un momento di silenzio dice: «No, è la prima volta che mi capita. È strano anche per me». E poi, senza guardarmi in faccia, mi racconta che l'ha capito subito quando ci siamo incontrati, ai giardinetti, un colpo di fulmine o un colpo in testa, sì, forse è stata la pallonata, perché giura che non gli è mai successo prima. Non gli importa se mi ci vorrà un mese, due o tre per capirlo, tanto è sicuro che presto o tardi succederà, che anche io lo riconoscerò come lui ha riconosciuto me: è solo questione di tempo.

«Io l'amore me lo immagino così: una casa con due stanze e una cucina. Mi piacerebbe occuparne una e sentire nell'altra la presenza di una persona che amo, pensare che al di là della parete sta facendo una cosa che le piace e che poi, quando ci rincontreremo, magari in cucina, me la racconterà...» mi spiega e mi sembra davvero una bella immagine quella stanza in più, nessuno spazio vuoto. E io, che finora avevo pensato di dover condividere persino la stessa mattonella con un uomo, avverto il piacere di muovermi libera in un luogo tutto mio, un luogo protetto e sicuro, ché basta uscire per ricevere un abbraccio.

«Pietro, mi hai detto delle cose bellissime. Solo che io...» provo a dire con la voce spezzata, cercando le parole che non trovo, ma lui mi interrompe.

«Solo che tu ora lo sai, Neve. Io te lo dovevo dire. Non

è mia intenzione insistere, tantomeno metterti in imbarazzo, specialmente qui a casa dei tuoi. Sono felice di aiutarti a realizzare il tuo sogno, appena torniamo a Roma. Mi piacerebbe poterlo fare ancora per tutti i sogni che hai, se mai me ne darai l'opportunità. Nell'attesa confido nelle mie stelle cadenti, la pazienza non mi manca...» conclude lui tranquillo, e non lo sa che mi ha appena fatto la più bella dichiarazione d'amore della mia vita. Mi appoggio all'Albero della Neve. Non mi stupirei se fiorisse stanotte. Ma evidentemente non è possibile, perché dopo un lungo silenzio, con un lieve dispiacere nella voce, Pietro parla ancora.

«La mia partenza è stata anticipata.»

«Che significa anticipata?» chiedo sorpresa, perché ai viaggi ci si prepara, ma ai saluti non ci si abitua mai.

«Significa giovedì in tarda mattinata, a mezzogiorno ho un aereo e ovviamente devo arrivare prima in aeroporto...»

«Domani è mercoledì..» realizzo con un filo di voce.

«Quindi ho ventiquattro ore per farti innamorare. E per fare la valigia. È anche per questo che ho accettato subito di salire in macchina con quel matto di Gianfi, che è matto forte, sai? Non potevo andare via senza salutarti, vederti un'altra volta ancora, dirti tutto... Volevo essere sicuro che sei vera, Neve. Che non sei solo un sogno, la ragazza dei miei sogni, insomma...»

«Mi dispiace...»

«E di che? Io non viaggio per scappare. Viaggio per vivere. Il mio lavoro mi porta lontano, mi fa scoprire tanti posti nuovi, conoscere tante persone... Gli imprevisti poi lo rendono migliore. E soprattutto mi fa tornare ogni volta, dove voglio, nel posto che io considero casa. So mettere radici profonde, da fare invidia a questo vecchio ciliegio, sai. Anche se volo via, ogni tanto, come i suoi petali. Stai con me, Neve. Stai con me finché non partirò. Sono poco più di ventiquattro ore, non chiedo tanto. Poi me ne andrò. Sarai solo tu a decidere... Io non voglio partire con un'idea, con l'idea di te. Voglio andare via con la consapevolezza di averti conosciuta, almeno un po'... ecco, giusto il tempo di farti venire voglia di conoscere me.»

«Pietro, io...»

Io non mi mangio più le unghie da due giorni, penso, mentre me le tormento alla ricerca di qualcosa di altrettanto bello da rispondere a questo ragazzo venuto da lontano e diretto chissà dove, che sta qui, solo per me, con questa ridicola giacca a vento, a morire di freddo nel cortile dove ho giocato tutti i miei giochi di bambina.

«Tu niente, Neve. Non mi devi dire niente. E io ho detto anche troppo. È tardi, forse è meglio che andiamo a dormire. Domani ci aspetta il viaggio di ritorno...»

«E quello lo facciamo insieme, come d'accordo...»

«Certo. Poi quando arriviamo a Roma, me lo dici tu se sei stanca e vuoi fermarti o se hai voglia di continuare a viaggiare con me tra le strade della nostra città...»

Mi svegliano voci di donne in cucina. Mia madre e Marta non sono sole. C'è Mariuccia di là, non ci posso credere. Non ricordo sia mai venuta prima, se escludo le poche volte in cui è rimasta sulla soglia, timida anche per un caffè, dopo aver riaccompagnato a casa mio nonno, confuso perché si era perso per i vicoli e non ci trovava più. Quando scendo, ancora in pigiama, l'abbraccio forte. Sono contenta che sia qui, con le gambe accavallate sulla sedia di lui, scelta senza sapere che era proprio il suo posto. Pietro e Gianfi sono dal meccanico con papà e noi quattro – latte caldo, caffè, ciambellone e biscotti fatti in casa – siamo in vena di confidenze. Comincia Marta e ci racconta che alla fine ha detto a Gianfi tutta la verità sul bacio a Richard, che lui si è arrabbiato, ma poi l'ha perdonata, non solo perché lei era sinceramente pentita, ma anche perché si è reso conto di avere mancato in molte attenzioni negli ultimi tempi. Le ha detto che riconosceva di essere un tipo fuori dal comune, irritante a volte, ma sapeva pure di non poter cambiare più di tanto e di amarla, invece, tantissimo, ogni giorno di più. Marta gli ha risposto che non ha mai pensato di snaturarlo, a lei piace proprio per quello che è, una creatura speciale, unica nel suo genere. E poi ha ammesso di essere troppo stressata per via del lavoro, di aver perso di vista le cose importanti, di volersi prendere tutta la settimana di ferie. E ci dice che quel giorno stesso, infatti, a macchina aggiustata, lei e Gianfi sarebbero partiti per una romantica vacanza on the road sul Gargano. Io, mia madre e Mariuccia siamo contente per lei, le battiamo le mani in segno d'entusiasmo ché la bocca è piena di leccornie e non possiamo dire di più. Poi è arrivato il mio turno, hanno voluto sapere tutto di me e di Pietro. Gianfi aveva già detto a Marta che il bel pianista s'era preso una cotta stratosferica per la sottoscritta. Pare che durante il viaggio in macchina non abbia fatto che parlare di me, appena l'altro smetteva di parlare di lei. In più mia madre mi aveva sentito chiacchierare tutta la notte in cortile.

«Non volevo mica farmi gli affari tuoi... Ma non lo sai che stiamo in mezzo al nulla? Non si sentono nemmeno le macchine in lontananza, vola una foglia e pare una folata di vento! Anche il suono più piccolo rimbomba, meno male che tuo padre ha il sonno pesante... Comunque non ho capito una parola, giuro, sembravano solo bisbigli...» dice lei e Mariuccia già fa il tifo per Pietro, l'ha incontrato arrivando qua e le è sembrato subito tanto bello.

«È uno da amore a prima vista!» ha detto allegra come una ragazzina. Così mi sento piacevolmente costretta a raccontare tutti i fatti miei. Ma freno i loro entusiasmi sul nascere. Io, alle favole, non ci credo più.

«Va bene, va bene... tu non ci credere. Ma evidentemente i principi esistono ancora. Scappano dalle favole perché le principesse sono noiose e arrivano qui, da voi due...» dice mia madre e Pietro bussa alla porta.

«Oddio, sono ancora in pigiama!» urlo e scappo in camera mia, mentre le sento ridere alle mie spalle e poi farlo entrare. Io intanto penso che non ho niente da mettere e maledico queste borse preparate in fretta. Poi mi ricordo di quei vestitini presi online, che mia madre m'ha aggiustato ieri, e ringrazio Dio per avere inventato il web e le macchine da cucire. All'idea di rivedere Pietro questa mattina sono emozionata, una tredicenne al primo appuntamento. Mi odio quando faccio così. Ma già che ci sono mi lavo pure i capelli.

Quando torno giù, lui sta chiacchierando allegro con mio padre. Si sta facendo spiegare come funziona Farmville. Mi saluta con un bel sorriso e poi torna con gli occhi fissi sullo schermo a occuparsi di quell'orto virtuale. Andiamo bene. Gianfi e Marta progettano il loro viaggio sul Gargano, il meccanico ha aggiustato la macchina. Io insisto perché Mariuccia rimanga a pranzo, ma lei fa per andare via con una scusa qualsiasi. Mia madre però la trattiene, una mano sulla sua mano, le dice: «Resta».

È uno dei pranzi più belli della mia vita questo. Anche se manchi tu, nonno. Sì, manchi tu, tanto e sempre, anche se non c'è più nessuna sedia vuota. Anzi, ne abbiamo dovute prendere tre in più dalle altre stanze. Ma che ci sei, io lo so. Qui lo sanno tutti quelli che ti hanno amato. E se oggi siamo seduti intorno a questa tavola il merito è tuo. Il tuo segreto con Mariuccia, il tuo regalo per me, i tuoi soldi per la casa... sei la causa di questi nuovi legami, di questi inaspettati incontri. Sono sicura che lo sai, che mi ascolti ancora, pure se ti parlo muta mentre gli altri chiacchierano ad alta voce nella sala grande, con la tovaglia migliore, la musica bassa, le facce allegre.

«Appena ti arriva, inoltraci l'accordo per l'opzione della casa. Così controlliamo insieme che sia tutto regolare, poi firmi. Noi veniamo a vederla la prossima settimana...» mi dice mio padre e mia madre mi consegna una borsa frigo degna del più trash dei pranzi in spiaggia a Ferragosto per una comitiva affollata, piena di cose buone da mangiare ché sette giorni mi sa che le sembrano davvero molto lunghi. Pietro me la prende dalle mani, perché pesa e vuole portarla lui. Mariuccia ci augura buon viaggio. Io e Pietro torniamo insieme a Roma, Marta e Gianfi sono appena partiti verso Sud.

Pietro si offre di guidare e io non me lo faccio ripetere due volte, ché con Marta la doppia guida ha funzionato, una volta mi è andata bene, ma la seconda non saprei. Solo che prima di farlo sedere, entro nell'auto con una scusa e nel giro di pochi secondi faccio sparire i miei dieci cd più tristi sotto i sedili e nel cruscotto. Non vorrei si facesse un'idea sbagliata. E quando partiamo, sintonizzati su Radio Classica, nella Malincomacchina mi sento improvvisamente felice.

Non riprendiamo il discorso di ieri notte: oggi sembra appartenere a un'altra dimensione, onirica, magica e lontana. È un tacito accordo il nostro, che ci fa sentire complici e rilassati. Se staremo insieme fino alla sua partenza, io davvero non lo so. Mi viene anche il dubbio che il suo sia stato semplicemente un modo di dire. Si sa che gli uomini sono più bravi di noi a fare i bagagli, anche perché di solito la metà delle cose la scordano a casa mentre noi ne portiamo il doppio per sicurezza, ma Pietro avrà pure bisogno di tempo per prepararsi dopo che gli ultimi eventi lo hanno fatto arrivare fin qui. Ha detto che quando ha saputo che sarebbe dovuto partire con tanto anticipo, la prima cosa che ha fatto è stata chiamarmi, poi precipitarsi a casa mia e qualche ora dopo era al paesello. Dovrà pur fare qualcosa di più importante che stare con me. Eppure Pietro guida piano, non ha nessuna fretta di arrivare, ho il dubbio che lo faccia apposta. Si mette nella corsia di destra a novanta all'ora e lascia che lo superino tutti, anche le Panda scassate, così il tempo insieme si allunga, chilometro dopo chilometro.

Superiamo Capannelle, percorriamo l'Appia Antica e arriviamo a Piramide. A qualche semaforo dal nostro quartiere Pietro esita, poi senza voltarsi dalla mia parte, continuando a concentrarsi sulla strada, mi chiede se voglio passare da lui. Per la casa, dice. Dovrei guardarla meglio, insiste. In fondo ci sono stata una volta sola e forse prima di firmare l'opzione potrebbe essere meglio per me visitarla ancora, spiega come un agente immobiliare provetto. E io dico no.

Dico no subito e nemmeno me ne accorgo che il suono è uscito davvero dalla mia bocca. No, Pietro. Grazie. Meglio di no. Ho paura, scappo, vorrei dirgli, ma non lo faccio. Non della tua casa, ma di te, di me, dei chilometri che abbiamo percorso e di quelli che non so contare da domani, quando te ne andrai. Non voglio salutare più nessuno. Io non voglio più partenze altrui. Non voglio più restare sola, sulla terra a guardare in alto. Un aereo che decolla o mio nonno tra le nuvole.

Pietro parcheggia la Malincomacchina davanti a casa mia, lui farà due passi a piedi, dice, tanto siamo veramente vicini. Prima però mi prende la borsa frigo e la trascina fino al portone. Cerco le chiavi nella borsa, come al solito prima di trovarle mi perdo tra gli oggetti sparsi, alcuni starebbero meglio in spazzatura, come un pacchetto di biscotti mezzo aperto e il cartellino di un vestito. Quando infilo la chiave nella serratura e la giro, mi ricordo in quali condizioni è l'appartamento, dopo la fuga all'alba con Marta, e mi mordo le labbra. Volevo chiedere a Pietro di salire, così, giusto per gentilezza, magari per un bicchiere d'acqua. Ma in cucina ci sono i piatti accumulati di due giorni fa e chissà quale odore, il tavolo pieno di fazzoletti di carta usati per asciugare moccio e lacrime, gli armadi aperti, i miei vestiti di quella notte gettati sul pavimento in bagno, l'accappatoio aperto sul letto sfatto, ché noi due volevamo solo andarcene via lontano. E ora mi toccherà pure mettere a posto tutto senza Marta.

Pietro ci resta male quando gli dico che può lasciare la borsa frigo nell'ascensore, che ci penserò da sola a trasportarla in casa in un modo o nell'altro. Non me lo dice, ma si vede dal sorriso, che non è aperto come sempre ma ha un angolo più stretto. Dirsi ciao è facile, se si va di fretta come faccio io. Se poi fai fuggire gli occhi da quelli dell'altro, ancora meglio. Solo che il rumore che fa il portone, quando lui se lo chiude alle spalle, sembra un colpo di pistola alla schiena.

Porto in casa a fatica le provviste della mia mamma, sufficienti alla sopravvivenza di un esercito in una città in guerra, e nella penombra attraverso la cucina, scosto le tende e Pietro è ancora lì, incerto sul marciapiede, appoggiato al lampione, a guardare il palazzo, a cercare di indovinare quale luce si sarebbe accesa, la sua personalissima stella cadente. Allora spingo l'interruttore così la stanza s'illumina e, nascosta dietro la tenda, lo vedo sorridere, poi allontanarsi piano. E non penso. Non penso a niente, quando spalanco la finestra, metto la testa fuori e urlo con tutta la voce che ho in gola: «Pietro! Pietro, aspetta!».

Be', sì. Questo sì che sarebbe un bel finale da film, ma è pur sempre la mia vita e le cose non funzionano mai così bene nella realtà. Io per esempio ho una vocina del cavolo e posso urlare quanto mi pare ma non mi sente mai nessuno. Figuriamoci dal terzo piano, poi. Così ci riprovo ancora. Pietro, Pietro. Ma il suo nome si perde sul mio davanzale, tra le foglie del basilico e il gelsomino che ha piantato Marta. Per istinto mi giro verso la borsa a cercare il cellulare, ma poi mi blocco. Non ce l'ho. L'ho perso in Molise. Allora la borsa me la metto a tracolla, prendo le chiavi, sbatto la porta, l'ascensore è ancora lì per miracolo e spingo forte il tasto del pianoterra. Poi, una volta in strada, comincio a correre.

No, non ci faccio una gran figura quando lo raggiungo dietro l'angolo, il respiro affannoso e un infarto imminente. Così imparo a non andare in palestra, sempre con il culo schiaffato sui sedili della Malincomacchina. Però lui è felice lo stesso, glielo vedo dagli occhi e pure dal sorriso che stavolta si allarga davvero. Mi prende per mano, mentre cerco di calmare il fiatone e inventare una storiella plausibile per il mio ripensamento. Non so quale delle due cose mi riesca peggio, mentre lui ormai ride manco fossi una comica patentata.

Ho due coupon in tasca per un ristorante a due passi da Campo de' Fiori, gli dico che se gli va potremmo cenare insieme. Aggiungo che stanno per scadere, a casa mia sembra scoppiata una bomba e mi era parsa una buona idea sfruttarli insieme quella sera, visto che proprio grazie a un coupon ci siamo ritrovati. Pietro accetta volentieri e mi confessa che voleva propormi la stessa cosa, solo in un ristorante diverso. Mi dice che dopo avermi raggiunta dal dentista e capito il meccanismo dei coupon s'è iscritto a tutti i gruppi d'acquisto trovati online. Ma non si è limitato a quelli romani. No, Pietro ha fatto di più. Ha cercato quelli di Berlino e si è iscritto a tutti i più accattivanti. Quando si dice che l'allievo supera la maestra. Fatto sta che lui ha ancora nove mesi di tempo per consumare il suo coupon, per cui lo conserverà. Dice che sarà il suo asso nella manica al ritorno da Berlino, una scusa bella e buona per chiedermi di uscire ancora.

Ho mangiato una tagliata all'aceto balsamico con contorno di patate arrosto, alla faccia della dieta. È la prima volta che mi capita di cenare con un uomo senza imbarazzo. Non voglio piacergli a tutti i costi, non mi sforzo di essere diversa. Sarà che ho un grande appetito, sarà che domani parte, sarà che forse non lo rivedrò più e magari nemmeno ci sentiremo tanto spesso. Va tutto bene, liscio come l'olio che mi pulisco dal mento dopo l'ultima patata al forno. Va tutto bene, fino a quando non mi propone una passeggiata, maledetti sanpietrini, ché io, con i tacchi, rischio una storta a ogni passo.

Attenta a come metto i piedi, evitando fessure come trappole, guardo a terra mentre ascolto Pietro. Mi parla delle cose che gli piacciono. Il vento, per esempio. «Mi piace il vento perché ha intenzioni musicali» dice. E ama correre sulla spiaggia la mattina presto, la cosa che gli manca di più della Sicilia è il mare. Insieme agli alberi di limoni, grossi, succosi e profumati, che nascono nel giardino dei suoi nonni. Adora mangiare l'insalata semplice con la lattuga verde, e le fragole, ma solo con tanto zucchero sopra. Non sopporta la carne cruda, ma ama nuotare. Da ragazzino si tuffava da scogli altissimi, adrenalina e libertà. Mi racconta anche che quando era piccolo, piccolissimo, ha disegnato un punto e poi un cerchio intorno. Quando il padre gli ha chiesto che cosa rappresentasse quello schizzo, lui gli ha risposto: «Quelli siamo io e te».

Pietro e io abbiamo parlato di tutto e di niente. Abbiamo parlato di noi bambini specialmente. Perché non c'è modo migliore di presentare se stessi che descriversi mocciosi, con i calzoni corti e i nastri tra i capelli. Come se oggi non fossimo che una replica evoluta di quello che siamo stati ieri, come se il nocciolo della questione fosse tutto lì, in quella manciata di anni che abbiamo percorso a piccoli passi proporzionati ai nostri pochi centimetri. Sì, come se a ogni anno, a ogni chilometro fatto, ci fossimo allontanati sempre di più da ciò che eravamo, ma che restiamo ancora, veramente, per vestirci di strati diversi, che uno dopo l'altro ci hanno cambiato forma ma non contenuto.

«Andiamo di là. C'è la Fontana delle Tartarughe. È una delle mie piazze preferite di Roma. Bellissima...» propongo a un certo punto, esausta dalla passeggiata da equilibrista, ché è già un miracolo essere arrivata fin qui senza essermi spezzata un tacco o una caviglia. Lo guido io, lui mi segue. Intanto penso a quale faccia cercherò su Facebook domani. Sì, perché se ho ucciso la crocerossina che è in me e sfiancato la maestrina che mi possiede, si può dire che stia ancora lottando a fondo con la detective che mi spinge verso associazioni inedite e sospetti senza fine. Ma che l'investigatrice senza scrupoli fosse la più pericolosa fra le tre, l'ho sempre pensato. Se non altro è quella più dura a morire, ché a dire che è sbagliato spiare, ricercare, scoprire i segreti dell'altro siamo buoni tutti, ma a violare davvero la sua privacy senza farci beccare ci riusciamo solo in poche. Io, per esempio, sono bravissima. Non ho il coraggio di dirgli che ho visto uno spazzolino di troppo e ho frugato nell'armadietto del suo bagno, ma so già che domani studierò le facce delle donne nella sua lista di amici e l'istinto – o un commento e una foto – mi diranno qual è la mia ricercata tra le tante in fila, perché annoto mentalmente i dettagli quando mi dice che ha avuto una relazione importante finita più di un anno fa, seguita da qualche avventura su cui non si sofferma.

Dopo un vicolo deserto, dove in silenzio ascoltiamo solo i nostri passi e i respiri, svoltiamo l'angolo e ce la ritroviamo davanti, al centro della piccola piazza. La fontana, un gioiello nascosto. L'acqua che esce piena dall'alto e cade incessantemente, le tartarughe marine sorrette da quattro figure umane poggiate su grandi conchiglie e protese verso il cielo.

«Sono fortunate, le tartarughe...» dico ammirando, tra mille zampilli, quelle scolpite della fontana.

«Perché?»

«Perché non devono cercare casa, ce l'hanno addosso, se la portano sempre dietro...»

«Come noi.»

«Noi? Ma se io non ho fatto che cercarla finora, e anche tu non fai che cambiarle...»

«Noi cerchiamo un posto per contenere le nostre cose, per conservare pezzi delle nostre vite. I nostri appartamenti sono semplici contenitori, scatole giganti. Abbiamo bisogno di oggetti e di spazi con cui riempirli. Ma la nostra casa non è quella che abitiamo, è quella che abbiamo addosso, che sentiamo dentro, che ci portiamo appresso tappa dopo tappa, in ogni spostamento. Ogni volta che abbracciamo qualcuno, che tocchiamo la sua pelle, lo facciamo entrare nella nostra casa, l'unica, quella vera.»

Pietro mi prende la mano e allora io nella sua casa ci cado, guardandolo negli occhi, mentre lui scivola nella mia. Allora lo accolgo, con una carezza che è un benvenuto. E lui esita sulla soglia, con la bocca vicina alla mia, un contatto leggero. Ma io lo trattengo, succhio il labbro e poi lo trascino dentro con la lingua. E lui mi segue timido poi di colpo spavaldo, con un bacio così intenso che non dimentico.

«Bacia da dio!»
«E poi? E poi?»
«E poi niente, Marta! Non mi fare così che mi sembri la stragista, che ansia...»
«Come niente?»
«Niente, nel senso niente oltre il bacio. Non mi andava, partiva il giorno dopo, non lo so, non me la sono sentita... E poi, a dire la verità, non me l'ha chiesto!»
«Non ti ha chiesto di salire da lui? Non ti ha chiesto di andare a vedere la casa di notte?»
«No... quando l'ho riaccompagnato a casa è rimasto a parlare con me per ore e ore, nella Malincomacchina. Mi ha baciata a lungo, mi ha tenuta stretta, non mi ha lasciato mai la mano. Abbiamo aspettato l'alba, poi lui è salito, il tempo di una doccia e sarebbe andato all'aeroporto. Mi sono anche offerta di dargli uno strappo, ma lui ha detto che avevo gli occhi stanchi, che dovevo riposare, che era più tranquillo se andavo a dormire, avrebbe chiamato un taxi. Così sono andata via...»
«E ora?»
«E ora non lo so. Ha detto che chiamerà ogni giorno...»
«Che bello, Neve...»
«Mah, non mi faccio illusioni. È stata una serata magica, ma forse proprio perché sapevamo che sarebbe finita,

che lui sarebbe partito, che la cosa non avrebbe avuto un seguito, capisci?»

«Non lo so. Io Pietro non lo conosco, ma ho visto come ti guardava. Qualcosa mi dice che questa storia non finirà qua.»

«Se lo dici tu che sei una strega...»

«Fammi sapere, mi raccomando, tienimi aggiornata... Scusa, adesso ti devo lasciare che Gianfi ha sbagliato l'uscita dell'autostrada. E ti pareva!»

Me li immagino quei due in macchina. Marta al telefono con me che guarda fuori dal finestrino, Gianfi che finge di avere la situazione sotto controllo, ma intanto prega che lei riattacchi presto perché il suo senso dell'orientamento è pari a zero e sarebbe capace pure di tornare da dove è venuto percorrendo la stessa strada senza accorgersene. Ho dormito solo due ore tornata a casa, l'emozione per la serata trascorsa, la voglia di raccontare tutto a Marta e il casino da ordinare mi impedivano di chiudere gli occhi. Sono sola e sorrido, anche se ho una lavatrice da fare. Metto nello stereo il cd che mi ha regalato Pietro e dalle casse partono le note della *Sinfonia n. 2* di Mahler. È anche detta *Sinfonia della Resurrezione*, me lo ha detto lui, mi sembra perfetta per questo momento. Infilo i panni nella lavatrice, chiudo l'oblò e avvio la centrifuga. E non è un miracolo se sento il campanello che squilla, ma solo colpa di chi dietro la mia porta ci si è attaccato, scambiandolo per una sirena della polizia. A quest'ora può essere solo il postino con una multa, mascherata da raccomandata. Se è lui non apro, chissenefrega della musica. In fondo potrei avere dimenticato lo stereo acceso ed essere uscita. Improbabile, sì lo so, ma possibile. Guardo dallo spioncino, non chiedo nemmeno chi è, lo riconosco e spalanco subito la porta. Tanto con la tuta e le pantofole mi ci ha vista un milione di volte. Omar.

«Che ci fai qui?» grido per farmi sentire, ché la musica è così alta da riempire la casa.

«Non rispondevi al telefono, risulta staccato da giorni... Puoi abbassare? Sei impazzita, per caso? Da quando in qua ascolti musica classica tu? Ora sì che mi preoccupo davvero!»

Omar entra come fosse sua abitudine da sempre, sa dove Viola tiene lo stereo, si avvicina e non abbassa. Lo spegne.

«Ma sì, fai pure, accomodati... tanto questa casa la conosci bene, forse meglio di me che ci vivo... Si può sapere che vuoi? Il cellulare l'ho perso e non ho avuto il tempo, o la voglia, di comprarne un altro... Non mi dire che ti sei preoccupato, perché non ci credo. Non l'hai fatto per mesi...»

«Senti, sono venuto a chiederti dell'altra sera...» mi dice un po' nervoso. Per un momento penso che quella notte di passione gli abbia risvegliato desideri e ricordi. In fondo un tempo lo avrei sperato, oggi invece prego di sbagliarmi perché in questo appartamento disordinato se c'è una cosa fuori posto ora è proprio lui, stona con tutti i miei impicci sparsi e non ha nemmeno intenzione di sedersi.

«È che non vorrei che tu...» mi dice e già lo riconosco, mani avanti, coda di paglia, sulla difensiva. La sua specialità pare sia quella di spezzare i cuori, di uomini o donne che siano. Dev'essere una gran fatica, dopotutto.

«Io niente, Omar. Per me quello che è successo ha significato molto. Ma solo perché è stato un addio» gli dico guardandolo negli occhi, voce ferma. Mi fa quasi pena, mentre tira un sospiro di sollievo perché non mi sono messa a piangere e non mi sono strappata i capelli davanti alla sua faccia da schiaffi. Eppure c'è qualcosa che non lo convince.

«Be', non era quello che intendevo. A me, per esempio, è piaciuto... Comunque, io in realtà volevo sapere... la pillola del giorno dopo, ecco. L'hai presa, vero? È andato tutto bene, insomma te l'hanno data?»

Sono tentata di dirgli di no, che non me la sono sentita, che lascerò sia il destino a decidere le conseguenze di quella notte sbagliata, per vederlo agitarsi come l'ultimo dei vigliacchi, ma non ce la faccio a essere squallida quanto lui.

«Sì, stai tranquillo...» gli dico, e i suoi lineamenti contratti si sciolgono al suono delle mie parole. Omar sorride, si toglie il cappotto, si mette seduto. Io resto in piedi davanti alla porta chiusa. Lo guardo muoversi più a suo agio di un ospite d'onore.

«Dài, facciamo colazione. Sono venuto qui stamattina senza bere nemmeno un caffè. E pure tu, Neve, hai una faccia distrutta. Non devi avere chiuso occhio stanotte. Lo so, non dev'essere stato facile per te prendere quella pillola. Ma hai fatto la cosa giusta...»

Omar lancia un'occhiata in cucina. Il cibo non mi manca, sul tavolo ci sono i dolci di Mariuccia e quelli di mia madre, una varietà di crostate, biscotti e ciambelloni. Stavo giusto per prepararmi una tazza di tè, quando ha suonato alla porta. Ho pure il succo di frutta al mirtillo che gli piaceva tanto, giocava a fare il vampiro con i denti macchiati di viola, me li mostrava sfacciato e rideva anche se a me facevano senso. Ma non lo apro il frigorifero, c'è già lui a gelare l'aria.

«Non c'è più niente da mangiare per te, Omar, a casa mia» gli dico come se parlassi da sola, estranea.

«Neve, tu non stai bene...» osserva lui, che ancora una volta sottovaluta le mie decisioni, i miei rifiuti. Forse pensa che basti sfiorarmi con un dito per farmi sciogliere. Ma i giorni sono caduti su di noi come le foglie d'autunno. Il tempo mi ha spinto in avanti e le ha spazzate via. E io sono caduta in una pozzanghera, mi sono bagnata, mi sono asciugata sotto il sole caldo della primavera. Non sono più quella che conosceva. Lei c'è, ma l'ho ingoiata. L'ho masticata, ingoiata, digerita. Lei è me. Ma io ormai sono un'altra persona, un'altra donna.

«La nostra storia non è finita mesi fa. È finita l'altra notte, a casa tua. E per sempre oggi, che ti guardo e non so più chi sei. Vorrei solo che te ne andassi. Di te conserverò un ricordo, quello del ragazzo che ho amato tanto. Oggi sei solo uno sconosciuto. Non voglio fare colazione con te, mai più...» gli dico e, senza aspettare risposta, mi giro ad aprire la porta. Omar si alza in silenzio, a un passo da me con la mano mi accarezza la guancia. Ma il mio corpo non risponde neppure con il tremito più leggero, il suo è il tocco etereo di un fantasma che se ne va. Delle parolacce che non gli ho detto sono fiera, perché in un altro momento lo avrei insultato, ma ora non ho più voglia di sentire la mia voce stonare dentro a un vecchio dolore. Non piango nemmeno quando sento che chiude l'ascensore e scende. Le mie lacrime sono finite come la nostra storia. E accendo di nuovo lo stereo a volume altissimo, come piace a me.

Mi sembra di rinascere sotto il getto d'acqua calda della doccia, il vapore che sale e riempie il bagno profumato. Scelgo un vestito rosso, con la scollatura a barchetta e un fiocco di stoffa tono su tono al lato. E mi trucco pure un po' di più del solito, sono in anticipo sul turno delle quattordici in agenzia. Ho deciso di avviarmi per tempo, di mangiare una cosa al volo e di sistemare il lavoro lasciato venerdì in sospeso prima dell'apertura al pubblico. Entro da Enzo a prendere il pranzo.

«Ti ricordi quella lettera d'amore, quella che avevi trovato sulla tua auto e avevi attaccato al tronco di un albero dei giardinetti?»

«Sì...»

«Mi sono sempre dimenticato di dirti che la mattina dopo una ragazza l'ha notata, si è fermata a leggerla e poi l'ha fatta in mille pezzettini che ha lasciato cadere per terra, li ha quasi seminati, sparsi come i petali di un albero in fiore...» mi dice Enzo, che sa essere poetico all'occorrenza e sorrido – io, che prima avrei solo voluto vedere i due innamorati baciarsi su quella panchina umida, sono stranamente contenta, penso che una ragazza è sbocciata. Quando lo saluto e sto per uscire, lui sgrana gli occhi e preoccupato mi chiede: «Non vuoi sapere dove hai lasciato la macchina ieri?». Rido e rispondo di no. Oggi non ce n'è bisogno.

Ho deciso di mettermi a dieta e, siccome non ho tempo né voglia di andare in palestra, ho pensato di prendere i mezzi per camminare un po' di più. E, non lo nego, anche per risparmiare, considerato il mio prossimo, grande acquisto. Grande come una casa, è proprio il caso di dire!

Oggi posso affermare con certezza di aver scoperto che la metropolitana cura la malinconia, nonostante i treni rotti e le carrozze sporche. L'ho capito questa mattina. Nemmeno una canzone d'amore per sbaglio, ché alla stazione passano in loop solo gli spot pubblicitari delle compagnie telefoniche e degli istituti privati tipo il Cepu. Quando sono scesa, a un chilometro dall'agenzia, sono rimasta ferma sulle scale mobili a farmi strattonare da quelli che le salgono a piedi, anche se avrebbero l'alternativa dei larghi gradini di marmo accanto, tutta contenta. Senza occhi lucidi, magone in gola, tristezza nella pancia. Niente.

Quando entro in ufficio sono così felice della mia nuova esperienza tra turisti, maghi e suonatori, una fermata dopo l'altra, che lo racconto addirittura alla stragista: ho deciso di adottare un nuovo stile di vita, sano ed ecologico.

«Ti ricordo che Roma è una capitale europea solo sulla carta. Ti accorgerai presto che andare e tornare dal lavoro con i mezzi pubblici è un vero incubo. Penso che tu ti stia illudendo, Neve. Come ti illudi da mesi di trovare una casa in quelle zone con il tuo budget...» dice e continua a battere sulla tastiera così forte da fare un rumore fastidioso come lo scroscio di una risata finta in una sitcom americana; che poi, ogni tanto ci penso, quelli che ridono forse sono gli stessi da vent'anni e allora potrebbero essere già tutti morti. Ma perché continuo a raccontarle i fatti miei, mi chiedo. E così che la casa l'ho trovata – quarantacinque metri quadri, la misura del mio sogno a un prezzo sostenibile – non glielo dico, anche se una rispostaccia ci starebbe tutta. Mi trattengo, a maggior ragione ora che so chi ho di fronte. La figlia del capo. Meglio salvare il salvabile, penso. E finalmente arriva Gaia. Corro ad abbracciarla e lei ricambia il saluto affettuoso.

«Bentornata!»

«Anche tu!»

Sulla sua scrivania, tra i nuovi cataloghi e l'agenda, vedo una scatola di biscotti e una bottiglia di succo di frutta, una tazza grande e una piccola. Pare il bancone di un bar.

«Ieri mi sono organizzata per fare colazione qui...» Mi spiega che non fa in tempo a farla a casa, il marito esce prima di lei che resta sola con Tommi, la poppata, il pannolino, vestirlo, portarlo al nido, arrivare in ufficio. Meno male che il giovedì si fa mezza giornata, dice. Poi mi guarda, mi chiede come sto, le sembra che io stia peggio di lei. Questa notte in bianco evidentemente mi si legge in faccia. E chi se la dimentica una notte così, una favola. E il lieto fine, come in tutte le fiabe che si rispettano, arriva sempre prima della fine reale, sul più bello, allo scoccare del momento perfetto oltre il quale è inutile andare, se non per il gusto di vedere rovinate le storie e i sentimenti dal tempo, dagli imprevisti, dalle incomprensioni. Le favole hanno un lieto fine perché terminano dove cominciano le storie. Così mi sono accontentata delle vecchie abitudini, le mie fantasie da ragazzina, e sono rimasta un po' sotto alle lenzuola, con gli occhi chiusi, a immaginare il bianco vestito da sposa, io che avanzo verso l'altare della cattedrale del paesello verso uno sconosciuto di spalle, a chiedermi se avesse la faccia di Pietro.

«La doccia me la faccio la sera, quando c'è Massimo. Non so manco come mi sono vestita oggi...» mi dice quando la accompagno nel retro, dove c'è un microonde, a scaldarsi una zuppa perché deve ancora pranzare.

«Ma lei? Non hai paura che ti veda? È la figlia del capo...» dico io, agitata all'idea che la trovi con la scrivania piena di macchie. Ma Gaia, che ha pure una minibottiglia d'olio d'oliva da aggiungere al minestrone profumato, risponde: «Se ci prova a dirmi qualcosa, me la mangio. Tanto ho sempre fame!».

«Oh, Gaia. Che bello che sei tornata!»

«Senti un po', tu: sei più contenta che sia tornata io o che se ne vada lei?»

«Tutte e due!» dico in un moto di sincerità, pensando di essere al riparo da orecchie indiscrete.

«Oggi finisco lo stage. Un motivo in più per gioire, cara Neve!» esclama la stragista alle mie spalle e io faccio un salto che a momenti spavento pure Gaia, che ha appena tirato fuori la zuppa dal microonde e per miracolo non me la rovescia bollente addosso. Ma possibile che questa ragazzina debba sempre farmi gli agguati? Mi giro, pallida, ma lei sorride conciliante.

«Ho deciso che torno all'università, mio padre sarà contento. Tanto ormai lo sapete che sono la figlia del capo, no? Basta con questa farsa...» annuncia con l'aria di chi è stufa di tante ridicole bugie.

«Veramente io l'ho saputo solo due giorni fa...» dico un po' spiazzata.

«Be', ti facevo più furba, Neve... Ma in effetti, a pensarci bene, se l'avessi capito forse ti saresti trattenuta un po' dalle tue navigazioni fuori rotta su internet!» dice con una risatina sadica.

«No, non credo. Perché il mio lavoro l'ho sempre svolto correttamente, non ho nulla da rimproverarmi. Ho saputo ottimizzare il tempo, se me ne è avanzato per guardare qualche casa e fare degli acquisti online. Si vede che faccio le cose bene e in fretta...» rimarco io e lei si arrende e cede a una battuta, che suona più come una confidenza: «Eh, lo so che da te c'è da imparare. Dovrei presentarti il mio fidanzato, così gli spieghi bene tu come acquistare coupon in giro sul web. L'altra settimana mi ha portato in un agriturismo prenotato su uno di quei siti che frequenti tu, i gruppi d'acquisto. Era una catapecchia, in mezzo al nulla, con il bagno in comune. E ti credo che costava poco...».

«Ma no! Avrebbe dovuto controllare, non si acquista mica direttamente l'offerta senza prima fare un check su Tripadvisor. È stato proprio ingenuo...»

«Un dilettante. Avrebbe bisogno pure lui di fare uno stage con te!» mi dice con un sorriso rilassato, anche se il vizio di farmi notare che suo padre mi paga per farmi i cavoli miei per otto ore al giorno non le è certo passato.

Prima che arrivi il capo, ne approfitto per mettere in pratica i miei buoni propositi di disintossicazione da acquisti online. Accedo alla mia posta elettronica, ho ventidue nuovi messaggi in arrivo. Sono tutte newsletter. Le apro, cerco di non guardare le scritte colorate, le fotografie invitanti, le offerte da non perdere, e vado fino in fondo, all'ultima riga scritta con un carattere piccolo, piccolissimo, che termina con una parola cliccabile, attraverso la quale si arriva al link per cancellarsi. Ma non è mica così facile come sembra. Non basta un clic, bisogna leggere con attenzione e certe volte confermare due o tre volte che sei proprio sicura, sicurissima che non vorrai più ricevere aggiornamenti dal sito. No, che non è facile, quando quello che leggi è:

Non riceverai più le e-mail di invito al sito internet per informarti quotidianamente delle vendite-evento di oltre milleduecento grandi marche internazionali con sconti che vanno dal cinquanta fino al settanta per cento dei prezzi di listino.

E nell'ultima newsletter scopro una vendita di un brand che mi fa impazzire, vorrei dare un'occhiata al volo, giusto una sbirciatina, ecco, ma mi impongo di resistere, l'autoterapia deve essere drastica. E poi mi sento meglio, ho rotto anche queste catene.

Ma lo so che è solo l'inizio. Perché mi mancano ancora gli altri otto account di posta creati ad hoc. Sarà una faticaccia. E non ho trovato il coraggio di cancellare direttamente la mia iscrizione dai siti: questo significa che, pur non avendo la tentazione quotidiana che fa capolino nella mia casella di posta come il diavoletto sulla spalla di un cartone animato, potrei sempre decidere di accedere al portale per controllare le novità del giorno. Ma al momento mi concedo un'ottima giustificazione: ho ancora troppi ordini in corso, non vorrei che il sistema andasse in tilt eliminando il mio account proprio ora, così perderei i soldi e non riceverei la merce. Quindi mi do tempo qualche settimana, mettendo alla prova anche la mia forza di volontà. Riuscirò a farcela, ne sono sicura. E intanto resto qui, davanti al computer a perdere i colpi. Perché se mi cancello da una newsletter, puntuale ne spunta un'altra. E peggio, maledetti, a ogni eliminazione arriva una mail di saluto strappalacrime, che contiene un buono sconto per un ultimo acquisto, un regalo d'addio. Questo sì che è mettersi alla prova. Non ho intenzione di usarli, ma non li cancello, non ce la posso fare. Me li tengo da parte in una cartella che creo su Gmail, la chiamo "Possono dare dipendenza". E li conservo per il futuro, ché non si sa mai. La casa è nuova, in quarantacinque metri quadri potrebbe servire di tutto. Poi, tanto per stare più tranquilla, do un'occhiata pure agli spam, li apro e li elimino uno a uno, risulto iscritta a tante di quelle cose che nemmeno io lo so. E, un messaggio dopo l'altro, trovo il suo. Allora neppure Gmail è infallibile. E con questa oggi franano tutte le mie certezze. È una mail di Pietro, senza oggetto, scritta esattamente quaranta minuti dopo il nostro saluto, l'ultimo bacio. E quello che finora era per me il miglior servizio di posta elettronica l'ha inserita nella spazzatura. Pazzesco. Non ci si può proprio fidare di nessuno, ci vogliono cento occhi anche sul web. Il cuore mi batte forte, mentre clicco sul mouse per aprirla.

Non ho trovato un cavallo bianco, spero che un aereo – rigorosamente low cost – possa andare bene lo stesso. Ti aspetto. E ti aspetterò anche nel caso tu non fossi ancora pronta a volare.

In allegato un biglietto. Per Berlino. Solo andata.

Ringraziamenti

I miei genitori sono i primi della lista. Tutti i motivi per i quali desidero ringraziarli giustificherebbero un altro romanzo, quindi al momento direi: grazie per avermi cresciuta in una casa piena di libri e per avermi regalato quella meravigliosa Olivetti quando avevo dieci anni. Grazie per avermi insegnato il senso più profondo della parola "libertà".

E poi grazie a Luigi Maiello, che ci ha creduto molto più di me. La sua presenza è stata fondamentale e necessaria, per il mio lavoro e la mia fantasia. Molte pagine di questo romanzo sono state scritte con la sua musica di sottofondo, mentre lui componeva o suonava nell'altra stanza.

Grazie agli amici che hanno avuto la curiosità, la pazienza e la voglia di leggere bozze vecchissime o anche solo qualche capitolo di questo romanzo: perché ognuno mi ha dato un consiglio, uno spunto, un suggerimento utile. In ordine assolutamente casuale: Sabrina Bacalini, Valeria Anci, Giorgia Sonnino, Giuditta Martucci, Federico Favot, Marzia Agostini, Eleonora Terradura, Peppe Toia, Francesca Molinaro. Grazie a Martina Salerno per quel viaggio in autostrada, e ad Alessia Mastroiacovo per quel giorno pieno di fotografie. E grazie anche a tutti quelli che hanno letto il primo romanzo e a chi mi ha chiesto: «Quando ne scrivi un altro?».

A Giulia Ichino per le attenzioni e le intuizioni, per la gentilezza e la serietà. A Marilena Rossi per l'entusiasmo con cui fa il suo lavoro, per avere letto la storia di Neve tra le righe, per quella lunga telefonata alla stazione. E ad Alessandra Maffiolini, perché la cura con cui ha lavorato su ogni pagina del romanzo è commoventе, ma soprattutto per aver sterminato tutti quei maledetti anacoluti.

E poi un grazie, tutto speciale, alla mia grande amica Francesca Fabbri, che prima dell'invio del manoscritto all'editore, mi ha contattato in chat: "Aspetta! Cambia il titolo. Metti *45 metri quadri*. Non è quella la misura del sogno?".

INDICE

Arnoldo Mondadori Editore S.p.A.

Questo volume è stato stampato
presso ELCOGRAF S.p.A.
Stabilimento - Cles (TN)

Stampato in Italia - Printed in Italy